JAN EIK

DIE SCHWARZE DOROTHEA

Kurfürst in Gefahr

Krimi

berlin.krimi.verlag

Bibliografische Informationen der Deutschen Bibliothek

Die Deutsche Bibliothek verzeichnet diese Publikation in der Deutschen Nationalbibliografie; detaillierte bibliografische Daten sind im Internet über http://dnb.ddb.de.abrufbar

KulturBrauerei Haus S, Schönhauser Allee 37, D-10435 Berlin
post@bebraverlag.de
Lektorat: Gabriele Reinhold, Berlin
Umschlag: Hauke Sturm, Berlin, unter Verwendung der Gemälde
»Die Goldwägerin« von Pieter de Hooch, um 1664,
Gemäldegalerie, Staatliche Museen zu Berlin und
»Vanitas« von Vincent Lawrence van der Vinne, Moskau,
Staatliches Puschkin Museum
bpk, Berlin
Schrift: Stempel Garamond 9,5/13,5
Druck und Bindung: GGP Media, Pößneck

ISBN 3-89809-502-9

www.bebraverlag.de

Die wichtigsten Personen:

Friedrich Wilhelm (1620–1688), bekannt als der Große Kurfürst

Dorothea von Holstein-Sonderburg-Glücksburg, verwitwete Herzogin von Braunschweig-Zelle (1636–1689), Friedrich Wilhelms zweite Frau, genannt die schwarze Dorothea

Kurprinz **Friedrich** (1657–1713), Friedrich Wilhelms dritter Sohn aus erster Ehe, genannt der schiefe Fritz

Johann Sigismund von Wedell, Kammerjunker beim Kurprinzen

Michel Köppke, sein Diener und Vertrauter

Wendelin Lonicer (1639–1714), Hausvogt am kurfürstlichen Hof

Christoph Hendreich (1630–1702), kurfürstlicher Bibliothekar

Caspar Jenisch, ein nicht immer erfolgreicher Berliner Kaufherr

Elisabeth geb. von Retzlow, verw. Ebel, seine Frau

Henriette Ebel, ihre 18-jährige Tochter, als Erbin eine ausgesprochen gute Partie

Christian Fahrenholtz, Barbier und Chirurg aus Altlandsberg, der, in Liebe zu Henriette entbrannt, seine Neugier nicht zügeln kann

Sein Zimmerkamerad **Etienne Sy,** aus Paris zugewanderter Hugenotte

Matthes von Retzlow, Kammerjunker bei der Kurfürstin

Major Ludowig von Kalckhorst, im Hause Jenisch einquartierter Offizier
Valtin, sein Bursche und Diener
Niklas, Christians Bruder in Altlandsberg, dort Faktotum im Schwerinschen Schloss
Jakob, sein Sohn
Christians Oheim **Jobst**, Apotheker in Berneuken
Peter Herzog, ein alter Bekannter Christians

Prolog: Der Große Kurfürst

Ein schlimmer Monat, der Oktober. Schlimmer noch als all die vergangenen, in denen es die Sonne mit einem Todkranken besser meinte, den der reißende Schmerz in den Gelenken schier umbringen wollte. Seit Jahren ging das so. Zuletzt hatte er im Februar hilflos und in Erwartung des Todes daniedergelegen. Kaum ein halbes Jahr später konnte er in der Neumark wieder dem geliebten Jagdvergnügen nachgehen und fühlte sich leidlich wohl dabei. Heute jedoch schlug das Herz dumpf in der mächtigen Brust, die längst nicht mehr genug von der Herbstluft aufnehmen wollte. Von der Spree wehte es feucht herauf.

Schwer rang der alte Mann nach Atem und versuchte, sich aufzurichten. Nein, das war kein Leben mehr für einen einst so kräftigen Mann wie ihn. Hilflos und elend lag er, Friedrich Wilhelm, den die Welt in Ehrfurcht und Anerkennung den Großen Kurfürsten nannte, in seiner Residenz und wartete darauf, dass ihn der HERR aus diesem irdischen Jammertal abrief.

Ächzend drehte er den schweren Leib im Lehnstuhl zur Seite und griff nach der Teetasse. Wie gern wäre er für einen Augenblick aufgestanden und ans Fenster getreten, doch die von der Wassersucht stark angeschwollenen Beine wollten ihm nicht gehorchen, und nach der Dienerschaft mochte er nicht läuten. An solchen Tagen sah er am liebsten niemanden um

sich, nicht einmal seine Frau, die treue Dorothea, die ihm jeden Wunsch von den Augen ablas und ihm doch so viel Kummer bereitete.
Bereut hatte er es nie, sie nach dem allzu frühen Tod seiner ersten Frau geheiratet zu haben, ohne jeden Prunk und großes Beilager übrigens, im ländlichen Schloss Gröningen bei Magdeburg. Keine Wiederholung seiner prachtvollen Hochzeit in Holland mit der klugen Luise Henriette aus dem Hause Oranien, wo neun gräfliche Träger für die Schleppe der Braut notwendig gewesen waren. Da war er selber noch ein junger Mann gewesen, in der Blüte seiner Jahre und dem Pomp und der Pracht nicht abgeneigt, die zu einer Fürstenhochzeit nun einmal gehörten.
Seit mehr als zwanzig Jahren ruhte Henriette nun schon in der Gruft. Unvergessen, dessen konnte sie sicher sein, im Guten wie im Bösen. War ihm doch im Laufe ihrer zwanzigjährigen Ehe so manches Mal das Blut zu Kopfe gestiegen, wenn sie ihm allzu hartnäckig und wortgewandt zusetzte.
Nicht um seine Luise zu vergessen hatte er sich schon bald nach ihrem Tod nach einer neuen Verbindung umgeschaut, und nicht der fleischlichen Gewohnheiten wegen, die ihn gelegentlich zwickten. Er brauchte eine fürsorgliche Frau und Mutter, die sich der drei unmündigen Prinzen annahm und seiner, wenn ihn die Krankheit heimsuchte, stand er doch mit neunundvierzig Jahren bereits an der Schwelle des Alters. Auch seine Erwählte, die kinderlose Witwe seines alten Freundes Christian, des Herzogs von Lüneburg, ging ins dreiunddreißigste. Eine robuste und gewitzte Frau, wie sich erwies, die seinetwegen ohne Umschweif zum reformierten Glauben übertrat, den sie allerdings nie so ernst nahm wie die selige Luise. Dorothea war der Jagd und einem guten Schluck nicht

abhold und überraschend gebärfreudig dazu. In kurzer Folge schenkte sie ihm weitere sieben Kinder, von denen nur die kleine Dorothea in ihrem ersten Jahr gestorben war. Die vier Söhne hingegen wuchsen den Eltern zur Freude zu prächtigen jungen Kerlen heran, und die Hochzeit der Kronprinzessin Anna Amalia stand vor der Tür.

Sorgenvoll dachte Friedrich Wilhelm an Christian Ludwig, den Jüngsten, der gerade erst zehn Jahre alt war, während Philipp, der Älteste und der Stolz seiner Mutter – und insgeheim auch des Vaters, aber das verbarg er selbst vor seiner engsten Umgebung –, inzwischen der Volljährigkeit entgegensah. Kein Wunder, dass Dorothea mehr für ihre leiblichen Söhne beanspruchte als nur den schlichten Markgrafentitel, der jedem Hohenzoller aus dem Hause Brandenburg zustand. Seit der Geburt ihres Ältesten, Philipp, vor allem jedoch nach dem schmerzlichen Tod des Kurprinzen Karl Emil, den er nie verwunden hatte, lag sie ihm in den Ohren mit ihren beständigen Klagen über die Ungleichbehandlung ihrer Nachkommen. Und hatte sie nicht Recht, wenn er den missratenen Friedrich betrachtete, der ihm und ihr mehr Kummer bereitete, als einem kranken Vater und einer nicht immer wohlmeinenden Stiefmutter zuträglich sein konnte. Vom Tag der Hochzeit an hatten Luise Henriettes drei Söhne sich als widerspenstig und abweisend gegenüber der Stiefmutter erwiesen, und mit jeder Geburt eines weiteren Halbbruders hatten sie ihre Abneigung vermehrt.

Schließlich veränderte er um des lieben Friedens willen und zu Dorotheas dankbarer Freude das Testament mehrfach zugunsten der jüngeren Söhne und teilte das Land entgegen den Hausgesetzen.

Nun war er, der erste und einzige Hohenzoller, der sich den

Beinamen »der Große« verdient hatte, mit sich im Reinen. Jeder der Söhne sollte seinen eigenen, gerechten Anteil am väterlichen Erbe genießen, mochte da widersprechen, wer wolle, und sei es der Kaiser in Wien, den er in seinem letzten Testament wieder als Vollstrecker eingesetzt hatte, sehr zum Ärger des Franzosenkönigs.
Wären nur all diese verderblichen Gerüchte nicht gewesen, die sich um seine Dorothea rankten und um den Tod seiner Söhne aus erster Ehe. Vor allem um den Kurprinzen Friedrich, der sich mit seiner Gemahlin unter fadenscheinigen Begründungen vom Hof fern hielt und schließlich gar in Hannover untergekrochen war. Gewiss, er hatte ein unüberlegt raues Wort gesprochen über die Treue der Schwiegertochter, aber stand es einem rechtschaffenen Sohn an, die Worte eines besorgten Vaters auf die Goldwaage zu legen und die Stiefmutter des versuchten Giftmordes zu zeihen? Sich dafür gleich ins Exil abzusetzen, dem Ernst August und den niederträchtigen Franzosen zur Freude – das war eine Kränkung, die sich auch ein nachsichtiger Kurfürst nicht gefallen lassen konnte. Er verbot jede Zahlung an den Deserteur. Der würde schon zu Kreuze kriechen, wenn die Gelder ausblieben!
Der Kurfürst seufzte tief und schmerzvoll. Wem konnte er noch trauen? Diesem Sohn, mit dem nun endlich die Versöhnung anstand, gewiss nicht. Friedrich würde mit allen Mitteln versuchen, zu Geld und Macht zu kommen. So wenig seine äußere Figur auch hermachte, so sehr liebte er das Herrschen und das kurfürstliche Gepränge. Und so sehr hasste er seine Stiefmutter und deren Söhne.
Gewiss, von seinen drei Söhnen aus erster Ehe hatte er den buckligen Fritz am wenigsten seine Vaterliebe spüren lassen. Wie hätte er ahnen sollen, dass ausgerechnet er einmal

sein Nachfolger sein würde. Auch ein liebender Vater war eben nicht unfehlbar.

Derartige Widrigkeiten zwischen Vater und Sohn waren im Hause Hohenzollern nicht ungewöhnlich. Sein eigener erster Sohn war im Kindbett gestorben. Der zweite jedoch, Kurprinz Karl Emil, war dafür ein Bursche ganz nach den Vorstellungen des stolzen Vaters gewesen, rank und schlank und nicht aufs Maul gefallen, und dem jüngeren Friedrich in jeder Richtung weit überlegen. *Frater & ego volumus fieri docti Principes Sed Fridericus manebit Asinus,* hatte der Knabe einmal geschrieben: »Bruder und ich wollen gelehrte Prinzen werden, aber Fritz wird ein Esel bleiben.«

Fritz hatte stets bewundernd zu seinen Bruder aufgeschaut. Und er, der Kurfürst, hatte Karl Emil geliebt und sich niemals vorstellen können, dass ein anderer an dessen Stelle sein Nachfolger werden könnte. Weder der verwachsene Fritz noch der weichherzige Ludwig.

Der schmerzliche Gedanke an den jüngst verstorbenen Ludwig ließ ihn für einen Augenblick die eigenen Beschwerden vergessen. Hatte er doch geglaubt, der Prinz spiele nur den Kranken, um Aufmerksamkeit auf sich zu ziehen, und ihm ein letztes Gespräch vor dem nahen Tod versagt.

Wieder war von Gift die Rede gewesen. Und schließlich, wie nicht anders zu erwarten, wurde Dorothea beschuldigt. Die schwarze Dorothea, wie sie im Volke hieß, weil die fadblonden Norddeutschen sich an keine glutäugige und resolute Kurfürstin gewöhnen wollten. Nun sei nur noch der schiefe Fritz im Wege, so sprach man auf den Gassen, und dann sei endlich ihr Philipp an der Reihe.

Nichtswürdiges Gerede! Friedrich? Wer wollte dem ans ungewisse Leben? Schon mehrmals hatten die Ärzte dem ewig

Kränklichen insgeheim nur Monate, zuletzt drei oder vier weitere Lebensjahre vorausgesagt. Schon im letzten Winter sah es aus, als wäre seine Zeit noch vor der des Vaters abgelaufen. Und dann war er feige desertiert mit seiner Sophie Charlotte. Sie und ihr hannoverscher Welfenhof steckten vermutlich hinter allem. Keine besonders beschwerliche Aufgabe für eine jugendfrische, dralle Schönheit, einen treuherzigen Anbeter wie den buckligen Fritz zu allerlei Widersetzlichkeit gegen den eigenen Vater aufzustacheln.

Nein, das alles waren nur Intrigen und Gerüchte gegen seine Dorothea, die keinem etwas zu Leide tat und ihn treu umsorgte.

Das Ende war nahe, er spürte es, und er hatte keine Furcht davor, vor seinen Herrn zu treten, dem er stets in aller Demut ein treuer Diener gewesen war, mehr als siebenundsechzig Jahre lang, und davon fast ein halbes Jahrhundert als Herrscher über Brandenburg und Preußen. Erst ihm, Friedrich Wilhelm, war es im Frieden von Oliva gelungen, Preußen endgültig aus der polnischen Lehnsherrschaft zu lösen. Ihm, dem Sieger von Fehrbellin, dem die Geschichte zu Lebzeiten den Beinamen »der Große« verliehen hatte und der dennoch krank und siech daniederlag. Friedrich Wilhelm dachte nicht gerne über die Verwandtschaft nach, über den schwachsinnigen Urgroßvater in Königsberg und die harte Großmutter Anna, die ihm die wenigen Kindertage in der finsteren Cöllner Residenz vergällt hatte, oder über den geilen Albrecht Achilles, der seiner Frau Briefe geschrieben hatte, die jedem Christenmenschen noch zweihundert Jahre später die Schamröte ins Gesicht treiben mussten. *So uns Gott glückseliglich heimhilffet, wollen wir dich und die Jungfrawn pfeffern. Auch sag der Hofmeisterin, wir wölln sie auch pfeffern in das gross arschloch,*

hieß es da, und es hatte eines gehörigen kurfürstlichen Donnerwetters bedurft, dass derlei Zoten nicht vervielfältigt und aus dem geheimen Archiv an die Öffentlichkeit drangen oder gar in der Bibliothek auslagen. Er war seinen Lebtag ein gesitteter und unverderbter Fürst reformierten Glaubens gewesen, dem jegliche französische Mätressenwirtschaft fremd war und dem derlei unchristlicher Schweinkram fern lag. Da sah man wieder, wozu die Papisten in alten Zeiten fähig gewesen!
Er griff nach der Teetasse, doch der Schmerz in der Schulter ließ ihn mitten in der Bewegung innehalten. Er sammelte sich etwas und rief dann mit erstaunlich kräftiger Stimme: »Dorothee!« Noch war er nicht tot. Also gleich noch einmal, weil es so gut klang: »Dorothee!«
Die Flügeltür öffnete sich, und mit schleifenden Schritten kam der Kammerdiener Kornmesser herein, die treue Seele.
»Noch etwas Tee, Kurfürstliche Durchlaucht?«
Friedrich Wilhelm ächzte. »Ich habe nach meiner Frau gerufen«, stieß er übellaunig hervor. »Ist Er neuerdings taub?«
Bekümmert sah ihn Kornmesser aus seinen rot geränderten Augen an. »Ihro Kurfürstliche Durchlaucht ist beschäftigt. Erinnert Ihr Euch nicht? Sie ist zu ihrem Vorwerk ausgeritten.«
Er verstand, was das bedeutete. Dorothea konnte herzensgut sein. Die Nachricht aber, eine endgültige Einigung mit dem Kurprinzen stünde bevor, würde sie ihm schwer verzeihen. Dabei tat sie nach außen hin alles, um als die besorgte Mutter zu gelten, die nur Friedrichs Wohl im Auge habe.
»Natürlich weiß ich das«, knurrte der Kurfürst bissig. »Schieb mich ein wenig ans Fenster.«
Draußen begann es schon wieder zu dunkeln. Mühsam schob Kornmesser den schweren Stuhl auf der vierräderigen Platt-

form näher zum Fenster. Wind war aufgekommen und pflügte das graue Wasser der Spree. Unzufrieden blickte Friedrich Wilhelm hinüber auf das unbefestigte Berliner Ufer mit seinen ungepflegten Gärten und morschen Stegen. Es gab noch viel zu tun in dieser Stadt, deren Bewohner sich an keine Ordnung gewöhnen mochten. Wollte Gott, dass der schwächliche Friedrich die Kraft aufbrachte, ihnen die träge Widersetzlichkeit auszutreiben.

Stürmische Nacht

Düster war der Oktobertag verdämmert. Gegen Abend hatte sich der Wind zu einem Sturm gesteigert, der feuchten Unrat durch die Gasse wirbelte und gegen das Haustor warf. In breiten Schwaden schlug der Regen an die Fenster. Unruhig wälzte sich der Mann auf seiner Lagerstatt und lauschte besorgt auf das Knacken und Knarren, das die heftigen Böen dem morschen Dachstuhl entlockten. Das Gebälk des alten Fachwerkhauses erbebte in seinen Grundfesten. Johann Sigismund von Wedell, Erbherr zu Grappenthin und Grimme, Kammerjunker am Hof des Kurprinzen Friedrich zu Köpenick, war es nicht gewöhnt, sich gänzlich allein und unbehütet in seinem Haus in der Stadt aufzuhalten, unter dessen Fenstern jetzt trunkene Pfahlbürger, wenn nicht schlimmes Gesindel, johlend und scheinbar unberührt von den Wetterunbilden vorbeizogen.
Ein sicherer Ort war diese Residenz gewiss nicht, in der sich niemand recht um die strengen kurfürstlichen Mandate und Edikte scheren wollte, in der täglich und nächtlich die schlimmsten Schandtaten verübt wurden und in der das derbe Militär den Ton angab. So sehr ihn der Anblick einer Kompanie schmucker kurfürstlicher Leibtrabanten erfreuen konnte, er, Sigismund von Wedell, war alles andere als ein soldatischer Mensch, ja insgeheim wohl eher ein Hasenherz, wie schon sein Vater vor dreißig Jahren verächtlich festgestellt hatte.

Damals, als die Schweden wieder einmal die Landschaft um Grappenthin und Grimme verheerten und die Wedellsche Familie nur knapp dem Tode entronnen war.
Für eine Laufbahn in der Armee, mit der Kurfürst Friedrich Wilhelm seinen Staat von Stund an zu schützen gedachte, war Sigismund denn auch nicht in Frage gekommen. Auf Zureden der Mutter, dem sich der gestrenge Vater nie zu verschließen vermochte, hatte man ihn zum Studium der Theologie und der Jurisprudenz an die Frankfurter Viadrina geschickt. Bis ins ferne Holland, wie er es sich wünschte, hatte die Mutter den Knaben nicht senden wollen, aus dem nie etwas Rechtes werden würde. Dessen war man sich in der Familie sicher.
Nun, er hatte seine Studien aus guten Gründen vorzeitig beenden müssen, war aber dennoch über mancherlei Umwege und nicht ohne die Hilfe des gütigen Herrn Oberpräsidenten von Schwerin zu Altlandsberg am kurfürstlichen Hofe gelandet. Zuerst im Gefolge des Kurprinzen, jenes rauen, jungen Kriegers Karl Emil, bald aber weiter gelobt zu dessen jüngerem Bruder Friedrich. Was sich als ein rechtes Glück erwies, verband ihn doch mit dem Pracht liebenden jungen Prinzen mit der traurigen Gestalt schnell eine gegenseitige Achtung und Vertrautheit, wie sie sich zu dem stolzen Kurprinzen niemals hätte einstellen können. Bedauerlicherweise starb Karl Emil kurz darauf im besten Jünglingsalter, noch bevor er ersten Ruhm auf dem Schlachtfeld erringen konnte, und zum ersten Mal war von Gift die Rede.
Wieder drehte sich Wedell auf seinem Lager. Gift! Seitdem war wohl kein Tag vergangen, an dem der so plötzlich zum Kurprinzen und künftigen Herrscher Brandenburg-Preußens aufgestiegene Friedrich dieses Wort nicht wenigstens einmal ausgesprochen hatte, voller Abscheu stets und wohl nicht

ohne heimliche Furcht, und immer im Zusammenhang mit einer Person, deren Namen er nie in den Mund nahm und die doch an allem Unglück im oranischen Zweig der zollernschen Familie schuld war. So sehr der neue Kurprinz seine geliebte Mutter Luise Henriette auch nach ihrem Tode noch verehrte, so sehr hasste er seine Stiefmutter Dorothea. Die schwarze Dorothea.

Wedell krümmte sich auf seinem Bett zusammen, als fühle er die schwarzen Augen der allmächtigen Kurfürstin durchbohrend auf sich gerichtet, während sich ihre grobe Nase seinem Gesicht zu nähern schien. Nicht Hände waren es, was sie da drohend gegen ihn erhob. Sie besaß Pfoten wie eine Wölfin ...

Er schrak zusammen. Hatte da etwas geklirrt? Wedell richtete sich auf und horchte in die rauschende Dunkelheit. Ein neuer Windstoß fuhr durch das ächzende Dach. Irgendwo tropfte es laut und regelmäßig. Das war der Fluch, mit einem Haus beladen zu sein, was zu unterhalten ihn seine Stellung bei Hofe zwang. Ein kurfürstliches Freihaus zwar, ihm in persona verliehen aus dem alten Burglehen, frei von Abgaben, Einquartierung oder Servis, aber eben eine altersschwache Bude, die in den Kriegsjahren lange leer gestanden hatte, ein mit dem Giebel zur Gasse gewandter Fachwerkbau, dessen grober Verputz bröckelte und dessen Dachschindeln faulten.

Inzwischen ging das Jahr 1687 dem Ende zu, und von Jahr zu Jahr vertröstete ihn Friedrich: Wenn ich erst den Kurmantel trage ... Was dann? Ein Flurstück für ein neues Haus auf dem Werder oder in der Neustadt, die den verhassten Namen der Kurfürstin trug?

Allein die Vorstellung, einen solchen Bau errichten zu müssen, überstieg Wedells Kräfte. Stöhnend sank er zurück. Ihm widerstrebte jeglicher irdischer Besitz, der mit so hohem Aufwand zu erkaufen war. Lange Zeit hatte er geglaubt, seine freien Gedanken wären sein höchstes Gut, seine Bildung und seine Sprachkenntnisse, seine Ideen, die Friedrich mitunter begeisterten. Wie diese eine, besonders unselige, die ihm seither jede Ruhe raubte. Wie hatte er ahnen können, was aus einer dahingeworfenen Bemerkung entstehen würde, welches Räderwerk er damit in Gang setzte. Und hätte doch gewarnt sein müssen, sich zurückzuhalten, wo doch die Gegenseite längst zum Angriff geblasen hatte und die ersten Bastionen im Sturm genommen waren. Oh, wie leicht er es denen gemacht hatte …

Er schlug die Hände vors Gesicht und gab sich seiner Verzweiflung hin. Mit einer einfachen Drohung hatte alles angefangen, dann waren die Forderungen nachdrücklicher geworden. Vor zwei Tagen hatte sich das Unglück nun vollendet, als der geheime Brief von Friedrichs Hand ihn erreichte und er keinen Ausweg mehr sah. Noch wusste niemand von der Botschaft, von dem braven Michel einmal abgesehen.

Wie sehr der ihm gerade jetzt fehlte! Und konnte ihm doch nicht raten, der gute Kerl, in dieser aussichtslosen Lage. Welchen Weg er auch immer wählte – es war der falsche. An wen er sich auch wandte – niemand würde auch nur eine Spur von Anteilnahme oder Verständnis für ihn haben. Höhnische Schadenfreude und abgrundtiefe Verdammung waren alles, was ihn erwartete.

Der kurfürstliche Hof zu Cölln war ein Wespennest mit einer Königin, ihrem giftig stechenden Damenflor und vielen, vielen Drohnen. Eine wahre Schlangengrube mit Hunderten von Hofschranzen und arglistigen Ränkeschmieden, Duck-

mäusern und Halunken aller Art, fast sämtlich gegen den Kurprinzen und seinen Anhang eingenommen und gegen ihn wühlend.
Das konnte sich von einer Stunde auf die andere ändern. Die Tage des todkranken Großen Kurfürsten waren gezählt. Ein jeder am Hofe würde seine Fahne rechtzeitig in den rechten Wind hängen. Noch vor zwei Tagen hätte es auch für ihn geheißen, Standfestigkeit zu beweisen und seinen Platz zu behaupten. Die Ernennung zum Kammerherrn war das Mindeste, was ihn erwartete, wenn nicht gar eine höhere Stellung bei Hofe. Leider war er kein Mann der praktischen Tat wie all die heimlichen Streber, Ratgeber und Wichtigtuer, deren Zahl stetig wuchs, je näher der Tag rückte, an dem Friedrich die Macht übernehmen würde. Es sei denn …
Wedell getraute sich nicht, diesen Gedanken zu Ende zu denken. Noch weilte der Kurprinz mit seiner jungen Frau in Marburg, doch die Gerüchte um seine Rückkehr und die Versöhnung mit dem Alten verstärkten sich. Jeden Tag hatte Wedell eine Nachricht erwartet. Friedrich würde ihn nicht im Ungewissen lassen, teilten sie doch inzwischen manches Geheimnis miteinander. Und in Köpenick galt es, das Schloss vorzubereiten.
Und dann das! Ein harmlos klingendes Revers und darin verschlüsselt die Anweisung, die Aktion zu beenden. Grund zur Freude eigentlich für ihn, wäre da nicht der wahre Adressat für die Botschaft gewesen. Immer wieder hatte Wedell die Buchstaben zusammengestellt, und immer wieder stand der gleiche Namen auf dem Papier. Auch Michel war zu keinem anderen Ergebnis gekommen.
Er horchte auf und hielt den Atem an. Eine Treppenstufe knarrte und dann, nach unendlich langer Zeit, die lose Diele

vor seinem Schlafgemach. Er kannte das Geräusch zu genau, um sich zu irren, wenn der treue Michel die Stiege heraufkam und einen Augenblick verharrte. Kein Zweifel, jemand war in das Haus eingedrungen und stand jetzt vor seiner Tür.

Eine Waffe? Lächerlich. Er vermochte mit dem Degen nicht besser umzugehen als mit einem Schürhaken, und Feuerwaffen flößten ihm Angst ein. Nebenan auf dem Tisch, in unendlicher Ferne, lag ein Federmesser. Er wagte kaum, den Kopf zu wenden. Als er es dennoch tat, bemerkte er einen Lichtschein unter der Tür, die im gleichen Augenblick aufgestoßen wurde. Das Licht einer Blendlaterne stach ihm in die Augen, hinter der ein riesiger Schatten die enge Stube ausfüllte.

»Da bist du ja, Wedell«, blaffte eine heisere Stimme. Die schwarze Gestalt trat einige Schritte näher, ohne dass es dem schreckensstarren Wedell gelungen wäre, etwas anderes, als diese Schwärze zu erfassen.

Herrisch forderte die heisere Stimme: »Steh auf!«

»Ich ha... Ich habe ...« Wedell setzte ein drittes Mal an, um zu erklären, dass er nur wenige Taler im Haus habe.

»Steh auf!«, wiederholte der Mann im Schatten, dessen Gesicht Wedell noch immer nicht erkennen konnte. Es sah aus, als verhülle eine Kapuze den Kopf.

Er richtete sich mühsam auf und begann sich mit zitternden Händen aus der warmen Daunendecke zu schälen.

»Aufstehen!« Die ungeduldige Stimme klang seltsam verstellt. Wedell war einer Ohnmacht nahe. Er fühlte sich nicht in der Lage, dem Befehl nachzukommen, so sehr zitterte er am ganzen Leibe. Eine unendliche Zeit verging, bis er seine lächerlich dünnen Beine auf dem kalten Boden aufsetzte.

Es bedurfte eines weiteren unwilligen Befehls, ehe er sich endlich schwankend wie ein Greis erhob.

Die dunkle Gestalt leuchtete den Raum ab, bis der Lichtschein auf der Kleiderlade ruhen blieb. Vergebens versuchte Wedell, etwas vom Gesicht des Eindringlings zu erfassen. Er sah nur ein schwarzes Tuch und darüber zwei Augen, die ihn wütend anfunkelten.

»Glotz nicht! Hast du Schreibzeug hier?«

Kraftlos nickte Wedell. »Nebenan«, flüsterte er. Unter seinen nackten Füßen spürte er den Sand auf den blanken Dielen.

»Geh!« Eine behandschuhte Hand stieß ihn unsanft zur Tür. Er trat in eine widerliche Lache aus Kot und Schmutzwasser, die von den Stiefeln des Mannes stammte. Der musste sich durch die Gade, den stinkenden schmalen Gang neben dem Haus, gequält haben und von hinten in die Küche eingedrungen sein.

Er ließ Wedell keine Zeit zum Nachdenken. Wortlos stieß er ihn in das dunkle Kabinett. Nur für einen Augenblick flackerte in Wedell der Gedanke auf, die Treppe hinunter zur Haustür und auf die Straße zu stürzen, um Hilfe herbeizuholen. Es war sinnlos. Eher würde er sich den Hals brechen. Außerdem blieb der Kerl ihm so dicht auf den Fersen, dass er dessen Atem zu spüren vermeinte.

Auf zitternden Beinen und mit erstarrenden Zehen gelangte Wedell bis zu seinem Arbeitstisch. Da stand das Tintenfass, dort lagen wohl geordnet die Foliobögen.

»Schreib!«

Er sank auf seinen Stuhl. Vergeblich versuchte er sich einzureden, das Ganze sei ein böser Traum, aus dem er gleich erwachen würde. Ein roher Stoß rief ihn zurück in die Wirklichkeit.

»Was ... Was soll ich schreiben?«, keuchte er tonlos. Er hätte schreien müssen. Aber wer sollte ihn in dieser Sturmnacht hören?

»Schreib, was du bist!«
Empörung stieg ihn ihm auf. Was wagte dieser Mensch? So hatte seit seiner Pagenzeit niemand mit ihm geredet, ihn frech Du genannt und ihm Befehle erteilt. Nicht einmal Friedrich war zu einer solchen Flegelei fähig und der Kurfürst selber nur in Augenblicken höchster Wut.
Aber statt sich aufzulehnen, griff er unterwürfig zur Feder, die er am Abend frisch angespitzt hatte, wie er es am Schluss seiner Arbeit immer tat.
»Ich – bin – ein ...«, diktierte der Maskierte.
Mit zitternder Hand setzte Wedell an. Das I geriet ihm zu einem schrägen Strich quer über das Papier.
Hastig knüllte er den Bogen zusammen und begann von neuem.
»Schreib groß, damit es jeder lesen kann«, forderte die barsche Stimme. »Ich – bin – ein ...«
Wedell, der in den krakeligen Buchstaben seine gestochene Handschrift kaum wieder erkannte, verharrte nach dem dritten Wort. Aus der Feder floss die Tinte zu einem unregelmäßigen Klecks.
»Na, was bist du?«, fragte die Stimme hämisch. Zum ersten Mal bemerkte Wedell einen wohl bekannten Ton darin. Und plötzlich war er entschlossen, das unwürdige Spiel zu beenden.
»Nein!«, sagte er aufspringend und warf die Feder auf die Tischplatte. »Das steht niemandem zu! Verlassen Sie mein Haus!«
Unter dem verhüllenden Tuch drang nur ein höhnischer Laut hervor. Wedell verspürte einen heftigen Schlag ins Gesicht, dann stach ihn etwas unter dem Kinn. Vorsichtig niederblickend sah er einen blanken Dolch auf sich gerichtet.

»Du weißt nur zu gut, was du bist!«, zischte die verstellte Stimme.
Ja, Johann Sigismund von Wedell wusste es. Auf den Stuhl zurücksinkend, wurde ihm klar, dass er jetzt die Strafe für alle seine Verfehlungen empfing. Keine gerechte Strafe, nein. Aber auch keine gänzlich unverdiente. Er hätte widerstehen müssen.
Ver... begann er mit sorgfältiger Schrift zu malen.
Der unheimliche Besucher, der ihm über die Schulter blickte, lachte. »Das wohl auch!«, sagte er mit fast normaler Stimme.
Jetzt war sich Wedell seiner Sache sicher. »Der Brief ...«, begehrte er auf, »ich wollte morgen in aller Frühe ...«
Ein derber Schlag gegen den Kopf brachte ihn zum Schweigen. »Vergiss deinen Michel nicht!«, sagte der Mann mit hasserfüllter Stimme. »Schreib, was du wirklich bist!«
Wedells Herz krampfte sich zusammen.
Er schrieb, was man ihm diktierte.
Als er aufblickte, stand da ein bauchiges Fläschchen auf der Platte, grünlich schimmernd und angenehm anzuschauen.
»Trink das. Du weißt, wer es dir zugedacht hat.«
Wedell sank in sich zusammen. Grob riss ihn die behandschuhte Hand am Haar zurück und setzte die Phiole an seine Lippen.
Es war das Letzte, was der Kammerjunker wahrnahm.

Caspar Jenisch

Caspar Jenisch war ein kräftiger, wohlbeleibter Mann. Schritt er mit schneeweißem Halstuch unter seinem dunkelblauen Überrock, engen Tuchhosen und gelbledernen Stulpenstiefeln durch die Straßen der Residenz, dabei ab und an jemanden huldvoll grüßend, als wäre er der Kurfürst selber, hielt man ihn leicht für einen der höheren Hofbediensteten. Dabei war er nur ein Kaufmann, ein allerdings wohlbeleumdeter Bürger und gewichtiger Handelsherr, der es in manchen Jahren bis zum Ratsmann gebracht und auf das Bürgermeisteramt dankend verzichtet hatte.

Heute legte er weniger Wert darauf, ehrerbietig gegrüßt zu werden, als er die Stadt zu ungewohnt früher Stunde durch das Neue Spandauer Tor verließ. Die meisten Wachen kannten ihn, bewohnte er doch gleich hinter dem Pulverturm, nur wenige Schritte vom alten Tor entfernt, ein stattliches Haus. Der Kaufmann Jenisch geizte nicht mit dem einen oder anderen Extragulden, wenn es galt, Waren für ihn am Tor beschleunigt abzufertigen.

Die Hufe seines massigen Gauls poltertenen dumpf auf den Brückenbohlen über den Festungsgraben, während Jenisch sich seinen sorgenvollen Gedanken überließ und den Braunen erst im letzten Augenblick scharf nach rechts in Richtung auf den »Stelzenkrug« lenkte. Auch hier waren schon wieder neue Häuser entstanden, seit er zum letzten Mal den Umweg um die Stadt herum genommen hatte. Es musste nicht jeder wissen, wohin er ritt. Zu Hause hatte er sich für zwei oder gar drei Tage abgemeldet.

Caspar Jenisch war ein Mensch, der seine Geheimnisse zu wahren wusste. Nicht immer war in seinem Leben alles glatt verlaufen, und so würde auch diese Bedrängnis vorübergehen, dessen war er sicher. Sein Aufstieg vom unwillig geduldeten Fresser am karg gedeckten Tisch der Verwandten zum allseits anerkannten Handelsmann hatte sich nicht ohne Höhen und Tiefen vollzogen.

Er stammte aus einem Dorf im Anhaltischen, aus ärmlichen Verhältnissen, über die er nie sprach, seit er in den Städten lebte und schließlich in Berlin zu Wohlstand und Ansehen gelangt war. Mitten im Krieg hatte ihn die Mutter geboren und war bald darauf von durchziehenden kaiserlichen Soldaten geschändet und ums Leben gebracht worden, während die Schweden den Vater auf dem Gewissen hatten.

Nach dem langen Krieg warteten harte Jahre auf alle, die überlebt hatten. In der Residenz fronte täglich ein Drittel der Bürger beim Festungsbau, dem Lieblingskind des Kurfürsten; die jährliche Haussteuer, der Schoss, fraß derweil ihr Geld schneller, als sie es verdienen konnten, und trug wenig dazu bei, das äußerliche Ansehen der Residenzstädte zu verbessern, die rasch über die neuen Festungsmauern hinauswuchsen. Die Einquartierung der kurfürstlichen Soldaten samt deren Versorgung mit Salz, Öl, Essig, Feuer, Licht und Geräten oder eine entsprechende Steuer, Servis genannt, schufen zusätzlichen Unmut. Erst die Einführung der Akzise auf alle Waren und für jedermann brachte die lange erhoffte wirtschaftliche Veränderung zum Besseren, an der Caspar Jenisch kräftigen Anteil nahm. Schließlich hatte der Kurfürst sogar

eine Börse für Leute seines Schlages eingerichtet, die Caspar jeden Tag aufsuchte.
Der neue Krieg mit den Schweden beeinträchtigte seine Geschäfte nicht, die sich nach und nach in Weltgegenden ausweiteten, von denen Caspar in seinen wenigen Schulstunden im heimatlichen Dorf nie gehört hatte. Inzwischen fuhren brandenburgische Schiffe vor Afrikas Küsten, brachten aus Groß-Friedrichsburg Kakao, Kaffee und Gold ins Land und beförderten Sklaven nach Amerika. Ein schwarzer Häuptling besuchte Berlin und rief das ungläubige Staunen der Einwohner hervor. Jenischs Bekanntschaft mit dem Marinedirektor Raule trug mancherlei Früchte. An diesem regnerischen Herbstmorgen hatte er für einen Augenblick ernsthaft erwogen, sich mit seinen Nöten an den großen Raule zu wenden, den Vertrauten des Kurfürsten, der das alte Ballhaus auf dem Werder zu einem prächtigen Hof hatte ausbauen lassen und gerade dabei war, sein neues Lusthaus in Rosenfelde zu vollenden. Nicht allein deshalb hatte Caspar nach kurzem Nachdenken auf ein Gespräch mit Raule verzichtet. Selbst ist der Mann! Auch diesmal würde er sich alleine helfen müssen.
Ein Unglück kam selten allein. Das wusste er so gut wie jeder andere. Die Nachricht vom Tod des Hamburger Schiffers Andreas Freyberg hatte in der Residenz wenig Beachtung gefunden. Auch Jenisch wollte sie anfangs nicht näher gehen, als es der Tod eines guten Geschäftspartners gemeinhin tat. Bis weitere Kunde aus Hamburg eintraf und das Ausmaß der von Freyberg hinterlassenen Schulden nannte.
Caspar saß da gerade in heiterer Runde im Stadtkeller »Zum Grünen Baum« und versteckte sein Gesicht hinter dem hastig erhobenen Bierhumpen. Niemand bemerkte, wie er erblasste, sich jedoch schnell wieder fing. Er hatte noch andere Eisen im

Feuer, und so beteiligte er sich bald wieder am allgemeinen Gespräch, dem er eine Wendung vom verschuldeten Hamburger Toten weg zu geben wusste. Der Kurfürst lag wieder einmal auf den Tod danieder, und die Frage seiner Nachfolge beschäftigte jeden. Die schwarze Dorothea und ihre Söhne besaßen wenig Anhang in der Bürgerschaft. Allzu sehr hatte sich die herrische Amazone mit ihren plumpen und dennoch stets geschickt eingefädelten Machenschaften in die kurfürstlichen Belange eingemischt. Handel und Wandel würden unter ihr und ihrer Brut blühen, dessen durfte man sicher sein, die Lasten, die Friedrich Wilhelms stehendes Heer verursachte, konnten sich nur verringern. So schlug die Stimmung mitunter auch am Biertisch um. Ein starker und gesunder Kurfürst aus der holsteinischen Linie war womöglich tauglicher als ein kränklicher Krüppel, der, so Gott wollte, nur wenige Jahre zu regieren hatte.

Dieser Meinung schloss sich Caspar an. Der tiefe Schock über die Hamburger Nachricht wirkte dennoch nach.

Der zweite Schlag hatte ihn am gestrigen Abend getroffen, als ihn seine Gattin Elisabeth mit der Tartarenmeldung überraschte, jemand habe die im Kellergewölbe wohl verwahrte und mit vier schweren Schlössern gesicherte Geldtruhe erbrochen und wahrscheinlich geplündert.

Mit eigenen Augen musste er sich von der Richtigkeit dieser Annahme überzeugen. Nur er und Elisabeth besaßen je zwei Schlüssel für die altertümlichen Schlösser; nur gemeinsam konnten sie also die Truhe öffnen. Zwar vermochte Elisabeth keinen hinreichenden Grund für ihre überraschende Musterung der Truhe zu nennen, doch befand sich darin ihr Geld so gut wie das seine, und so sparte er sich die Nachfrage. Drei der Schlösser waren tatsächlich gewaltsam geöffnet, bei dem

vierten die Öse ausgerissen. Die Truhe war zwar nicht gänzlich leer, das darin lagernde Geld aber erheblich vermindert.
Für den Augenblick erschien es ihm, als hege seine Frau einen Verdacht gegen ihn, den er jedoch zu zerstreuen vermochte. Eigentlich kam bei genauer Betrachtung nur einer der Hausbewohner als Dieb in Frage. Der Einstieg durch den mit eisernen Laden fest verschlossenen Kellerhals unter dem Fenster der vorderen Stube schien nicht gut möglich, der durch die Bodenluke in der Küche wenig wahrscheinlich. Nachts schlief die Köchin im Winkel hinter dem Herd; in der fensterlosen Nebenkammer nächtigte die Magd.
Der Bediensteten durfte man dennoch niemals sicher sein. Allzu oft war ungetreues Hauspersonal an Räubereien und Einbrüchen beteiligt; selbst im Schloss war trotz angedrohter Leibesstrafe immer wieder silbernes Geschirr entwendet worden. Elisabeth verfiel denn auch sofort in nachdenkliches Sinnen, sprach leichtfertige Verdächtigungen gegen die eitle Magd aus und kam von der auf die Köchin zu sprechen, die sie zwar aus dem eigenen Hause mit in die Ehe gebracht hatte, jetzt jedoch einer auffälligen Vertraulichkeit mit Valtin, dem Burschen des Majors Kalckhorst, zieh.
Der Major hatte sich in den Räumen im ersten Stock mit den Fenstern zur Straße hinaus einquartiert, sein Diener schlief in der zugigen Dachkammer. Dieser Valtin war auch Caspar mehrfach des Nachts auf der Stiege begegnet, stets mit der knapp gebrummten Ausrede, das im Hof gelegene Sekret aufsuchen zu müssen. Elisabeth hingegen sah ihn die Küche betreten und knüpfte daran nun allerlei Vermutungen, von denen sie nicht einmal Kalckhorst ausnahm. Dem vermochte Caspar kaum zum widersprechen. Dem alten Haudegen traute auch er jede Untat zu.

Schließlich brachte Elisabeth gar den Barbiergesellen ins Gespräch, der den Major täglich rasierte und dessen Besuche im Haus ihr längst anrüchig erschienen, hatte sie doch Annäherungsversuche zwischen dem und ihrer Henriette beobachtet. Ein Gleiches galt für Kalckhorst, der keine Gelegenheit ausließ, das Mädchen mit wohlgesetzten Kurschneidereien zu plagen, dabei allerdings ihres heftigen Widerwillens sicher sein durfte.

Caspar dachte sich sein Teil dazu. Der muntere Barbier und sein ungebührlicher Hang für die anziehende Stieftochter waren ihm selbst schon beim Kirchgang, viel mehr noch im eigenen Hause längst aufgefallen. Was den verhassten Militär anging, so schenkte der zu Caspars zähneknirschender Erbitterung sein dreist aufgesetztes Wohlwollen Mutter und Tochter gleichermaßen, und Caspar war sich keineswegs sicher, ob nicht die eine oder andere Höflichkeit bei Elisabeth doch auf fruchtbaren Boden fiel. Für verstiegene Redensarten waren Weiber allemal anfällig und die seine mit ihrer adligen Herkunft von den Retzlows insbesondere.

Darüber jedoch ließ sich am Abend mit der ohnehin Aufgebrachten nicht sprechen. Stattdessen hatte er sie zu tiefstem Stillschweigen über ihre Entdeckung verpflichtet. Wollte man einen Verdacht auch nur andeuten, galt es hieb- und stichfeste Beweise vorzulegen, und schon gar, wenn es gegen des Kurfürsten Militär ging. Wichtig erschien es ihm außerdem, sich durch nichts, auch nicht durch die geringste giftige Andeutung oder Bezichtigung etwas von dem Vorgefallenen anmerken zu lassen und auch Henriette besser nicht einzuweihen.

Elisabeth hatte ihm nur zögernd zugestimmt und sich in den üblichen dunklen Bemerkungen über enge Verbindungen zum Hof ergangen, die man notfalls nützen könne. Dagegen

hatte er sich mit Worten verwahrt, die ein wenig schärfer ausfielen als beabsichtigt, wollte er doch den letzten verbliebenen Spross der Retzlowschen Familie ebenfalls von derlei vertraulichen Angelegenheiten in seinem Hause fern gehalten wissen. Sein Versprechen, die Aufklärung der Sache am nächsten Morgen selber mit höchstem Nachdruck zu betreiben, vermochte Elisabeths Verstimmung nicht gänzlich zu beseitigen; ein Wort gab das andere, bis er es schließlich für besser hielt, jeder weiteren Auseinandersetzung durch die Flucht in den »Grünen Baum« aus dem Wege zu gehen, wo allabendlich auch nach dem kurfürstlich verordneten Schankschluss noch eine Runde braver und trinkfester Bürger beisammen saß.
Kaum aus dem Haus, erschien ihm das Geschwätz am Biertisch nach den unguten Feststellungen des Abends wenig verlockend. Sich bedachtsam umblickend, war er nach links in die Büttelgasse eingebogen und hatte gleich darauf das vertraute Ziel erreicht.
Was ihn jetzt reute, als er auf dem breiten Rücken seines Gauls eher gemächlich dahintrabte, die Anhöhe hinauf, die Stadt im Rücken. Besser wäre es gewesen, sich mit Elisabeth zu versöhnen, wie er es am Morgen auch vorgehabt hatte. Sie war ihm ausgewichen, hatte seine beschwörende, nochmals Schweigen gemahnende Geste beim Abschied kaum mit einem Nicken erwidert und sich anscheinend ausgehfertig gemacht. Wie, wenn sie sich nicht an das gegebene Versprechen hielt und mit ihrer wütenden Unüberlegtheit alles verdarb?
Caspar Jenisch schlang seinen weiten Reitermantel fröstelnd um sich herum. Noch immer wehte ein starker Wind. Er hatte allen Grund, sich Sorgen zu machen.

Eine hässliche Entdeckung

Was für ein hässlicher Tag nach dieser Sturmnacht! Das graue Wetter passte zu ihrer abscheulichen Stimmung. Die Frau, dunkel gekleidet und allein schon an der hohen Kopfbedeckung und an dem Umhang aus bester Wolle als eine Zugehörige der höheren Stände zu erkennen, hielt sich gerade und aufrecht. Sie biss die Lippen fest aufeinander und zog den Schleier, der von ihrer spitzen Haube herabhing, dichter vor das Gesicht. Oft genug hatte man ihr bestätigt, dass sie trotz ihrer fast vierzig Jahre noch immer als schön gelten konnte. Heute jedoch schien glücklicherweise niemand auf sie zu achten, als sie in unziemlicher Hast das bucklige Pflaster der Bischofstraße überquerte und um die Ecke spähte, bevor sie nach rechts in die Klosterstraße einbog. In dieser Richtung war das eine der besseren Straßen der Residenz, in der sich etliche kurfürstliche Freihäuser, das altehrwürdige Haus des Gouverneurs und das Gymnasium Zum Grauen Kloster befanden. Aber so weit brauchte sie nicht zu gehen. Ihr Ziel war ein zweistöckiges Haus nahe der Georgenstraße, dessen steiler Giebel sich unauffällig zwischen den hohen Traufen der Nachbarhäuser ausnahm.

Die Frau verharrte in einem Torweg und nestelte auffällig an ihrer Kopfbedeckung, nur um sich zu vergewissern, dass ihr niemand folgte. Erst als sie dessen sicher war, näherte sie sich dem Haus mit der breiten Toreinfahrt. Dort angekom-

men, blickte sie verstohlen um sich, betätigte dann jedoch ohne zu zögern den bronzenen Türklopfer, den sie höchst ungern berührte. Gleich dem Schlussstein über der Torwölbung stellte er eine hockende Kröte dar.
Der Klang des Metalls auf dem eichenen Türblatt hallte dumpf durch das Haus. Von drinnen kam keine Antwort.
Voller Ungeduld betätigte sie den Klopfer ein zweites Mal. Mit ebenso wenig Erfolg.
Vom Georgentor her näherte sich ein altes Weib mit einem Bündel Holz auf den Buckel und musterte sie forschend aus stechenden Augen. Jedenfalls schien ihr das so. Schaudernd wandte sie sich von dem Hexengesicht der Alten ab.
Im Haus blieb es still.
Sie klopfte ein drittes Mal und vernahm wiederum kein Geräusch in dem alten Bau, dessen Fenster blind in das trübe Morgenlicht blinkten. Weshalb rührte sich der Hausherr nicht? Und wo steckte Michel, sein treues Faktotum?
Sie griff nach dem Türknauf und fand zu ihrer Überraschung den Torflügel nicht versperrt. Zögernd drückte sie gegen das eisenbeschlagene Tor.
Eine vierspännige Kalesche klapperte über das Pflaster. Die Frau wandte sich ab. Wer weiß, wer in der Kalesche saß. Von der Marienkirche her nahten zwei vornehme Damen, wie es der Kleidung nach schien. Sie wollte es nicht darauf ankommen lassen, gesehen und erkannt zu werden, und schob die Tür gegen einigen Widerstand weit genug auf, um ins Innere des Hauses zu schlüpfen. In dem Durchgang mit dem ausgetretenen steinernen Fußboden wehte ein starker Luftzug. Mit einem dumpfen Laut schlug der Torflügel hinter ihr zu. Einen Augenblick stand sie regungslos in dem ungewissen Halbdunkel.

»Monsieur!«, rief sie mit verhaltener Stimme, und dann etwas lauter: »Michel?!«
Niemand antwortete. Irgendwo klappte ein Fensterflügel. Sie war von Natur aus nicht ängstlich und hatte schon manche missliche Lage gemeistert. Jetzt aber überkam sie ein seltsam beunruhigendes Gefühl, als täte sie etwas gänzlich Falsches, ja Verbotenes. Weshalb war die Tür nicht verschlossen, wenn niemand im Hause war? Sie kannte den Hausherrn und dessen Furcht vor den in der Stadt allgegenwärtigen Dieben.
Sei's drum. Nun war sie einmal hier eingedrungen; da boten ihr das dringende Anliegen wie die eigene Neugier eine starke Ermutigung. Also wandte sie sich dem Raum zur Rechten zu, in dem der Hausherr sich für gewöhnlich aufhielt, wenn er jemanden erwartete. Ein paar Stufen führten in ein bescheidenes, mit schweren Möbeln nur sparsam ausgestattetes Empfangszimmer. Sie klopfte und rief noch einmal, bevor sie ungebeten eintrat, da niemand antwortete. Es war kalt hier drinnen, und es roch nicht gut, aber das fiel ihr kaum auf. Nirgendwo in der Stadt roch es gut. Die Tür des mächtigen Stollenschrankes stand halb offen, und es sah darin aus, als hätte jemand die Hälfte des Inhalts herausgekramt und ohne jede Sorgfalt wieder hineingeworfen. Papiere lagen auf Kleidungsstücken, Porzellan auf Lederzeug.
Höchst befremdlich. Es passte überhaupt nicht zu dem Bild, das sie von dem Besitzer besaß, einem zu betonter Sorgfalt neigenden, mitunter sogar ein wenig spitzfindigen Edelmann, der selbst in Augenblicken höchster Aufregung niemals die angeborene herrschaftliche Haltung verlor oder gar die Etikette verletzte. Und ebenso der treue Michel, der seinem Herrn jeden Wunsch von den Augen ablas und gleich dem eher auf übertriebene Ordnung hielt.

Eine dunkle Ahnung sagte ihr, dass es besser wäre, dieses unheimliche Haus auf dem schnellsten Wege zu verlassen, doch mehr als nur ihr Eigensinn hinderte sie daran. Sie führte gerne zu Ende, was sie einmal begonnen hatte. Obendrein konnte es ihr nicht gleichgültig sein, falls hier jemand unrechtmäßig eingedrungen war und etwas gestohlen hatte.
Sie trat in den Durchgang zurück und wandte sich Kammer und Küche zu, die hinter der großen Stube zu Hof und Garten hin lagen, fand aber auch hier nichts, was Aufschluss über den Verbleib der beiden Hausbewohner gegeben hätte. Das wunderte sie, hatte der Hausherr ihr doch erst vor zwei Tagen erklärt, er wäre immer für sie zu erreichen, solange der Kurprinz nicht in die Residenz zurückgekehrt sei.
Stattdessen fand sie den Vorratsschrank unverschlossen, das Kammerfenster zerbrochen hin- und herschlagend. In der Küche stand schmutziges wie sauberes Geschirr herum, das Feuer im Herd war erloschen. Ein Frühstück hatte hier in den letzten Stunden niemand zubereitet. Michel und sein Herr mussten mindestens seit gestern abwesend sein. Hatten sie in aller Eile etwas gesucht und dann überstürzt das Haus verlassen?
Nein, das sah nicht nach den beiden aus. Das Kammerfenster sprach eine deutliche Sprache. Außerdem zierten hässliche Kotspuren den Fußboden im Durchgang und in den Räumen. Jemand hatte die Abwesenheit der Hausbewohner genutzt, um unbefugt und in räuberischer Absicht einzudringen!
Entschlossen, sich Gewissheit zu verschaffen, raffte sie ihren langen schwarzen Rock und erklomm die schmale Stiege ins obere Geschoss. Ihr kam zum Bewusstsein, dass der Hausherr ihr diesen Teil seines Hauses bislang vorenthalten hatte. Sie wusste nicht einmal, welches sein Schlafraum war, den sie auf keinen Fall zu betreten gedachte. Aufs Geratewohl öffne-

te sie die Tür zu ihrer Linken und sah sich in einem geradezu liebevoll möblierten Zimmer, das ihrer Empfindung nach, vor allem aber der betäubenden Duftnote wegen, die von den zahllosen, teils umgeworfenen, teils zerbrochenen Tiegeln und Flakons unter dem großen Spiegel ausging, nur einer Dame gehören konnte.
Für einen Augenblick war sie fassungslos. Das also war das Geheimnis des edlen Johann Sigismund, auf dessen Antrag sie zwei Jahrzehnte vergebens gewartet und dem sie ein Leben lang vertraut hatte! Eine heimliche Geliebte, bequemerweise im eigenen Haus untergebracht. Eine Mätresse, wie es an auswärtigen Höfen üblich war.
Tränen der Wut und Enttäuschung verschleierten ihren Blick, bis sie sich nach einiger Zeit aufraffte. Immerhin war sie eine geborene von Retzlow. Schicksalsschläge hatten sie noch niemals umgeworfen.
Erhobenem Hauptes und kalten Herzens überblickte sie die Schandstätte. Auch hier waren Kisten und Kasten anscheinend ausgeleert und wahllos wieder voll gestopft worden. Zwischen Resten von mancherlei Krimskram, einer Schere, Bändern und allerlei weiblichem Tand lag verloren ein einzelner Schuh auf dem blanken Fußboden.
Als hätte sie noch nicht genug gesehen, riss sie mit herrischer Geste den Vorhang zum Alkoven zur Seite. Der jedoch verbarg nicht das erwartete schwelgerische Lotterbett, sondern nur ein schmales, geradezu spartanisches Lager, dessen Decken jemand unordentlich aufgeschlagen hatte.
Angeekelt wandte sie sich ab. Was auch immer in diesem Raum geschehen war, es ging sie nichts an. Blindlings tappte sie zur Tür zurück, wobei ihr der Schuh in den Weg geriet. Sie bückte sich und hob ihn auf. Ein modischer Schuh aus wei-

chem Leder mit derber Sohle. Ein Schuh, den ein Mann hier vergessen hatte.

Schwer atmend versuchte sie, sich zu fassen. Hatte sie es nicht längst geahnt, dass nicht nur blanke Unschlüssigkeit den jungen von Wedell schon vor mehr als zwanzig Jahren gehindert hatte, sich ihr und ihrem Vater zu erklären? Bald darauf war er von der Universität spurlos verschwunden, und als er Jahre später in der Residenz auftauchte, war sie längst mit dem gutherzigen Ebel verheiratet gewesen, der den jungen Höfling gern als Gast in seinem Hause sah, ihn jedoch insgeheim nur belächelte. Wedell hatte sein Vertrauen nie missbraucht, sich ihr nie in unziemlicher Weise genähert, so sehr sie sich nach Ebels frühem Tod nach mehr als nur den tröstenden Worten des Mitgefühls, vielmehr nach einer fassbaren Bekundung aus dem Munde des noch immer Angehimmelten sehnte. Vergebens. Am Hofe im fernen Kleve, wo der Kurprinz als Statthalter residierte, schien er plötzlich unabkömmlich, während sie sich inzwischen dem hartnäckigen und drängenden Werben des Kaufmanns Jenisch ausgesetzt sah, dem sie schließlich in stiller Entsagung nachgab, in die sich wohl auch Trotz mischte. Unerwartet schnell kehrte der Kammerjunker in die Residenz zurück, wo ihm dank kurprinzlichem Einfluss das Freihaus zugesprochen wurde.

Sie hingegen zog es vor, ihre neue Ehe nicht mit der alten, empfindungsvollen Jugendbekanntschaft zu belasten, und stellte ihn Jenisch, der zu gelegentlicher Eifersucht neigte, nicht vor. Nur Henriette, die heranwachsende Tochter, fragte manchmal noch nach dem lieben Vetter, der sie früher oft und nie ohne ein kleines Geschenk für sie besucht hatte. Selbst der Tochter verschwieg sie ihre beiläufigen Treffen mit dem immer noch Verehrten, der mit den Jahren und mit den kleinen

Enttäuschungen ihrer zweiten Ehe zu alter Vertrautheit als ihr unentbehrlicher Freund und Ratgeber aufstieg. In dieser Rolle hatte sie ihn aufsuchen wollen. Nie hatte sie seines Rates nötiger bedurft als gerade heute – und nun dies! Über all die Jahre hatte ausgerechnet der ehrbeflissene Wedell sie mit einem leichtfertigen Frauenzimmer hintergangen.

Und als genüge diese Erkenntnis nicht als Gipfel aller erdenklichen Ernüchterung, ließ sie sich, statt endlich und ungesäumt dieser Stätte des Lasters für alle Zeiten den Rücken zu kehren, aus einer augenblicklichen Eingebung dazu hinreißen, die schmale Tür neben dem Alkoven zu öffnen. Wie nicht anders zu erwarten, war auch der anschließende Raum ein Schlafgemach, in dem die gleiche oberflächliche Ordnung herrschte wie im restlichen Haus. Die Eindringlinge hatten sich gründlich nach Beute umgeschaut. Oder hatten sie etwas Bestimmtes gesucht?

Siedendheiß ging ihr auf, dass sie selbst betroffen sein konnte, falls den Einbrechern bestimmte Papiere in die Hände gefallen waren, von denen sie wusste, dass Wedell sie – in stiller Verehrung für die Urheberin, wie sie bis heute geglaubt hatte – seit Jahren aufbewahrte. Hatten er und das Weib sich insgeheim hohnlachend an ihren jugendlich-schwärmerischen Ergüssen ergötzt?

Sollte sie nach ihren Briefen suchen? Sie trat ein, zwei Schritte in das Zimmer hinein, und mit jedem Schritt wuchs das ungute Gefühl in ihr. Was sie tat, war etwas ganz und gar Undenkbares. Voller Abscheu wandte sie sich von dem breiten, sichtlich benutzten Bett ab und sah sich um.

Die Tür zum Kabinett nebenan stand einen Spalt offen. Auch dorthin führten die Spuren schmutziger Stiefel. Ganz leicht drückte sie mit der Hand gegen die Tür, die knarrend auf-

schwang, und ein durchdringender Schrei entfuhr ihr. An seinem Arbeitstisch saß oder vielmehr lag Johann Sigismund von Wedell, das grünlich gedunsene Gesicht von der unordentlich übergeworfenen Perücke halb verdeckt, den Kopf seltsam abgeknickt. Die rechte Hand ruhte auf einem Bogen Papier, die Finger zu einer Klaue verkrümmt, die linke hing schlaff neben dem Stuhl herab.
»Herr, steh mir bei!«, flüsterte sie voller Entsetzen und hätte sich beinahe bekreuzigt wie eine Altgläubige. Gerade noch rechtzeitig hielt sie die erhobene Hand vor den Mund, um nicht noch einmal aufzuschreien. Dass Wedell nicht mehr im Diesseits weilte, war unübersehbar. Es war nicht der erste Tote, den sie erblickte, wohl aber der grauenvollste. Der Anblick der vertrauten Gestalt mit ihren unnatürlich verdrehten Gliedern und mit den jetzt so fremden, einst makellosen Gesichtszügen flößte ihr einen so tiefen Schrecken ein, dass sie lange Zeit wie erstarrt stand. Das grünliche Fläschchen, das neben Wedells Krallenhand auf der Tischplatte stand, zeigte nachdrücklich an, was vorgefallen war, und das Papier darunter verriet vermutlich die Gründe dafür.
Bebend näherte sie sich dem Tisch. Die Tinte stand noch dort, der Federkiel war den gekrümmten Fingern entglitten. Behutsam griff sie nach dem Bogen, der sich nicht bewegen wollte. Es schien, als hielte der Tote seine letzte Botschaft fest.
Entschlossen zog sie mit einem Ruck an dem gelblichen Papier. Das Tintenfass stürzte um und ergoss seinen Inhalt über den Rest des Blattes, dessen abgerissenen Teil sie in ihrer Hand hielt.
… *ein Sodomit* entzifferte sie. Zwischen beiden Wörtern ein getrockneter Tintenfleck.
Ein Sodomit? Was sollte das?

Und plötzlich verstand sie. Oh, Sodom und Gomorrha! Wohin war sie hier geraten? Fiel da nicht Schwefel vom Himmel und regnete es kein Feuer, um derlei widernatürliche Sünde auszubrennen für alle Zeiten?

Ich bin ein Sodomit, hatte auf dem Papier gestanden. Die letzte Botschaft eines in Ewigkeit Verdammten.

Mit einem Schlag wurde ihr alles klar: sein ewiges Zögern, ihr jemals seine Zuneigung zu gestehen, die Flucht vor ihrer Witwenschaft nach Kleve. Der treue Michel und sein weibisches Gehabe. Ihm gehörte das Nebenzimmer! Keinem Weib.

Niedergeschmettert knüllte sie das schreckliche Geständnis zusammen und erschrak im gleichen Augenblick. Immerhin handelte es sich um die Abschiedsworte eines Toten. Doch wem sollte dieses Eingeständnis jetzt noch nützen? Wedell selbst hatte das denkbar schlimmste Ende gewählt. War es notwendig, ihn nachträglich öffentlicher Bloßstellung und Schande auszusetzen?

Vergeblich versuchte sie, einen klaren Gedanken zu fassen. Das Papier in ihrer Hand! Wenn sie Wedells schändliches Eingeständnis an sich nahm und beseitigte, musste sie auch den besudelten Papierrest entfernen, auf dem sich eine Tintenpfütze bis zu Wedells Fingern hin ausbreitete. Sie sah sich um, fand aber nichts anderes als ein weißes Tuch, mit dem sie die schillernde Flüssigkeit zu trocknen suchte. Als sie die Bogenhälfte unter Wedells Hand hervorzog, befleckte sie dennoch ihre Finger. Panisch wickelte sie die beiden Papierreste in das verschmierte Tuch und schob es unter ihren Umhang. Was sollte sie jetzt tun?

Am besten, sich so schnell und so unauffällig wie möglich entfernen. Wenn jemand sie sah …

Die Kalesche fiel ihr ein und das alte Weib mit dem stechen-

den Blick. Die würde sich auf jeden Fall an sie erinnern, und wer weiß, wer sonst noch.
Aber konnte sie einfach aus dem Haus stürzen und Hilfe herbeiholen? Wie sollte sie ihre Anwesenheit erklären? Eine Untersuchung war unausweichlich. Man würde das Papier und das Tuch bei ihr finden, ihre beschmutzten Finger sprachen eine deutliche Sprache.
Nein, es blieb ihr nur die Flucht von diesem verfluchten Ort. In höchster Not war sie hierher gekommen, um sich Rat zu holen – jetzt schien alles ungewisser als je zuvor
Jedes Geräusch vermeidend stieg sie die steilen Stufen hinunter und machte sich hastig auf den Rückweg.

Christian Fahrenholtz

Christian Fahrenholtz stand am offenen Fenster der Dachkammer und blickte über die dunstige Flur, die sich hinter der Bastion und südlich der neuen Dorotheenstadt bis zum Tiergarten hin erstreckte. Dessen Bäume waren heute ebenso wenig zu sehen wie der Tempelhofer Berg im Süden. Selbst vom nahen Leipziger Tor erkannte man kaum den prächtigen oberen Bogen. Rechts verschwand das Hornwerk der Neustadt in Nebelschwaden, die der Wind vor sich hertrieb.

Christian, seines Zeichens Barbier und angehender Chirurgus, versehen mit breiten Schultern und zupackenden Händen, war für seine dreiundzwanzig Jahre nicht sehr groß gewachsen, dafür aber kräftig und geschickt. Notgedrungen kleidete er sich einfach, achtete auf Sauberkeit und trug entgegen der herrschenden Mode keine Perücke. Über seinen graublauen Augen hing ihm eine hellblonde Locke eigenen Haars in die Stirn und gab ihm etwas Verwegenes, das nicht recht zu seinen eher sanften Zügen passte. Andererseits tat ein erhebliches Maß an Verwegenheit Not, um sich unter den rauen Bewohnern dieser unwirtlichen Doppel-, Dreifach- oder Vierfachstadt samt ihren täglich wachsenden Vorstädten zu behaupten.

Auch heute galt es für ihn wieder, sich umzusehen und endlich eine feste Anstellung zu finden. Seit Wochen suchte er vergeblich danach. Jetzt war der Oktober fast zu Ende, in den katholischen Ländern hatte nach dem dort geltenden Gregorianischen Kalender längst der November begonnen. Hier in Kurbrandenburg lag man in mancherlei Dingen ein wenig zurück.

Fröstelnd schloss er das Fenster. Immerhin hatte er das Glück gehabt, auf dem Werder im Hause einer Verwandten aus der weit verstreuten Fahrenholtz'schen Familie unterzukommen und sich die kalte Kammer mit einem der zugewanderten Refugiés zu teilen, was die Kosten mehr als halbierte, zahlte doch der Hugenotte ein wenig mehr als der entfernte Neffe Christian und lehrte den zusätzlich und gänzlich kostenfrei noch das Französische.

In seinem erlernten Beruf als Barbier, Feldscher und Chirurg hatte Christian noch immer nicht Fuß fassen können. Allzu sehr sperrten sich die Berliner und die Cöllner Zünfte gegen jeden Zuzug, und die beiden Meister auf dem Werder, wo er endlich ansässig geworden war, arbeiteten lieber Tag und Nacht, als einen weiteren Fremden ein paar Groschen verdienen zu lassen. Denn zugewandert waren natürlich auch sie, wie alle auf dem Friedrichswerder, die kein Amt bei Hofe bekleideten und sich selbst ernähren mussten. Und den Hof dazu, denn dorthin floss die Akzise, die Steuer, die auf allen Waren lastete. Nicht weit von seiner Wohnung lag der Neue Packhof, wo die kurfürstlichen Beamten beharrlich jeden Steuerpfennig von den Bürgern wie den Zugereisten eintrieben.

Häufig hatte er schon darüber nachgedacht, ob es nicht angebracht sei, die sandige Mark Brandenburg endgültig hinter sich zu lassen, sich nach Hamburg aufzumachen oder gar nach Holland, wo er sein angenehmstes Wanderjahr verbracht und mancherlei dazu gelernt hatte. Nur mit der Sprache wollte er sich nicht recht anfreunden, und als nach dem überraschenden Tod des wohlwollenden Meisters Bakker die füllige Frau Meisterin ihm täglich und allnächtlich nahe rückte und ihn mit der Übernahme des Gewerbes per Heirat bedrängte, hatte es ihn nicht länger in Wijk an Zee gehalten. Über das kurfürstlich brandenburgische Kleve, die Grafschaft Mark und die Lippeschen Fürstentümer war er zurückgewandert ins heimatliche Städtchen. Gerade rechtzeitig, wie es schien, um sich den brandenburgischen Truppen anzuschließen, die gen Ungarn und gegen die Türken zogen. Das aber hatte die Mutter verhindert, und es war ihr nicht einmal schwer gefallen, den Vater mit beredten Worten zu überzeugen, den Jüngsten nicht in den Krieg ziehen zu lassen. Zwar musste auch sie einräumen, dass ein Feldzug allemal die beste Schule für einen tüchtigen Feldscher und Chirurgen darstellte, aber der frühe Tod ihres eigenen Vaters und ihrer Brüder auf dem Schlachtfeld und die gelegentlichen Erzählungen des Vaters, die mehr Andeutungen waren, über die Schrecknisse, die er in zwei Feldzügen gegen die Schweden gesehen oder selber erlitten hatte – wovon manche Narbe, ein halbes Ohr und ein lahmes Bein noch zeugten –, veranlassten sie, ihrem Lieblingssohn zum ersten Mal etwas ganz entschieden zu verbieten. Der, dem Zwang des Soldatenlebens ohnehin nicht mit Begeisterung verfallen, beugte sich nicht ungern und blieb ein weiteres Jahr in der väterlichen Barbierstube. Von den Achttausend, die nach Ungarn zogen und dort siegten, kehrten die wenigsten zurück.

Gerade hatte er ein Stück altbackener Semmel mit einem Schluck Wasser hinuntergespült, sich die Hände mit einem Tuch abgerieben und damit Frühstück und Morgentoilette beendet, als sein Stubenkamerad Etienne Sy erregt zur Tür hereinstürzte.

»'ast du es schon ge'ört?!«, rief er in seinem französisch gefärbten Deutsch. »Der Babierjunge vom ›Bernauschen Keller‹ ist gestorben! Nun werden sie den Meister festnehmen.«
Christian horchte auf. Derlei Kriminalfälle und der damit verbundene Aufruhr in den Gassen, für Etienne geradezu ein Lebenselixier, interessierten ihn für gewöhnlich nur, soweit es einem Verletzten beizustehen galt. Diesmal jedoch ging es um das eigene ehrliche Gewerbe, das da in Verruf geriet. Seit Tagen sprach die ganze Stadt von dem Vorfall. Etienne, der ein feines Ohr für jede Art von Unglück und Verhängnis besaß, schien bei derlei Nachrichten geradezu aufzublühen und redete auch jetzt auf ihn ein, sofort mit ihm hinüber zum Berliner Rathaus zu gehen und sich die Sache anzusehen.
Erst vor Monatsfrist hatte Christian selber bei jenem Meister Dankwart gegenüber dem wenig einladenden Bierkeller im Rathaus vorgesprochen und sich eine Abfuhr voller hässlicher Worte geholt. Der blasse Lehrjunge war ihm dabei nicht aufgefallen, wohl aber der aufbrausende Sinn des Meisters. Der hatte vor einer Woche im Zorn einen Wachsstock gegen den Jungen geworfen und ihn mit dem eisernen Fuß schwer am Kopf verletzt. Nun war der arme Kerl also tot, und alle Welt, die sich sonst den Teufel um geschundene Lehrbuben scherte, war darauf aus, den Totschläger eigenhändig zu bestrafen oder wenigstens seiner Festnahme beizuwohnen.
Der mörderische Barbier aber hatte sich längst davongemacht, wie Christian von der noch immer herumlungernden Menge erfuhr, als er hinter Etienne den »Bernauschen Keller« erreichte. An dem Handwerksgerät unter seinem Arm leicht als einer aus der Babierzunft zu erkennen, richteten sich sofort allerhand Spottreden über die bekannte Rohheit der Zahnreißer und Knochenbrecher gegen ihn, und es

wäre leicht zu Tätlichkeiten gekommen, hätte Etienne sich nicht seiner angenommen und ihn auf Umwegen eilig davongeführt.

Aufatmend bog Christian in die stille Siebergasse ein. Er wusste, weshalb er dem Berliner Straßenpöbel aus dem Wege ging. Außerdem war er spät dran und musste sich beeilen, um seine beiden Kunden an diesem Vormittag nicht zu verärgern. Wie alle Militärs war der Major Ludowig von Kalckhorst ein schwer zu berechnender und höchst ungeduldiger Mann, dessen Launen von vielerlei Umständen abhingen, von denen der Stand seiner Spielschulden, die Menge des abendlichen Weingenusses und der ungestörte Schlaf im besten Bett des Bürgerhauses, in dem er sich einquartiert hatte, nur drei waren. Christian hatte das Messer gut geschärft, das Becken und alle Gerätschaften blank geputzt und die Tücher, in die er alles hüllte, sorgfältig auf Flecken überprüft. Er verstand sein Handwerk, und er war froh, seine Künste und Fähigkeiten heute zuvor noch einem würdigeren Objekt widmen zu dürfen, als den von Pocken und Alter, Trunksucht und mancherlei Scharmützelspuren gezeichneten Stoppelbacken des Majors.

Den Auftrag, den kurprinzlichen Kammerjunker von Wedell zu rasieren, verdankte er einer dreitägigen Aushilfe bei einem Bader in der Bischofsgasse, die ihm zu der Bekanntschaft mit Wedells ein wenig geziertem Diener Michel verholfen hatte. Der vermochte sich gar nicht genug an Christians ach so sanfter und doch so fester Hand beim Barbieren zu erfreuen, verwickelte ihn in immer umfänglichere Gespräche und geizte überdies nicht mit dem Trinkgeld.

Gestern nun war dieser Michel mit allen Anzeichen höchster Eile auf dem Werder vorstellig geworden, wo er zuerst Sy hinreichend beschwatzt, schließlich aber doch noch Christian

selber gestellt hatte, um ihm das äußere Wohl seines Herrn für die nächsten Tage ans Herz zu legen, die er, Michel, auf dem Wege zu seiner innig geliebten, gleichwohl jedoch todkranken Frau Mutter zu verbringen gezwungen sei.
Christian bog in die belebte Klosterstraße ein und passierte das Hohe Haus, in dem seit Menschengedenken der allmächtige kurfürstliche Gouverneur amtierte, nachdem dort einst die ersten Kurfürsten ihren Sitz gehabt hatten. Mit dem Blick auf die Giebel der Häuser überquerte er die Georgenstraße. Michel hatte ihm das Freihaus mit der Kröte genau beschrieben, einen schmalen dreifenstrigen Bau mit einer Toreinfahrt, den er zwischen zwei stattlichen Nachbargebäuden rechter Hand auch bald entdeckte. Gerade öffnete sich der Torflügel ein wenig und eine Frauengestalt drängte sich durch den Spalt, sah sich, wie es ihm aus der Entfernung schien, wirren Blickes um und stürzte in Richtung Bischofstraße davon.
Bestürzt verhielt Christian für einen Augenblick seine Schritte, als könne er den eigenen Augen nicht trauen, und war in einem zweiten Augenblick versucht, der Frau zu folgen, um ganz sicher zu gehen. Was um alles in der Welt suchte ausgerechnet eine so sittenstrenge Person zu früher Stunde im Hause des kurprinzlichen Kammerjunkers, den Michel ihm mit schelmischem Augenaufschlag als einen unverbesserlichen Junggesellen beschrieben hatte?
Andererseits war das eine Frage, die ihn nicht wirklich etwas anging. Die Frau mochte dem Kammerjunker eine beliebige Ware geliefert haben oder sonst in irgendwelche Geschäfte mit ihm verwickelt sein, die ihren Besuch bei ihm erklärten – allerdings nicht den allzu eiligen Abgang, der eher wie eine Flucht ausgesehen hatte.
Kopfschüttelnd legte Christian die kurze Entfernung bis

zu Wedells Haustor zurück, das er tatsächlich offen stehend fand. Dennoch ergriff er die blanke Metallkröte und ließ sie gegen das eichene Türblatt fallen. Im Haus rührte sich nichts. Christian schob die Tür auf. »Herr von Wedell!«, rief er in den dunklen Durchgang. Da keine Antwort erfolgte, trat er ein. Im Haus, das die Frau gerade eben erst verlassen hatte, musste sich ja jemand aufhalten. Er stieg die Stufen zur Stube empor und klopfte kräftig gegen die Tür. Wiederum keine Antwort. Er trat in den Durchgang zurück und entdeckte in dem trüben Licht breite Schmutzspuren auf den blanken Steinplatten. Von den Schuhen der Frau konnten die kaum herrühren.

Er besann sich auf den Grund seines Hierseins, nahm sein Barbierbecken und schlug mit der flachen Hand darauf. »Herr von Wedell«, rief er dabei mit singender Stimme, »der Barbier ist da, um Euch zu rasieren!«

Nur Stille antwortete ihm. Selbst im Hof oder Garten musste man die Anmeldung vernommen haben. Er rief noch einmal. Nichts. Die Sache kam ihm allmählich seltsam vor. Nach Michels Worten musste ihn der Kammerjunker längst erwarten. Es gehörte nicht zu Christians Gewohnheiten, nach seinen Kunden zu suchen. Andererseits wollte er den Ort nicht unverrichteter Dinge verlassen. Den Barbierlohn konnte er gut gebrauchen. Also stieg er mit dröhnenden Schritten die steile Stiege zum Obergeschoss hinauf. Oben angekommen, fand er eine Tür nur angelehnt, klopfte heftig dagegen und öffnete sie. Allem Anschein nach das Schlafgemach des Herrn, von wo eine weitere Tür ins nebenan liegende Kabinett führte. Auch die stand offen. Mit drei Schritten war Christian dort und erkannte, bevor er noch einmal artig anklopfen konnte, weshalb der Herr von Wedell ihn keiner Antwort gewürdigt hatte.

Markt

Benommen wie von einem bösen Traum war Elisabeth Jenisch durch die Straßen und Gassen geirrt, hatte sich von Zeit zu Zeit furchtsam umgeblickt, ob ihr niemand folgte, und sich schließlich mitten unter den Buden und Scharren auf dem belebten Molkenmarkt wieder gefunden. Sie hatte getan, als interessiere sie sich lebhaft für die neu erbauten steinernen Arkaden auf dem Mühlendamm, und dabei immer nur fieberhaft nachgedacht. Das eigene Unglück, das sie gestern überraschend erfahren hatte, als sie sich heimlich an der Truhe im Keller zu schaffen gemacht hatte, wurde weit überschattet von dem Grässlichen, das ihr in der Klosterstraße begegnet war.
Es war längst an der Zeit, nach Hause zurückzukehren, doch dazu fühlte sie sich nicht in der Lage. Wie sollte sie Henriette ins Gesicht blicken, ohne dass der Tochter sofort ihre außergewöhnliche Erregung auffiel. Oder wenn ihr gar der widerliche Kalckhorst mit seinen doppelsinnigen Wortspielen in den Weg trat! Der Gedanke, Henriette mit dem Mann allein im Haus zu wissen, war wenig trostreich, zumal die Stunde nahte, zu der auch der verdächtige Barbiergeselle gewöhnlich aufkreuzte.
Dennoch und trotz des unangenehm kühlen Wetters beschloss sie, einen weiteren Umweg zu machen. Von der Spandauer Straße bog sie in die Nagelgasse ein und von dort in die Jüdenstraße. Am Rathaus mit dem Kaak, unter dem die ver-

urteilten Übeltäter mit Ruten ausgestrichen wurden, wollte sie jetzt um keinen Preis entlanggehen. Wäre sie eine Katholikin gewesen, hätte die Kirche ihr vielleicht Trost und Beistand geboten. Von dem Pfaffenvolk in der Marienkirche erwartete sie nichts

Es war Freitag. Auch auf dem Neuen Markt war heute der Handel im Gange. Bauern waren mit ihren Karren gekommen, Glücksräder drehten sich, schwächliche Kinder priesen nichtsnutzigen Tand an, auf Brettern vor ihren schmächtigen Leibern ausgebreitet. Elisabeth, die für gewöhnlich das Marktgedränge scheute, strich ziellos zwischen den Buden umher. Allmählich begann sie sich zu beruhigen.

Nur um etwas zu tun, blieb sie am Stand einer Hökerin stehen, bei der sie gelegentlich Garne, Borten oder Bänder kaufte, und beguckte zerstreut das Angebot. Mit Schrecken entdeckte sie, dass noch immer Tintenspuren ihre Finger beschmutzten.

Die Händlerin überfiel sie sofort mit einem Wortschwall, dem sie nur mit halbem Ohr lauschte.

»Habt Ihr's vernommen?« Verschwörerisch neigte sich die Hökerin ihr zu. »Der Kurprinz und die Prinzessin kehren in die Residenz zurück. Man hört es aus sicherer Quelle.«

Bedeutungsvoll und einverständig sahen sich die beiden Frauen an. Jede wusste, was von dieser Nachricht zu halten war. Lange hatte es der Kurprinz aus guten Gründen vorgezogen, seine Gegenwart am kurfürstlichen Hof zu Cölln auf das Äußerste zu beschränken. War er doch der letzte und einzig verbliebene der drei rechtmäßigen Anwärter auf das kurfürstliche Erbe, und jeder wusste um die Gefahr, die den allseits Ungeliebten umlauerte, dem böse Zungen den Beinamen *der schiefe Fritz* angehängt hatten. Waren nicht seine beiden Brüder blutjung und seine ebenso blutjunge erste Gemahlin sämtlich eines jähen und nie vollends geklärten Todes gestorben?

»Der arme Kurfürst!«, sagte Elisabeth und starrte in die wie von einem plötzlichen Schrecken geweiteten Augen der Hökerin. Für einen Augenblick hatte die Nachricht sie von den eigenen Besorgnissen abgelenkt. »Wie entsetzlich, in der eigenen Familie eine solche …«, ihre Stimme sank zu einem Flüstern, »… Giftmischerin …«

»Halte Sie Ihr vorlautes Maul im Zaume«, dröhnte ihr eine grobe Stimme über die Schulter, so dass sie erschrocken ihre Einkäufe raffte und dabei unversehens den rotgesichtigen Büttel anrempelte, der sie lüstern musterte. »Ihr kennt die Strafe, die auf die Verleumdung seiner Kurfürstlichen Durchlaucht wie seiner Gemahlin steht! Im neuen Spinnhaus zu Spandow sind allzeit Plätze frei.«

»Wir haben ja nur …«, lispelte sie, nun tatsächlich zu Tode geängstigt, und schlich sich davon. Das fehlte ihr gerade noch, sich bei all ihren Kümmernissen den Verdächtigungen eines solchen anrüchigen Subjekts auszusetzen! Eilig wich sie einem Karren aus, um schließlich in unziemlicher Hast im Gewühl der Menschen zwischen den Buden und Scharren auf dem Neuen Markt unterzutauchen.

»Soll Sie nur laufen. Ich kenne Sie!«, grollte ihr der Büttel hinterdrein. Er hatte die Ebelsche gleich erkannt, das hochmütige Aas, an deren Haustür er täglich auf seinem Weg zu den Gefangenen im Spandauer Turm vorbeiging. Da stand sie dann und belauerte die Dienstmagd, ob die auch den Unrat gewissenhaft genug in den Rinnstein kehrte, und übersah einen ehrlichen Mann glatt, ja sparte manchmal nicht mit einer anzüglichen Bemerkung gegen gewisse unehrenhafte Gewer-

be, zu denen nun einmal der Büttel zählte. Nun, er würde es ihr schon eintränken, der stolzen Witwe, die sich gerade noch rechtzeitig vor dem runzeligen Alter den wohl beleumdeten Herrn Caspar Jenisch geangelt hatte, einen angesehenen Bürger, der weit weniger Hochmut vorzeigte als sein spät angetrautes Weib. Der ließ schon mal einen guten Groschen springen für einen einfachen Mann, wenn der ihn vor dem falschen Hause angetroffen …
Beinahe wäre ihm ein Grienen ins Gesicht geraten bei dem Gedanken, wo. Rechtzeitig besann er sich auf seine Pflicht und raunzte die Hökerin an: »Und Sie, führe Sie keine aufrührerischen Reden im Maule, sonst mag Ihr in Spandow das Hökern und Handeln vergehen!« Dabei schweiften seine verschwimmenden Äuglein über die ausgelegte Ware. Nur Garn und Tand und Band und nichts Handfestes. Spielerisch griff er nach zwei Ellen blitzender Borte, als spürte er gar nicht, was er da um seine Wurstfinger schlang, sprach noch ein paar deftige Ermahnungen und stolzierte ungerührt von dannen.
Er hatte sich nicht getäuscht. Die Hökerin wagte nicht, ihn des Diebstahls zu bezichtigen, und er konnte der schönen Else heute Abend eine unerwartete Freude bereiten, für die sie sich erkenntlich zeigen musste.
Die Frau aber, die verwitwete Ebelsche, geborene von Retzlow, die seit vier Jahren Jenisch hieß, Anna Elisabeth mit Vornamen, und von ihrem Ehegemahl Caspar wenig gefühlvoll, wenn auch nicht ohne Liebe, so doch ohne Rücksicht auf ihre adlige Abkunft einfach Liese genannt, machte einige Umwege durch das Budengewirr des Marktes und hielt sich entfernt von der Stelle, wo der Galgen und der hölzerne Schandesel allzeit auf den Nächsten warteten. Alleine ging sie selten über den Platz mit all dem liederlichen, ungeratenen Volk, und so

sah sie sich plötzlich in der Papenstraße der verrufenen Hurengasse gegenüber, über deren Bewohnerinnen der Büttel zu wachen hatte, statt sittsame Bürgerinnen auf dem Markt zu belauschen. Schier unmöglich für eine ehrbare Bürgersfrau, den Weg durch die neuerdings so genannte Rosengasse zu nehmen, und sei es am helllichten Vormittag, der allerdings so hell nicht war, dräuten doch schon wieder graue Wolken vom Lustgarten herüber.

Eilig überquerte sie das schmutzige Pflaster und die stinkenden Rinnen zu beiden Seiten; da fielen auch schon die ersten Tropfen. Also ließ sie Ehre Ehre sein und tauchte ein in die Gasse, die im grauen Regenlicht zwar ärmlich, jedoch ganz traulich wirkte, sich aber mit jedem Schritt auf den buckligen, von Unrat übersäten Steinen um zehn Schritt zu verlängern schien. So also sahen die Häuser der verworfenen Dirnen aus, die sicherlich mit wachen Augen hinter den blinden Fenstern lauerten, immer auf der Jagd nach einem brünstigen Mannsbild, das bereit war, einem buhlerischen Weib sein Geld zu opfern.

Es dünkte ihr eine Ewigkeit, bis sie endlich die Quergasse vor der alten Mauer erreichte, und siedend fuhr es ihr durch den Sinn, dass hier der Scharfrichter Heinrich Müller und der Büttel nebst allerlei anderem ehrlosen Volk hausten, nur wenige Schritte entfernt von den Heimstätten achtbarer Bürger. Mit Erleichterung und ohne auf den immer stärker niederfallenden Regen zu achten, bog sie eilig um die Ecke und war endlich zwischen dem Haus »Zum weißen Schwan« und dem jüdischem Gebetshaus daheim angekommen. Noch in der Tür bekreuzigte sie sich mit einem Blick auf die gegenüberliegende Kapelle Zum heiligen Geist, eine Angewohnheit, die von ihrer Großmutter herrührte und einer gut lutherischen Protestantin nicht angemessen war, wie sie wohl wusste. Die Kirche diente ohnehin nur noch dem Spital und den Soldaten der Garnison für ihre Gottesdienste. Einst hatten dort die berühmten drei Lindenbäume von einem Gottesurteil gezeugt, inzwischen saßen dort im Mai die Alten, die im Spital ihr Gnadenbrot aßen, unter den Fliederbüschen und warteten auf den Sommer. Das war noch lange hin. Elisabeth Jenisch schauderte es im kalten Novemberregen.

Kalckhorst

Noch immer etwas benommen, ging Christian Fahrenholtz die Georgenstraße entlang. Die Entdeckung des Toten hatte ihm einen gehörigen Schrecken eingejagt. In einer ersten Aufwallung war er versucht, das Haus in der Klosterstraße so schnell wie möglich und auf leisen Sohlen zu verlassen, zumindest so zu tun, als wäre er nie bis in das Obergeschoss vorgedrungen. Dann hatte er sich seiner lauten Rufe erinnert und der Tatsache, dass der geschwätzige Michel ihn bestellt und, wer weiß, wo und bei wem, auch angekündigt hatte. Abgesehen davon ließ es seine berufliche Ehre nicht zu, den Aufgefundenen nicht wenigstens auf sichere Zeichen des Todes hin zu untersuchen, die an Wedells Leichnam allerdings unübersehbar waren. Der Mann war seit einigen Stunden tot. Die grünliche Phiole neben der verkrümmten Hand verriet überdies die Todesursache. Aufmerksam hob Christian das Fläschchen in Augenhöhe, roch daran und drehte es langsam um. Ein farbloser Tropfen floss auf die feuchte, tintenverschmierte Tischplatte. Dass die Tinte noch nicht getrocknet war, erstaunte Christian, zumal zwar die Feder, jedoch kein Schriftstück auf ihren Gebrauch hindeutete. Unbeschriebenes Papier lag in einem ordentlich geschichteten Stapel mehr als eine Elle von dem Toten entfernt auf dem Tisch.

Ihm wurde bewusst, dass er nicht hier war, um Rätsel zu lösen, und es wohl überhaupt besser gewesen wäre, die Stiege nicht zu erklimmen. Blieb die Frage, was er jetzt tun sollte. Begab er sich in die Hand des Rates, so war ihm eine lange, umständliche und beschwerliche Befragung, ja, bei dem geringsten Zweifel an der Wahrheit seiner Aussage gar die Tortur gewiss. Die Berliner Jurisdiktion galt nicht als zurückhaltend, der Scharfrichter als ein entschlossener Mann, der sich auf die Kunst der Tortur verstand.

Mit diesen wenig erfreulichen Bedenken hatte Christian das Haus verlassen, dem er noch einen letzten Blick gönnte. *Freihaus* las er in verschnörkelter Schrift über der Toreinfahrt, und das gab ihm den rettenden Gedanken ein. Als Besitzer eines Freihauses und Eximierter, also als ein Angehöriger des Hofes, unterstand Wedell nicht dem Berliner Rat, sondern der kurfürstlichen Hausvogtei, zu deren Angelegenheiten sein Tod mithin zählte. Dem Hausvogt Wendelin Lonicer wiederum war Christian jüngst bei einer Kindtaufe im Verwandtenkreis begegnet, war er doch mit einer Tochter des dahingegangenen Hofapothekers Fahrenholtz verheiratet und außerdem einer der Nachfolger des Jodocus Vahrenholtz aus dem holsteinischen Zweig der großen Familie. Das mochte immerhin ausreichen, den kargen Angaben zum vermutlich freiwillig gewählten Tod des Kammerjunkers Glauben zu schenken und ihn, Christian, nicht mit einem ungerechtfertigten Verdacht zu behelligen.

Ein wenig erleichtert setzte er seinen Weg in Richtung auf das Schloss fort, um sich so schnell wie möglich der leidigen Pflicht zu entledigen. Am Hohen Steinweg jedoch begann er zu zögern. Selbst den guten Willen des Hausvogts vorausgesetzt, konnte die Angelegenheit einige Zeit in Anspruch nehmen, wofür der Major von Kalckhorst nicht das geringste Verständnis aufbringen würde.

Nichts sprach dagegen, vor der Meldung bei Lonicer dem Haus in der Spandauer Straße einen eiligen Besuch abzustatten und sich der zerklüfteten Gesichtslandschaft des Majors zu widmen. Der Gedanke versetzte ihn zusätzlich in Unruhe, und schuld daran war keineswegs der Major.

Jeden Morgen erschien es Christian wie ein Ritt auf den spitzen Zähnen eines Kamms, wenn er das gediegene Haus nahe dem alten Spandauer Tor erreichte und die Dienstmagd ihm nicht sonderlich bereitwillig die Tür öffnete. Würde ihm heute wieder einmal und wie zufällig die ersehnte Person in dem Durchgang oder auf der Treppe begegnen? Oder nur die argwöhnische Hausherrin, die es anscheinend darauf anlegte, ihm aufzulauern, um ein Zusammentreffen mit der streng Behüteten zu verhindern? Sollte er sie einfach dreist und gottesfürchtig fragen, was sie vor einer halben Stunde in jenem Freihaus in der Klosterstraße gesucht hatte? Dass er diese zufällige Beobachtung Lonicer gegenüber verschweigen würde, stand für ihn fest.

Erwartungsvoll klopfte Christian an die Haustür, hinter der sich nichts rührte, bis sie schließlich wie von Zauberhand aufsprang und die sehnlich Erhoffte leibhaftig und mit geröteten Wangen vor ihm stand.

»Christian«, flüsterte sie mit strahlenden Augen. »Ich habe schon gewartet. Mutter ist ausgegangen!«

Welch seltener Glücksfall. Eilig trat er zu ihr in den Flur, sein Bündel unter den linken Arm gepresst. Ihre Hand fest in seiner Rechten, zog er sie an sich. Ihre weichen Haarspitzen kitzelten seine Nase.

»Christian!«, mahnte sie flüsternd, und noch ehe er ein Wort entgegnen konnte, öffnete sich die Stubentür. Wie der Blitz fuhren sie auseinander.

Die Magd, ein feuchtes Tuch in der Hand, musterte das Paar nicht ohne Anzüglichkeit in den frechen Augen. »Wieder nur der Barbier«, stellte sie mit lauter Stimme fest. »Ich glaubte schon, der Sandjunge wär's.«
Oben hatte der Major von Kalckhorst nur auf diese Meldung von Christians Ankunft gewartet, denn schon ertönte seine herrische Stimme: »Wo bleibt der Kerl? Wird er sich gefälligst mal heraufbemühen und nicht mit den Weibern herumscharwenzeln!«
Henriette biss sich auf die Lippen, als Christian bedauernd die Schultern hob und sich auf den Weg in das obere Geschoss machte. Ihm entgegen polterte Valtin die Stufen hinunter, Kalkhorsts Faktotum, der so tat, als bemerke er den Jüngeren kaum, ihm aber im Vorbeigehen einen freundschaftlich gemeinten Hieb in die Rippen verpasste. Christian lächelte ein wenig mühsam, und das Lächeln verging ihm auch nicht, als ihn Kalckhorst oben mit blitzenden Schweinsäuglein und einem schiefen Grienen empfing. Der Herr Major schien sichtlich guter Laune, und das kam selten genug vor.
»Die Jungfer gefällt ihm, wie?«, brüllte er mit seiner Kommando gewohnten Stimme und grinste noch dämonischer.
Geschäftig packte Christian seine Gerätschaften aus. »Die Magd?«, fragte er harmlos. »Nun ja, wie man's nimmt …«
Er hatte für die Magd so wenig einen Blick wie die für ihn.
»Die Magd!«, ereiferte sich der Major. »Hält er mich für einen Esel? Als ob ich nicht wüsste, was da in den Augen jedes Kerls aufleuchtet, wenn er so ein Frauenzimmer sieht! Ich glaube fast, er kommt nur ihretwegen hier ins Haus und schabt mir nur ganz nebenbei das Fell.«
Das kam der Wahrheit gefährlich nahe. Christian ließ es sich nicht anmerken.

Dem Major behagte das Thema. »Im Vertrauen gesagt: Ich wäre schon mit der Mutter zufrieden. Aber die hat Haare auf den Zähnen!«, schwadronierte er weiter. »Der Drache Elisabeth!«

Christian schwieg dazu und begann ihn einzuseifen. Gewiss, auch die Mutter sah noch recht proper aus in ihrer stolzen Schönheit – aber die Tochter erst! Frisch wie der Morgenstern an einem Frühlingstag. So hatte er es jedenfalls seinem Tagebuch anvertraut.

Vor einigen Wochen war ihm das Mädchen beim sonntäglichen Gottesdienst in der Marienkirche zum ersten Mal aufgefallen, und seitdem hatte er keinen Kirchenbesuch ausgelassen. Bald wusste er, dass sie Henriette hieß, wie die vor zwei Jahrzehnten verstorbene holländische Kurfürstin, und nur in Begleitung ihrer Mutter und meist auch des Vaters, der nicht ihr Vater war, das Haus verlassen durfte. Einige Male war er der Familie in gebührendem Abstand gefolgt. Den Stiefvater hatte es fast immer zum Bier in den Stadtkeller »Zum Grünen Baum« gezogen; die Frauen waren in züchtigem Schritt die Spandauer Straße in Richtung auf das alte Tor entlanggeschritten und in eins der Häuser zwischen der Büttelgasse und dem Tor heimgekehrt. Ein ordentlich gebautes Haus mit einer breiten Durchfahrt zum Hof und wohl verglasten Fenstern selbst im oberen Geschoss und im Dach. Dort hauste Valtin, während sein Herr sich in der guten Stube im ersten Stock einquartiert hatte und seine unfreiwilligen Wirtsleute gehörig kujonierte, wie Christian schnell herausfand.

Es war in allen Häusern das Gleiche. Die Bürger litten unter dem Druck und dem Servis für die einquartierten Offiziere und Soldaten und waren besonders schlimm dran, wenn die ihnen mit Weib und Kindern die besten Stuben wegnahmen.

Waren die Militärs hingegen unverheiratet, wandten sie sich leicht der Frau und den Töchtern des Hauses zu und ließen auch die weiblichen Dienstboten selten ungeschoren.
Da ihm seine unregelmäßige Beschäftigung und die mitunter weiten Gänge zu einem Kunden auch an Wochentagen genügend Zeit ließen, war es Christian nicht schwer gefallen, sich nach und nach ein beträchtliches Wissen über die Familie Jenisch anzueignen. Leider weniger über Henriette Ebel; da wollte die Magd nicht mit der Sprache heraus, obwohl Christian ihr einen guten Groschen dafür bot, was sie anscheinend sehr erboste. Und Valtin, der bauernschlaue Tölpel, der gerne den Einfaltspinsel spielte, beim gemeinsamen Bier aber schnell auftaute, wusste wenig über die Jungfer zu berichten, die ihm, vor allem aber seinem Herrn aus dem Wege ging, wo immer es möglich war.
Ludowig von Kalckhorst, in Ehren ergrauter Haudegen und – traute man seinen eigenen Worten – einer der wahren Helden von anno Ferbellin, wo ihm die Schweden gehörig die Visage und die linke Hand zerhackt hatten, suchte seit langem nach einer standesgemäßen Frau für seine späten Tage. Mittellos wie ein alter und in seiner Laufbahn nicht eben erfolgreicher Soldat nun einmal war, hatte er sie unter den hoffähigen Damen der Residenz vergeblich gesucht. Nun schien ihm die zumindest mütterlicherseits aus adligem Geschlecht stammende Henriette gerade die Rechte zu sein, zumal er den Wohlstand der Familie täglich vor Augen hatte, wenn ihm auch selten genug ein Blick auf die schöne Auserwählte gelang. Dafür sorgte die allzeit wachsame Mutter, die Kalckhorst vom Aussehen her so übel nicht fand, bis eine ungelenke Annäherung an sie ihm einen garstigen Treppensturz mit anschließender Bettlägerigkeit eingebracht hatte.

Seitdem wachte der Drache Elisabeth – so hatte er sie getauft und scheute nicht davor zurück, sie auch so zu nennen – wie eine Löwenmutter über ihre jungfräuliche Brut. Dem stattlichen Hausherrn erwies Kalckhorst so wenig Respekt, wie es sich einem bürgerlichen Pfeffersack gegenüber gehörte. Den insgeheim bewunderten Drachen Elisabeth jedoch fürchtete er.

Das alles hatte Christian, ohne viel zu fragen, aus Valtin herausgebracht, der sich gerne über seinen groben Herrn und dessen Heiratspläne lustig machte. Valtin hielt nichts von der Ehe, und noch dazu mit einer so viel Jüngeren. Ihn zog eher die ansehnliche Leibesfülle der bejahrten Köchin an, was sich auf Dauer als eine entschieden vorteilhafte Beziehung erwies, gegen die nicht einmal die Dienstmagd mit allerlei versteckten Anspielungen ankam. Wollte sie nicht Hunger leiden, war auch sie auf ein gelegentliches Zubrot von der Köchin angewiesen. Die hatte anscheinend ein hohes Geschick entwickelt, die ebenso argwöhnische wie sparsame Elisabeth Jenisch zu hintergehen.

Elisabeth hingegen hielt ihre Manie beständiger Aufsicht und Überwachung aller Lebensäußerungen im Hause für schlichtweg vollkommen und bezahlte diese trügerische Sicherheit damit, dass jedermann sie täuschte, selbst Henriette, wann immer sie wollte.

Zwar waren der Mutter die Blicke in der Kirche nicht entgangen, mit denen Henriette einen gewissen jungen Mann bedachte, aber sie bemerkte nicht, dass gerade der ihnen folgte und schließlich so oft an ihrem Haus vorbeiging, bis Henriette eines sonnigen Tages am offenen Fenster saß und er ein Gespräch mit ihr anzuknüpfen verstand, während Elisabeth im Hof die Waschfrau beaufsichtigte. Gemeinsam entdeckten die jungen Leute im Laufe der Zeit noch andere Lücken in Elisabeths Ordnung. Die ständige Furcht vor dem mütterlichen Adlerblick steigerte ihre Vertrautheit eher, als sie zu behindern. Henriette fand manche günstige Gelegenheit, das Haus und sei es für ein paar Minuten zu verlassen, und wie zufällig war Christian dann meist in der Nähe. Nicht umsonst hatte Valtin den jähen Zorn seines Herrn auf einen ungeschickten Schaberlehrling dazu benutzt, Christian Fahrenholtz als ständigen Leibbarbier zu empfehlen.

Seitdem kam Christian täglich ins Haus und suchte seine Möglichkeiten zu nutzen. Vielleicht ergab sich auch heute noch eine Gelegenheit, wenngleich ihn der Gedanke an den ausstehenden Besuch beim Hausvogt bedrückte.

Er summte ein wenig vor sich hin, wie es seine Gewohnheit beim Rasieren war, und begann vorsichtig mit dem schwierigen Geschäft. Der Major saß nie still und neigte zu höchst unerwarteten und unerwünschten Bewegungen seiner Gesichtsmuskulatur. Auch jetzt konnte er sich nicht zurückhalten und stimmte gegen Christians melodisches Summen seinen misstönenden Lieblingsgesang von den abgedankten Soldaten an, mit dem er Christians Ohren schon mehrmals gefoltert hatte:

Würmer im Gewissen
Kleider wohl zerrissen
Wohlbenarbte Leiber
Wohlgebrauchte Weiber
Ungewisse Kinder
Weder Pferd noch Rinder
Nimmer Brot im Sacke
Nimmer Geld im Packe
Haben mitgenummen

Die vom Kriege kummen:
Wer dann hat die Beute?
Eitel fremde Leute.

Und als wäre nicht ohnehin klar, wer mit den eitel fremden Leuten gemeint war, wies er bei der letzten Zeile mit seinem krüppligen Zeigefinger nachdrücklich auf den Fußboden. »Der Jenisch ist auch so einer!«, knurrte er. »Aber ich komme ihm auf die Schliche!«

Das waren so Reden, wie Kalckhorst sie gerne führte und auf die Christian nichts gab. Eher der Unterhaltung wegen fragte er deshalb: »Was für Schliche meint Ihr?«

»Pscht!«, mahnte der Major und hob den krummen Finger. »Ich sehe, was ich sehe, und …«, er klopfte mit dem Finger gegen seinen schartigen Schädel, »… ich denke mir mein Teil.«

Na, dann wird's nicht gefährlich, dachte Christian bei sich und setzte das Messer an.

Einladung ins Schloss

Als die Hausherrin eintrat und den Regen abschüttelte, kam aus der Küche sogleich die kurzatmige Köchin gelaufen, während die Magd sich im Durchgang noch am Besen festhielt, wie sie es wohl seit Stunden tat, das faule Ding.

»Bist du noch nicht fertig mit dem Kehren?«, herrschte die Jenischen sie an und lud gleich all ihren angestauten Unmut über die Ereignisse des Vorabends, des Morgens und über den dreisten Büttel auf die respektlose Person ab, an der jedoch alle Vorwürfe abperlten wie Wasser am Entengefieder. Gesinde eben und schlechtes noch dazu, wie es allmählich üblich wurde in den Residenzstädten, wohin sich alles Gelichter aus der Mark und von sonst wo zog. Und dazu noch Pfälzer und reformierte Franzosen. Die allerdings waren von anderem Kaliber. Fleißige und ordentliche Leute mit eigenem Gewerbe, weshalb von den Töchtern leider keine in den Dienst einer wohlhabenden Berliner Bürgersfrau treten wollte, und schon gar keiner lutherischen.

Als Caspar Jenisch um sie freite, hatte sie im Stillen erwogen, sich gemeinsam mit ihm dem reformierten Kalvinismus zuzuwenden, dem der kurfürstliche Hof anhing, aber Caspar war nicht zu überzeugen gewesen. Wie so viele Berliner hasste er die Kalvinisten, ohne es allzu offen auszusprechen. »Besser türkisch als reformiert!«, hatte er gemeint. »Alle meine Vorfahren waren seit hundertfünfzig Jahren gut lutherisch, und meine Kunden und Geschäftspartner mögen es mir als üble Anschmiererei auslegen, wenn ich im Herbst meines Lebens ohne Nötigung das Pferd wechsle.«

Nun, Jenisch hatte sie in mancherlei Hinsicht getäuscht, nicht nur in Bezug auf seinen Glauben. Zu ihrer Bestürzung hatte sie bald bemerkt, dass er entgegen allen Lippenbekenntnissen zu einer nichtswürdig oberflächlichen Religionsausübung neigte, die nach Elisabeths allmählich wachsender Erkenntnis beinahe an Gotteslästerung grenzte. Wenngleich Jenisch kaum einen Kirchenbesuch ausließ und sich bemühte, seine leichtfertigen Auslegungen der Schrift nicht aus dem Haus dringen zu lassen, schienen manche unbedachten Äußerungen des Stiefvaters nicht ohne Wirkung auf Henriette zu bleiben, Elisabeths einzige und von ihr in strenger Gottesfurcht erzogene Tochter. Das Mädchen schlug anscheinend ihrem seligen Vater Johann nach, einem mit Glück gesegneten Leichtfuß, den der Herr früh zu sich genommen hatte. Obwohl längst im heiratsfähigen Alter, war Henriette ein heiteres, allzu unbedachtes Kind geblieben. Der teure Schulbesuch am Nikolaikirchhof hatte wenig zu der sittlichen Reifung der Tochter beigetragen, die Elisabeth sich davon versprochen hatte.

Auch jetzt drang helles Lachen an das Ohr der Mutter, und sie wusste schon, dass Henriette im Hause wieder einmal nichts Besseres zu tun gefunden hatte, als in der großen Stube zu ebener Erde nahe am Fenster zu sitzen, nur zum Schein mit einer Handarbeit beschäftigt, während ihre Blicke auf die Straße gerichtet blieben, wo in jeder Minute etwas geschah, von dem manches den Augen eines jungen Mädchens besser verborgen geblieben wäre.

Es war noch ärger, als sie geglaubt hatte. Zwar saß die Tochter wirklich in dem dicht ans Fenster gerückten Lehnstuhl, der eigentlich dem Hausherrn vorbehalten war, worüber der zu Henriettes Gunsten gerne hinwegsah, doch vor ihr trieb ein Mannsbild seine Narrenpossen, sodass Henriette über ihr Lachen kaum den Eintritt der Mutter bemerkte. Mit süßsaurer Miene erkannte sie ihren Brudersohn Matthes von Retzlow, ihren Neffen also, wie es neuerdings nach der französischen Mode hieß, den sie nicht sonderlich liebte, lag er ihr doch von Zeit zu Zeit gern auf der Tasche. Mit den wenigen Talern, die er als Hofjunker im Tross der Kurfürstin bezog, und die wurden, wenn überhaupt, nie ohne Verspätung ausgezahlt, reichte ein junger Edelmann mit Matthes Ansprüchen und Gewohnheiten nicht weit. Andererseits erinnerten allein schon Matthes großsprecherisches Auftreten und sein Name sie an die eigene Familie und deren glanzvolle, leider längst verblasste Vergangenheit.

»Nun, was bringst du so Lustiges?«, erkundigte sie sich spitz. Caspars Verbot, mit dem Besucher über die Truhe zu sprechen, hätte es nicht bedurft. In Geldgeschäften misstraute sie Matthes ohnehin. Es war eher ungewöhnlich, dass er schon am Vormittag den Weg über die Lange Brücke hierher in die Spandauer Straße fand. Meist kam er des Abends, wenn Caspar, so er denn zu Hause war, bei einem Becher roten Malvasiers saß oder wenigstens vom guten Bernauer Bier anzubieten hatte. In Wahrheit mochten sich die beiden nicht sonderlich, und mitunter uferte ihre hitzige Unterhaltung zu lautem Streit aus, sodass Elisabeth das Schlimmste fürchten musste. Dabei ahnte Caspar hoffentlich nicht einmal, dass sie Matthes gelegentlich ein paar Taler zusteckte, verbunden mit der Mahnung, nicht so bald wiederzukommen.

Matthes lächelte ihr zu über das ganze breite Gesicht. Man sah ihm an, dass er gerne gut aß und trank, und das hielt ihn wohl auch bei Hofe. »Ich finde, dass mein Bäslein allmählich ans Heiraten denken sollte«, sagte er. »Nur ist ihr keiner gut genug. Da haben wir uns vorgestellt, wie es wohl wäre, wenn sie einen von den nächsten Zehn nehmen müsste, die hier unterm Fenster vorbeikommen. Aber keiner war ihr recht ...«

»Daran ist wenig Lächerliches«, befand Elisabeth, und sie meinte es auch so. Keiner war Henriette recht, das mochte wohl sein. Obwohl sie es nicht einmal in der Kirche unterlassen konnte, das eine oder andere Mal herumzuäugeln, sobald ein junger Kerl in der Nähe auftauchte. Über das Heiraten aber waren sie mehr als einmal aneinander geraten. Selbst mit Caspar wollte sich darüber keine Einigkeit einstellen, war er doch wie Henriette der Ansicht, dafür bliebe noch ausreichend Zeit in einem jungen Leben.

Wenn wenigstens Matthes ein wenig mehr Ansehen und Ernsthaftigkeit aufgebracht hätte und einen auskömmlichen Posten bei Hofe dazu – sie hätte ihn als Ersten in die Auswahl möglicher Bewerber aufgenommen, schon um des ehrlichen alten Namens willen. Seine Neigung für Henriette war nicht zu übersehen, und wie es heute schien, gab es da eine gewisse Gegenseitigkeit.

»Blieb ihr nur der Zehnte!«, fuhr Matthes fröhliche Stimme in ihre Gedanken. Henriette beugte sich über den Stickrahmen, um das Lachen zu verbergen. »Ein grindiger Invalide, einbeinig und in Lumpen gehüllt!«

»Damit treibt man keine Scherze!«, fuhr Elisabeth ihn scharf an, und im gleichen Ton an Henriette gewandt: »Wenn es dir nicht bald Ernst damit ist, wirst du gewisslich mit einem hergelaufenen Invaliden vorlieb nehmen müssen. In deinem Alter ...«

»... hattest du schon zwei Kinder geboren«, sagte Henriette, und nur ihr sanfter Ton minderte die Schärfe, der eigenen Mutter übers Maul zu fahren und an die früh verstorbenen Geschwister zu erinnern.

Elisabeth schlug ihr dennoch mit dem Handrücken ins Gesicht. »Ab in deine Kammer!«, herrschte sie die Tochter an, die aufsprang und ihr im Davonlaufen nur einen kalten Blick schenkte.

Im gleichen Augenblick bedauerte Elisabeth ihre Erregung. Es war nicht recht, die Tochter vor den Augen von Matthes zu züchtigen. Der jedoch ging heiter darüber hinweg. Er hielt Henriette zurück und griff beruhigend nach dem Arm der Mutter. »Regt Euch nicht auf, Muhme Elisabeth. Ich habe eine Nachricht für Euch, auf die Ihr schon lange wartet. Deswegen bin ich hier und nicht, um Euch zu verdrießen.«

»Wie?«, fragte Elisabeth denn auch sofort begierig. Es konnte nur die allzu lang ersehnte Erfüllung eines Wunsches bedeuten, die ihr im Augenblick gänzlich unwichtig erschien.

Mit großen Gesten berichtete Matthes: »Dabei wäre beinahe noch alles verdorben! Nur mit Glück und Geduld habe ich es wieder richten können. Seit langem hatte ich mich hinter den Kammerrat Uhde gesteckt, und der wollte über die Herzogin Charlotte durchsetzen, dass die Kurfürstin Euch empfängt. In warmen Worten hat er der Wiesenstein von Eurer Zaubermedizin berichtet und sie damit für Euch eingenommen.«

Elisabeth erschrak. *Zaubermedizin* – das klang nicht ungefährlich, und schon gar nicht im Zusammenhang mit dem Namen der Herzogin. Jeder kannte die kurfürstlichen Edikte gegen Hexerei und Zauberkunst und wusste, wie die solchermaßen Angeschuldigten endeten. Und jeder kannte den bö-

sen Ruf der Herzogin Charlotte von Holstein-Wiesenstein, der Nichte und engsten Vertrauten der Kurfürstin.
»Es ist ein schlichter Kräutertrunk nach der Rezeptur meiner Großmutter. Caspar hat er gut getan bei seinen Gliederschmerzen. Musstest du damit bei Hofe gleich als Zaubermittel prahlen?«
»Wollt Ihr ins Schloss oder nicht?«, fragte Matthes nüchtern zurück. »Ahnt Ihr denn überhaupt, was sich dort inzwischen abgespielt hat?«
Natürlich ahnten die Frauen nichts von dem, was wirklich hinter den dicken Mauern der alten Zwingburg an der Spree vorging, und wussten doch alles, denn täglich und stündlich gingen dort im Schloss Dutzende Lakaien ein und aus, Aufwärterinnen und Wäschemädchen, Kanzlisten, Kammerdiener, Musikanten und allerlei Handwerker, denen das Maul leicht überfloss, mochte auch Strafe angedroht sein. Und dazu die gelehrten Herren Kammer-, Kriegs- und sonstigen Räte, deren nicht weniger erwartungsvolle Ehehälften (und Töchter, Mägde und Bediente hinter den Türen) zu Hause begierig auf jedes Wort vom Hofe warteten, um es unter dem Siegel tiefster Verschwiegenheit sofort zumindest der treuesten Freundin im Nebenhaus oder dem besten Freund am Biertisch zu vermelden.
Die Neuigkeit jedoch, dass die Herzogin von Wiesenstein als *verbrecherische Handlangerin* möglicher Giftattentate den Hof verlassen müsse, war noch nicht bis in die Spandauer Straße gedrungen.
»Dann ist es also wahr, dass der Kurprinz zurückkehrt?«, erkundigte sich Elisabeth mit unterdrückter Stimme. Es ging die Dienstboten wahrlich nichts an, was im Hause gesprochen wurde.

»Angeblich hat's der Danckelmann gerichtet zwischen Vater und Sohn. Und der Fürst von Anhalt. Aber beim schiefen Fritz weiß man nie, woran man ist«, antwortete Matthes leichthin und viel zu laut. Es missfiel Elisabeth, dass sein Arm noch immer vertraulich um Henriettes Schulter lag, die bei derlei interessantem Gesprächsstoff selbst den Anschein aufgegeben hatte, dem schroffen Befehl der Mutter zu folgen. »Bei seiner Schwachbrüstigkeit wird er's auch ohne Gift nicht lange machen, wenn man den Doktores glauben darf. Schon im vergangenen Winter hat er sein Testament aufgesetzt, und der Tod des Alten wird ihn vollends umwerfen.«

An den derben Ton, wie er unter den Höflingen insgeheim üblich sein mochte, wollte Elisabeth sich nicht gewöhnen. »Spreche Er nicht so respektlos von unserem kurfürstlichen Herrn!«, forderte sie streng, doch Matthes lachte bloß.

»Auch der ist nur ein Mensch wie wir, wenn man ihn täglich sieht, und muss beim Kacken wohl die Knie krümmen, und mögen sie ihm noch so schmerzen. Mitunter ist es nicht mit anzusehen, wie er leidet! Und darum ...«, sein langer, nicht ganz sauberer Finger fuhr Elisabeth beinahe ins Gesicht, »... darum werdet Ihr der schwarzen Dorothea das Rezept für Euren Kräutertrank verraten, der ihm ein wenig Linderung verschaffen soll.«

»Wie denn?«, fragte Elisabeth verblüfft. »Ich denke, mit der Wiesenstein ist es zu Ende?«

»Das schon.« Matthes lächelte schlau. »Ich habe es rechtzeitig gespürt und noch auf eine andere Zahl gesetzt. Eine der Kammerjungfern ... Nun, die Einzelheiten sind nicht wichtig. Die Kurfürstin, so heißt es jedenfalls, greift nach jedem Strohhalm, seit sie selber jüngst zum zweiten Mal der Schlag getroffen und Mund und Wange hängen ...« Er verzog sein fleischiges Gesicht, als wäre er die kranke Kurfürstin, aber so komisch es auch wirkte – seine Zuschauerinnen wollten nicht lachen über die Vorstellung.

»Mir ist nicht wohl dabei«, sagte Elisabeth. »Ich habe mir gewünscht, bei Seiner Kurfürstlichen Durchlaucht selber vorgelassen zu werden ...«

Matthes wehrte ab. »Der alte Griesgram empfängt nicht mal mehr die Räte. Er sitzt im Lehnstuhl oder liegt im Bett und grübelt vor sich hin, wer wohl sein Nachfolger werden soll. Der Philipp ist grad achtzehn ...«

»Und nicht der Erbprinz!«, sagte Elisabeth scharf. »Das sollte die schwarze Dorothea endlich begreifen! Unsere dahingegangene Kurfürstliche Durchlaucht Luise Henriette ...«

Abwehrend hob Matthes beide Hände: »Hütet Euch, den Namen zu nennen oder an der rechtmäßigen Erbfolge von Dorotheens Kindern zu zweifeln. So wahr ich hier stehe: Ihr findet Euch im Grünen Hut wieder!«

Elisabeth erbleichte, doch Henriette war so leicht nicht zu schrecken. Ein wenig vorlaut sagte sie: »Der alte Turm ist doch längst aufgelassen, heißt es. Jetzt sollen Schlafgemächer drin sein.«

Über das Schloss ließ Matthes sich ungern belehren. »Und wenn schon«, sagte er mürrisch. »Nur weil der große Kurfürst kein Gefängnis in seinem Hause dulden wollte, ist die Hausvogtei im Glockenturm noch längst kein Paradies.«

Die Wendung des Gesprächs missfiel Elisabeth in höchstem Maße. »Ich weiß nicht, ob ich unter diesen Umständen ...«, sagte sie voller Missbehagen, was Matthes allerdings erst richtig aufbrachte.

»Da gibt man sich nun alle Mühe«, fuhr er auf. »Macht sich Hinz und Kunz gefällig, schmiert hier, gibt da – und dann sagt

Ihr: Ich weiß nicht …! Ihr müsst Euch schon bekennen zu dem, was Ihr wollt, und ich muss wissen, woran ich bin. Das Leben bei Hofe ist nicht so behaglich und angenehm wie das Eure in der warmen Stube. Da lauert schon der Nächste nur auf mein Versehen …«

»Ja, ja«, unterbrach ihn Elisabeth beruhigend. »Ich werde mich nach allem richten, was du sagst. Und deine Auslagen …«

Er winkte ab und klimperte mit seinem Geldbeutel, der ausnahmsweise einmal gefüllt zu sein schien. Außerdem war es ihm vor dem Mädchen nicht angenehm, Geld einzufordern. »Also dann am Sonntag«, sagte er nur und schickte sich zum Gehen. »Die Stunde teile ich Euch noch mit.«

»Ja, ja.« Beinahe hastig drängte ihn Elisabeth hinaus, gerade dass er Henriette noch zuwinken konnte. Doch die sagte nur leise: »Ich verstehe wirklich nicht, was Ihr bei dem bösen alten Weib wollt.«

Elisabeth blieb ihr die Antwort darauf schuldig. Mit Schrecken hatte sie bemerkt, dass ihre Finger noch immer Tintenspuren trugen.

Der Hausvogt

Unzufrieden überquerte Christian die hölzerne Lange Brücke. Links stand der Marstall, rechts erhob sich die graue Baumasse des Schlosses mit dem Laubengang davor. Daneben unterbrach nur die Pferdeschwemme das befestigte Spreeufer. Irgendwo dort oben lag, wenn man den Gerüchten glauben durfte, der große Kurfürst wieder einmal todkrank danieder. Ein schmaler Pfad führte direkt unter seinen Gemächern zwischen Schloss und Spree am Grünen Hut entlang. Christian verschwendete keinen weiteren Blick auf das graue Gemäuer mit den Kaufläden unter den vorgebauten Arkaden und keinen Gedanken an den siechen Herrscher. Zu all seinen Ungelegenheiten kam der Ärger hinzu, Henriette nicht mehr zu Gesicht bekommen zu haben, weil da ein adliger Geck mit gekräuseltem Bart aufgetaucht war und hinter verschlossener Tür lauthals mit ihr scherzte.

»Ganz unerwartet ist der Herr von Retzlow vom Schloss erschienen«, hatte ihm die Magd nicht ohne billige Schadenfreude zugerufen und ihm dabei die Haustür fast in die Hacken geschoben, nur um ihn schnell loszuwerden.

Der Herr von Retzlow. Ein entfernter Verwandter, der am Hofe diente, wie er wusste, also einer, für den er von vornherein nichts galt und für den er andererseits nur gleichgültige Geringschätzung empfand. Mochte der kranke Kurfürst sich immerhin einer gewissen Zuneigung seiner Untertanen erfreuen – für seine Hofschranzen hatte keiner in der Residenz mehr übrig als für die schwarze Dorothea und ihren Anhang. Oft genug kam es zu offenem Händel zwischen den Bürgern und den kurfürstlichen Bedienten, die sich in großer Zahl und für billiges Geld auf dem Werder angesiedelt hatten und jetzt dabei waren, auch die neue Stadt zu überschwemmen, die ihnen ihre Landesherrin gerne überließ.

Außerdem wurmte es ihn, dass Kalckhorst ihn nicht bezahlt hatte. Das war zwar schon öfter vorgekommen, aber diesmal hatte der Major mit großer Münze geprahlt – also hatte er ausnahmsweise im Spiel gewonnen –, die ein einfacher Barbier unmöglich wechseln konnte. Während Kalckhorst nur ein verletzendes Lachen ausstieß und ihn auf den nächsten Tag vertröstete, hatte Christian das Zweidrittelstück unwillig auf dem Tisch geworfen und dem Klang gelauscht.

»Klingt nicht gut«, behauptete er, um den Major herauszufordern.

»Wollt Ihr sagen, ich zahle mit falscher Münze?«, brauste Kalkkhorst prompt auf.

»Das liegt mir fern. Aber hierzulande muss man vorsichtig sein mit dem Silber.«

Kalckhorst winkte ärgerlich ab. »Die Zeit der Kipper und Wipper ist vorbei. Preußische Münze ist gutes Geld!« Dabei handelte es sich gar nicht um einen preußischen, sondern um einen holsteinischen Gulden, dem man nichts Verdächtiges ansah.

Die hohe Zeit der Kipper und Wipper, die das gute Geld aufgekauft, gewogen, beschnitten oder mit billigem Kupfer versetzt zu neuen Münzen eingeschmolzen hatten, lag ein halbes Jahrhundert zurück. Unvergessen aber war der Obermünzdirektor Gilli, der sich auf seinem Posten in unverschämter

Weise bereichert hatte. Erst der friesische Freiherr Dodo zu Inn- und Knyphausen schaffte wieder Ordnung im preußischen Münzwesen und hatte gerade in diesem Jahr 87 eine abermalige Geldstreckung angeregt. Aus der kölnischen Mark Silber wurden künftig nicht mehr 10¾, sondern 12 Taler geprägt. Nicht mehr MONETA NOVA ARGENTEA sollte darauf stehen, sondern Churf. Brandenb. Landmünz.

Die tausend verschiedenen Münzen und ihre unterschiedliche Bewertung, an der nur die Wechsler verdienten, waren ein stetes Ärgernis. Selbst der vor zwanzig Jahren zwischen Sachsen und Brandenburg verabredete zinnaische Münzfuß, nach dem die Mark Silber zu 15 ¾ Gulden ausgeprägt wurde, war alles andere als eindeutig gewesen. Die Gulden oder Zweidrittelstücke, wie man sie nannte, galten 16 Gute Groschen oder 24 Mariengroschen gleich 172 Pfennige oder 344 Heller – Zahlen mit denen der gemeine Mann nur schwer umzugehen wusste, zumal trotz anders lautender kurfürstlicher Edikte Münzen aus aller Herren Länder und mit unterschiedlichstem Gewicht im Umlauf waren. Die feinen Waagen der Wechsler und die Valvationstabellen der Münzsorten blieben nicht nur einem braven Barbier ein ewiges Geheimnis. Er wusste nur, dass sein Geld nie für das Notwendigste reichte.

Gerade heute hatte er vorgehabt, sich in der Neustadt in seinem Gewerbe umzuhören, um endlich eine Anstellung als Barbiergeselle zu finden. Immerhin zählten die Bader und Barbiere zu den besseren Gesellschaftsklassen und benötigten für ihre Tätigkeit nach Prüfung vor dem Ärztekollegium eine amtliche Bestätigung. Die Anzahl der Barbierstuben war streng begrenzt; für eine selbständige Berufsausübung hatte er zu warten, bis eine Konzession in einer der Städte frei wurde. Und das konnte dauern.

Vor der Prüfung fürchtete er sich nicht. Er beherrschte alle Künste seines Gewerbes auf das Beste, vom Frisieren, Rasieren, Krausen und Peinigen der Bärte mit Eisen und Feuer bis hin zu den Namen all des modischen Gesichtsschmucks wie Schnecken-, Maikäfer-, Zicken-, Spitz- oder Jungfrauen-Bärte, Enten-Wädele, Schmal-, Sonntags- und Drill-Formen, spanische und italienische Bärte sowie Türkenbärte. Er verstand sich geschickt aufs Setzen von Schröpfköpfen, Zähneziehen, zur Ader lassen und auf die Versorgung von Wunden, Beinbrüchen und anderen Verletzungen. Selbst mit den abscheulichen Perücken und ihren kunstvollen Haartrachten, denen das natürliche Langhaar der Männer mehr und mehr gewichen war, hatte er sich notgedrungen anfreunden müssen. Niemand außer den strafweise geschorenen Huren trug die Haare kurz. Jedermann, der sich für etwas Besseres hielt – und wer in den Residenzstädten hielt sich nicht dafür –, stolzierte unter der mit Weizenmehl gepuderten, lang wallenden Allongeperücke würdevoll dahin und trug dazu Stöckelschuhe und pompöse Kleidung. Auch jetzt, auf dem Weg über den Schlossplatz, kamen ihm etliche Personen in dieser Aufmachung entgegen. Die meisten in unziemlicher Hast und mit geschürzten Röcken, fielen doch schon wieder dicke Tropfen aus dem bleigrauen Himmel.

Christian beeilte sich, zum Joachimschen Glockenturm am Dom zu gelangen, wo der Hausvogt seine Amtsstube hatte und die Malefikanten gefangen hielt. Viel lieber wäre er durch das Hoftor in Richtung Lustgarten geschlüpft, um nach wenigen Schritten im Apothekenflügel zu verschwinden. Darin hatte sein entfernter Oheim, der alte Fahrenholtz, einst die Schlossapotheke betrieben. Auch die Buchdruckerei befand sich dort. Inzwischen diente der Bau noch einem anderen

Zweck, der Christian magisch anzog: In dem weiten Saal im Obergeschoss befand sich die kurfürstliche Bibliothek.
Christian, den Bücher brennend interessierten, seit seine Mutter begonnen hatte, ihm und den Geschwistern aus der Familienbibel vorzulesen, hatte seither jede sich bietende Gelegenheit genutzt, sein Wissen zu vervollkommnen oder einfach nur in den alten Schwarten zu schmökern, soweit er hinter den Sinn kam. Sein Latein war alles andere als mustergültig, und dem Französischen näherte er sich erst mit Etienne Sys Hilfe zu einer gewissen Vollkommenheit.
Doch eben die Bekanntschaft und nahe Kameradschaft mit dem jungen Hugenotten erwies sich auch in anderer Hinsicht als ein besonderer Glücksfall für ihn. Etienne hatte in der Bibliothek eine Anstellung gefunden, die ihn zwar sehr in Anspruch nahm, ihn aber nicht hinderte, für Christian das eine oder andere medizinische Werk hervorzusuchen oder ihm eine sonst bemerkenswerte Lektüre zuzuschieben, wenn er in der Bibliothek auftauchte. Die stand laut kurfürstlicher Vorschrift einem jeden Gebildeten offen, doch nur die wenigsten Bürger fühlten sich gebildet genug oder wagten es, dieses Entgegenkommen zu nutzen.
Alle freundlichen Gedanken, mit denen Christian sich abzulenken suchte, nützten nur, bis er nach einigem Herumfragen bangen Herzens an die Tür des Hausvogts klopfte und der barschen Aufforderung zum Eintritt gehorchte. Lonicer, ein Mann in den Fünfzigern mit einer zerzausten Perücke, der seit undenklichen Zeiten in der Hausvogtei gedient hatte, bis er endlich selbst zu dem begehrten Amt und zum Hofrichter aufgestiegen war, blickte von seinen Papieren auf und erkannte ihn auch gleich, was sein Entgegenkommen keineswegs zu heben schien, denn er musterte Christian eher argwöhnisch

und erkundigte sich recht schroff nach seinem Begehr. Einen Platz bot ihm Lonicer nicht an. Wer hierher kam, hatte sein Anliegen stehend vorzutragen.
Ein wenig weitschweifig, wie er glaubte, es dem hohen Amt des Hausvogts schuldig zu sein, brachte Christian vor, was er anzuzeigen hatte.
Sein Gegenüber schien nicht einmal überrascht. »Der Herr von Wedell also ...«, war alles, was er vorerst gedankenvoll äußerte, nachdem Christian seine Ausführungen beendet hatte. Und dieses »Der Herr von Wedell also« klang, als hätte man von dem Genannten insgeheim nichts Besseres erwartet. Mit gerunzelter Stirn studierte Lonicer dabei ein Papier, das vor ihm lag.
»Wie oft hast du ihn zuvor gesehen?«, kam unerwartet schnell seine erste Frage.
»Noch niemals zuvor«, versicherte Christian reinen Herzens.
»Woher weißt du dann, dass es sich um den Herrn von Wedell handelt?«
Überrascht suchte Christian nach einer Antwort. »Um wen sonst?«, fragte er schließlich zurück. »Es ist sein Haus. Er selber saß in einem Nachtgewand an diesem Tisch. Mit bloßen Füßen übrigens. Und das Bett – es war benutzt.«
»Du hast dich gründlich umgesehen. Hast du etwas verändert, mitgenommen, hinterlassen?«
»Aber nein!« Christian schüttelte heftig den Kopf. »Ich war nur kurze Zeit in dem Haus.«
Lonicer kniff die weit auseinander stehenden Augen zusammen. »Und bist auf dem kürzesten Weg hierher gekommen?«
Christian zögerte einen Augenblick zu lange. »Ich – ich habe noch einen Kunden rasiert. Von dem bin ich hierher ...«
Lonicers Gesicht verzerrte sich zu einer Grimasse.

»Es lag am Wege«, fügte Christian kleinlaut hinzu, voll Ärger, dass er sich verraten hatte.
»Du hättest die Ratsdiener unverzüglich verständigen können. Auch das Rathaus liegt am Wege. Wie, wenn der Mann noch gar nicht tot war?«
»Ich bin Bader und Chirurg. Ich erkenne einen Toten, wenn ich ihn sehe. Sein Gesicht war unnatürlich verfärbt und seine Glieder bereits steif.«
»Du hast ihn angefasst!« Lonicers Stimme klang scharf wie ein Messer.
»Nur seine Hand. Sie ließ sich nicht bewegen. Das genügte mir.«
»Vergiftet sagst du. Wonach roch das Gift?«
Ein zweites Mal ließ sich Christian nicht übertölpeln. Er hob die Schultern. »Ein grünes Fläschchen. Ich habe es nicht berührt.«
Lonicer glaubte ihm nicht. »Du bist Barbier und Bader, und du warst nicht erpicht darauf, herauszufinden, mit welcher Art Tinktur der Mann sein Leben endigte?«
»Ich war sehr erschrocken. Und fremd in dem Haus. Nachdem ich wusste, dass er tot ist, wollte ich nur – weg von dort ...«
»Um in aller Seelenruhe den nächsten Kunden zu balbieren!«, dröhnte der Hausvogt mit plötzlicher Lautstärke und wies anklagend mit dem Finger auf Christian. »Das soll ich glauben? Wer ist der Kerl, den du für wichtiger hältst als mich?«
»Ich bitte um Vergebung. Der Major von Kalckhorst. In Kaufmann Jenischs Haus am alten Spandauer Tor. Ich komme auf geradem Weg von dort.«
»Wen hast du unterwegs getroffen?«
Christian überlegte nicht lange. »Niemanden, den ich kenne«, sagte er fest.

»Und vorher? Zwischen der Klosterstraße und Caspar Jenischs Haus?«
»Ebenso. Ich war – verwirrt. Und wenig aufmerksam …«
»Und hast dich doch im Zimmer sorgfältig umgeblickt.« Der Hausvogt beugte sich weit vor und sah ihn aufmerksam an. »Oder nicht?«
»In unserem Gewerbe braucht es einen scharfen Blick«, verteidigte sich Christian.
»In meinem auch!«, grollte Lonicer. »Nichts darf unbeachtet bleiben. Du bist also keinem Freund begegnet und nicht zu Hause gewesen.«
»So ist es.«
»Lege alles, was du bei dir hast, hier auf den Tisch.«
Christian zögerte nur einen Augenblick, der befremdlichen Aufforderung nachzukommen. Er zog sein Sacktuch hervor, breitete sein Barbierzeug aus, förderte ein Messer aus dem Gürtel und legte schließlich seinen mager gefüllten Geldbeutel dazu.
»Ausschütten!«, befahl Lonicer.
Zwei Groschen kullerten heraus und ein paar Pfennige.
»Mehr Geld hast du nicht bei dir?«, fragte Lonicer streng.
Christian schüttelte den Kopf. Mehr besaß er nicht, aber das war nicht gefragt. In der Hoffnung auf ein gutes Trinkgeld bei von Wedell und den täglichen Groschen von Kalckhorst hatte er sich gestern eine reichliche Abendmahlzeit und ein gutes Bier geleistet.
»Sprichst du die Wahrheit, oder muss ich dich untersuchen lassen?«
»Ihr glaubt, ich hätte den Herrn von Wedell bestohlen. Da irrt Ihr Euch wahrlich. Ich bin ein ehrlicher Mann.«
Lonicer schenkte ihm einen prüfenden Blick. »Ich will dir

ausnahmsweise glauben«, sagte er ruhig, und dann: »Tritt näher.«
Gehorsam trat Christian zwei Schritte vor. Lonicer winkte ihn noch näher an sein Pult heran, schob ihm einen Bogen Papier zu und reichte ihm eine Feder. »Schreib!«, befahl er. »Euer Hochwohlgeboren Wendelin Lonicer, Hausvogt im Schlosse zu Cölln …«
Christian, des Schreibens wohl kundig, aber ungeübt, mühte sich um eine saubere Handschrift und wartete auf die Fortsetzung. Doch Lonicer sagte: »Das genügt«, und nahm ihm das Papier aus der Hand. Umständlich legte er es neben das andere auf seinem Pult und verglich augenscheinlich beide miteinander. Nach einer Weile blickte er auf. »Seltsam«, sagte er. »Der Herr von Wedell lädt mich für heute Vormittag zu einer dringenden Unterredung ein.«
Christian verstand nicht recht. »Aber er ist tot …«, stellte er noch einmal fest.
»Eben!« Lonicer erhob sich. »Deshalb will ich mir das Unheil selbst anschauen.«

Caspar kehrt heim

»Was hast du erreicht?«, war die erste Frage, mit der die erregte Elisabeth Jenisch ihren Mann überfiel, als er am späten Sonnabend endlich in die Spandauer Straße heimkehrte. »Wo warst du überhaupt so lange?«

Er jedoch umarmte sie herzlich, drückte ermunternd ihre Schulter und zog sich, ohne ihre Fragen zu beantworten, in sein Kontor zurück.

»Beruhige dich. Es kommt alles ins Lot«, war alles, was er sagte, als sie ihm wenig später einen gesüßten Tee mit einem Schuss Rum brachte, wie er ihn liebte, und ihm stockend von der Einladung ins Schloss berichtete. Anders als erwartet, behagte ihm die Nachricht nach einigem Überlegen. »Man weiß nie, was kommt. Halt dich in allem zurück und sprich nicht vom Geld.«

»Das wird sie selber tun. Sie gilt als habsüchtig, wie jeder weiß.« Und mit gesenkter Stimme fuhr sie fort: »Und als eine wahre Agrippina …«

Caspar lachte. »Fürchtest du dich etwa? Sie hat es allenfalls auf den schiefen Fritz abgesehen. Bei rechtem Licht betrachtet: Schade wäre es nicht um ihn …«

Der Mann gab sich ruhig wie ein Bär im Winterschlaf. Selbst ihre beiläufige Erzählung von einem vergifteten Hofbediensteten in der Klosterstraße vermochte ihn nicht zu erschüttern. Hinter ihr aber lagen zwei abscheuliche Tage. Vergeblich hatte sie immer wieder erwogen, sich jemandem anzuvertrauen. Nur wem? Von den Retzlows wohnte niemand außer dem leichtfertigen Matthes in der Residenz, und die Frauen der Geschäftspartner des Johann Ebel wie des Caspar Jenisch, deren Namen sie im Geiste für sich aufzählte, waren sämtlich ungebildete, geschwätzige Bürgersfrauen, um nicht zu sagen: dumme Gänse. Einer von ihnen ein Geheimnis anzuvertrauen hieß, es auf den Gassen auszuschreien.

Noch am gestrigen Abend hatte die Steinbachsche sie heimgesucht, die zwar weit hinten in der Neustadt wohnte, ihr aber brühwarm die neuesten Meldungen aus der Klosterstraße nicht vorenthalten wollte, wo man in einem seit Jahren als Spukhaus bekannten Gebäude zwei vollständig entkleidete und blutverschmierte Leichen mit Stricken um den Hals aufgefunden und zwecks Anatomierung in den Cöllnischen Wursthof verbracht habe. Im Übrigen war von einem geheimen Gang, der aus dem Haus zum Stadtgraben führe, die Rede, und Nachbarn hatten in der Nacht während des Sturms mit eigenen Augen grünlich leuchtende Gestalten, auf Hexenbesen über das Dach des betreffenden Hauses reitend, gesehen.

Geduldig hatte sie das Geschwafel ertragen und sich schließlich mit starken Kopfschmerzen entschuldigt. Dieses Übel nannte sie auch Henriette gegenüber als Grund für ihre besondere Unleidlichkeit. Die Tochter, wie meistens mit den eigenen Gedanken beschäftigt, gab sich damit zufrieden.

Hinzu kam die Aufregung über die bevorstehende Audienz, von der die Nachricht sich bereits im Hause verbreitet hatte und zu einem außerordentlichen Reinigungs- und Putzangriff führte, als wolle nicht die Kurfürstin Elisabeth auf dem Schloss empfangen, sondern für drei Tage bei ihr in der Spandauer Straße einkehren. Blieb außerdem die Frage der Kleidung bei Hofe zu klären, wobei ihr Henriette nicht die rechte Hilfe bot, weil sie manches gute Stück für zu altmütterlich und manches andere als Elisabeths Alter wenig angepasst empfand. So war nicht einmal hier die letzte Ungewissheit beseitigt, als ein weiterer Vorfall Elisabeth zutiefst erschütterte.

Am Sonnabendmorgen war sie gerade dabei, Wände und Boden im zugigen Durchgang auf ihre Reinlichkeit zu prüfen, als es am Tor klopfte. Der Stunde nach konnte es gut der aufdringliche junge Barbier sein, den sie ohnehin lieber selbst zur Treppe geleitete, bevor ihm noch Henriette begegnete.

Er war es, und er grüßte sie noch ehrerbietiger, als er es sonst tat. Sie kam nicht umhin, seine Artigkeit anzuerkennen, fiel jedoch beinahe in Ohnmacht, als er am Fuße der Treppe plötzlich mit gedämpfter Stimme das Wort an sie richtete, was er zuvor nie getan hatte: »Habt Ihr von dem Vorfall in der Klosterstraße vernommen? Der Herr von Wedell hat sich gestern Nacht in seinem eigenen Freihaus umgebracht.«

Es gelang Elisabeth nicht, ihre Bestürzung sogleich zu überwinden. Sie erblasste, presste unwillkürlich die Hand auf ihren Busen und starrte ihn aus großen Augen an.

»Er stand Euch nahe?«, erkundigte er sich voller Mitgefühl, das sie nicht anders als heuchlerisch empfand.

Angst und Zorn über die Kühnheit seiner Frage machten es ihr leicht, eine abweisende Miene aufzusetzen. »Da irrt Ihr Euch«, fuhr sie ihn hochmütig an und wandte sich ihrer Arbeit zu. Dass er auf den ersten Stufen der Treppe stehen blieb und sie still beobachtete, entging ihr nicht.

Was wusste er?

Die Frage bohrte in ihr. *Wenn* er etwas wusste, war es höchst unklug gewesen, ihn selbstgefällig abzufertigen und damit zu

verärgern. Wahrscheinlich aber hatte er nur auf ihren Schreck und ihr Erblassen reagiert und ahnte nichts von ihrer wirklichen Beziehung zu dem Toten.
In der nächsten halben Stunde lauschte sie von Zeit zu Zeit nach oben, ob der Barbier mit Kalckhorst noch nicht fertig war. Gerade als sie der Köchin in der Küche eine Anweisung gab, kam er die Treppe herab, und zu ihrem Ärger hielt sich natürlich Henriette wie zufällig im Durchgang auf. Sie hörte die beiden miteinander sprechen. Ungestüm fuhr sie aus der Küche, als wäre sie in Eile, zeigte sich jedoch froh darüber, den Barbier noch anzutreffen. Gönnerhaft wandte sie sich an ihn: »Entschuldigt meine Unart Euch gegenüber. Der Tod des Herrn – wie hieß er doch? – von Wedell hat mich im Augenblick ein wenig befremdet. Ich glaube, mein verstorbener Mann kannte ihn.«
»Aber ja!«, rief Henriette betroffen aus. »Erinnerst du dich nicht, wie häufig er bei uns zu Gast war? Und er ist tot, sagst du?«
»Henriette!«, mahnte die Mutter.
»Ich bin kein Kind mehr. Weshalb darf ich nicht erfahren, wenn ein Mensch stirbt, der uns einmal so nahe stand?«
Sie wandte sich an Christian. »Was wisst Ihr über seinen Tod?«
Bevor der noch antworten konnte, kam ihm Elisabeth zuvor: »Er ist in der Sturmnacht in seinem Haus gestorben.«
»Hier in Berlin? Du hast mir nie gesagt, dass er in die Residenz zurückgekehrt ist.«
»Ich habe es selber nicht erfahren«, log Elisabeth. Ein Blick in das Gesicht des noch immer schweigenden Barbiers verriet ihr: Er wusste, dass sie nicht die Wahrheit sprach. »Ich habe ihn lange nicht gesehen …«, ergänzte sie.

»Er besaß ein Haus in der Klosterstraße«, sagte Christian mit Bedacht. »Ich war bestellt, ihn gestern Morgen zu rasieren.«

Das also war es! Er hatte ihren Besuch im Wedellschen Haus beobachtet. Dessen war Elisabeth sich augenblicklich sicher. Ihr zitterten die Knie. Sie brachte nicht die Kraft auf, den Barbier zu fragen, wem er davon berichtet hatte. Mit einem schwachen Kopfnicken wandte sie sich ab und stieg langsam die Treppe hinauf. Kopfschüttelnd blickte Henriette ihr hinterher.

Sie war nicht zur Ruhe gekommen. Jeder Schritt, jeder Ausruf und jedes Geräusch auf der Straße schien ihr zu gelten. Jemand würde kommen und sie befragen, schlimmstenfalls der Büttel. Schaudernd erinnerte sie sich an die Begegnung auf dem Markt. Der würde sie erkennen und ihre Worte wiederholen, bevor er sie zwang zu gestehen, was sie in Wedells Haus gesucht und was sie dort gefunden hatte.

Gab es denn keinen Ausweg? War es besser, noch einmal mit dem jungen Barbier zu reden, ihm Geld zu bieten, dass er schwieg? Das hieß, sich vollends in seine Hand zu begeben. Eines Menschen, der es auf Henriette abgesehen hatte. Und überhaupt: das Geld! Die Truhe fiel ihr wieder ein, mit der das Unglück angefangen hatte. Räuber im eigenen Haus, und ihr dabei die Hände so gut wie gebunden. Falls Caspar je herausfand, dass sie nicht nur zwei, sondern passende Schlüssel zu allen vier Verriegelungen der Truhe ihr Eigen nannte …

Um alles Ungemach zu steigern, nutzte Kalckhorst am Nachmittag Caspars Abwesenheit, die er wohl bemerkt haben musste, um ihr in der oberen Diele aufzulauern und sie mit seinen zweifelhaften Courschneidereien zu behelligen.

»Ihr seht heute frisch aus wie der junge Frühling«, sagte er, die Röte ihrer Aufregung als Jugendfrische deutend. »Mitunter fragt man sich, wer wohl die Mutter und wer die Tochter ist im Hause …«

»Ich bin die Mutter und gewöhnt, dass man mir im eigenen Hause mit Respekt begegnet«, war alles, was sie hervorbrachte. Er jedoch beließ es nicht dabei und schwadronierte, ob es nicht an der Zeit sei, einmal in Ruhe und aller Kommodität miteinander ins Gespräch zu kommen, bei einer Flasche guten Weins vielleicht, um über mancherlei zu reden. Auch übers Geld; er sehe selber, dass so ein Einlager neben der Unbequemlichkeit dem Wirt auch Kosten verursache. Dem abzuhelfen sei er gern bereit. Und klingelte dabei so aufreizend mit Talern in der Tasche, dass Elisabeth alle Versprechungen und guten Vorsätze vergaß und ihn heftig anfuhr, woher solches Geld wohl stamme, ehrlich verdient sei es auf keinen Fall.

»Das müsst ausgerechnet Ihr mir sagen!«, dröhnte der solcherart geschmähte Major zurück. »Wisst Ihr, mit welchem Handel Euer Herr Gemahl sein Silber zu vermehren sucht? Und wo er es lässt, wenn Ihr ihn wohl am Biertisch glaubt?«

Das war genug. »Halt Er sein ungewaschnes Maul!«, schrie sie ihn an. »Ich werd mich morgen bei der Kurfürstin über Ihn beschweren!«

Ihre Stubentür knallte, Kalckhorst blieb offenen Mauls zurück. »Wär Sie ein Kerl, ich würd Sie fordern!«, war alles, was sie noch vernahm.

So ging der Tag dahin. Sie war der Verzweiflung nahe, als Caspar endlich kam. Bei wem mochte er in ihren Geldangelegenheiten vorstellig geworden sein? Sie nahm an, dass er an den Hof nach Potsdam oder auf das Gut eines höheren Hofbeamten geritten war, um sich den Rücken gegen Kalckhorst freizuhalten, sollte der sich als der Dieb herausstellen. Nachträglich fiel ihr ein, dass der Major bereits am Freitag Valtin mit

der Magd zu einem reichen Einkauf weggeschickt hatte. Woher stammte plötzlich so viel Geld? Und wessen Taler klingelten in Matthes von Retzlows sonst so schlaffem Geldbeutel?
So viele Fragen, so viele Verdächte. Und über allem hing drohend das Unheil aus der Klosterstraße.
Als Caspar am Abend neben ihr ins Bett sank, sagte sie zaghafter, als er es von ihr gewohnt war: »Du musst etwas tun, Caspar ...«
Er umfing sie liebevoll. »Wir werden etwas tun. Warten wir nur erst deinen Besuch auf dem Schloss ab. Vielleicht kannst du ja etwas für uns erreichen, indem die Kurfürstin uns von der Einquartierung befreit.«

Altlandsberg

Christian hatte diesen Sonntag seit langem für den endlosen Weg nach Hause ausgewählt. Dass er anders als die meisten Zugewanderten in der Residenz ab und an die Eltern und Geschwister besuchen konnte, erwies sich als ein Vorteil, zumal die Mutter ihren Jüngsten an solchen Tagen zu mästen suchte wie eine Martinsgans und nicht vergaß, ihn mit reichlicher Wegzehrung zu versehen. Das sparte Geld. Das Leben in der Residenz war teuer.

Seine brandenburgische Heimatstadt Landsberg, knapp vier Meilen vor der Residenz in der östlichen Mittelmark gelegen und Altlandsberg genannt, weil es auch bei Halle und an der Warthe Städte gleichen Namens gab, hatte er nach seiner Rückkehr aus Holland abgebrannt und noch trister als zuvor vorgefunden. Des Abends spielte ein anderer Bursche unter der mächtigen Linde die Gitarre, und jüngere Mädchen hörten ihm zu. Die ihm gelauscht hatten, waren längst sittsame Ehefrauen und hüteten zwei, drei Kinder, sofern der verheerende Stadtbrand die Familien nicht aus den engen Mauern vertrieben hatte. Alles erschien ihm kleinlich und schäbig, wenn er an Holland dachte oder wenigstens an Hamburg. Prächtig war allein das neue Schwerinsche Schloss geblieben, aus Stein errichtet und weit genug vom Brandherd entfernt, in dem einst die jungen Prinzen Frühjahr und Sommer verbracht hatten. Selbst der Kurfürst hatte sich anno 66/67 hierher zurückgezogen, während seine Luise Henriette daheim in Holland auf den Tod daniederlag und nach ihrer Rückkehr tatsächlich bald starb.

Auch heute würde das Tischgespräch bei den Fahrenholtzens unweigerlich auf die alten Zeiten kommen und auf die Prinzen, von denen im Städtchen jeder tat, als wären es die eigenen Duzbrüder gewesen, nur weil mancher als Kind einmal dem hochfahrenden Emil als Soldat beim Schanzen gedient hatte. Inzwischen war der Kurprinz längst im fernen Elsass verstorben und der allzeit scheue, krumme Fritz, an dessen Watschelgang in seinen Beinkäfigen man sich auch erinnerte, hatte seinen Platz eingenommen.

Für eine große Tafel war die gute Stube in dem steinernen Haus hinter dem Markt ein wenig zu klein und dem Erstgeborenen, Niklas, wohl auch nicht glanzvoll genug. Seit er sich im Schwerinschen Schloss als Kammerherr und Schatullverwalter fühlte – wenngleich seine Dienstbezeichnung bescheidener lautete – und die nicht mehr ganz jugendfrische Hofmeisterin der Gnädigen geehelicht hatte, rümpfte er gerne die Nase, wenn er das elterliche Haus betrat. Jakob hingegen, der muntere Spross jener späten Verbindung, liebte das verwinkelte Anwesen der Großeltern über alles. Und er liebte den jungen Oheim Christian, der so einzigartig über seine Erlebnisse im fernen Holland wie in der für Jakob ebenso weit entfernt liegenden Residenz an der Spree zu erzählen wusste.

Wagte der jüngste Sohn einmal die vier Meilen aus der Residenzstadt bis hierher auf den Niederbarnim, ließ es sich Catharina, treu sorgende Ehefrau des Barbiermeisters und Chirurgen Laurenz Fahrenholtz zu Altlandsberg, nicht nehmen, auch den Rest der Familie einzuladen und geziemend zu bewirten. Selbst der stolze Niklas hielt sich bei solchen Zusam-

menkünften mit dem Essen und Trinken nicht zurück. Nur seine blasse Gattin mit den schönen Vornamen Emerentia Tugendreich schob nach der dritten Bratenplatte gern ihren schwachen Magen vor und sprach am liebsten überhaupt nur den gesottenen Krebsen zu, die der Mühlbach frisch und in reicher Menge lieferte.
»Iss nur, iss!«, forderte Catharina den ausgehungerten Christian auf. November war ohnehin Schlachtzeit, da konnte man dem Jungen leicht etwas Gutes tun, abgemagert, wie er war.
»Ein guter Hahn wird selten fett«, stellte ihr ebenso vorlauter wie massiger Bruder Jobst fest, der im nahen Berneuken die Apotheke führte, und langte mit geübtem Blick das größte Stück der Keule von der Platte.
»Dann ist es mit deinen Sprüngen wohl nicht mehr weit her«, lästerte Meister Laurenz, der es selber auf das Bratenstück abgesehen hatte, mit einem deutlichen Seitenblick auf die Schwägerin.
Prompt errötete die vollbusige Frau Apothekerin. Der zunehmende Leibesumfang ihres Mannes war ihr längst ein Graus, wie man wusste, und Gerüchte, die sie und den zaundürren Apothekengehilfen betrafen, wussten noch mehr.
Ihr Mann jedoch ließ sich nicht davon abbringen, den Neffen mit klugen Sprüchen zu belegen und sich eingehend nach der holden Weiblichkeit in der fernen Residenz zu erkundigen.
Christian, mit Essen und Trinken beschäftigt, verspürte wenig Lust, dem Oheim auf dieses anzügliche Gebiet zu folgen.
»Die älteste Prinzessin hat jüngst den Herzog von Mecklenburg geheiratet«, erklärte er, ihn bewusst missverstehend. »Vielleicht solltet Ihr Euch bei dem als Reiseapotheker bewerben.«
Bei dieser Vorstellung prustete Meister Laurenz einen dichten

Weinnebel über die Tafel. »Warum nicht gar als Giftmischer bei der Kurfürstin!«, stieß er lachend hervor. »Von Schierling und Bilsenkraut versteht er allemal so viel wie sie.«
Das war ein heikles Thema, wie jeder am Tisch wusste, obwohl man unter sich war, von Niklas und seiner tugendreichen Gattin einmal abgesehen. Die beiden schenkten sich einen viel sagenden gegenseitigen Blick, schwiegen aber beharrlich.
»Spricht man denn im Schloss nicht darüber?«, wollte Jobst auf seine plumpe Art wissen.
»Der Freiherr von Schwerin und seine Familie halten sich vorzugsweise in der Residenz auf«, lispelte Emerentia Tugendreich schließlich. Die Schwerins besaßen in Cölln eins der prächtigsten Häuser der Stadt, das einst dem verhassten Schwarzenberg gehört hatte.
»Mein Freund, der Wilhelm, wohnt in Berlin gleich neben dem Schloss«, krähte der kleine Jakob. »Er hat's mir selbst erzählt!«
Niklas hieß ihn schweigen und schloss auf seine steife Weise den Gesprächsgegenstand ab, wie er meinte: »Der Erbkämmerer der Kurmark würde sich niemals an niederen Gerüchten über die kurfürstliche Familie beteiligen.«
»Auch einem Erbkämmerer ist es nicht gleichgültig, wer ihm die Befehle erteilt«, hielt Laurenz dagegen. »Eine alte Giftnatter oder sein Jugendfreund Fritz.«
»Nichts ist bewiesen!«, sagte Emerentia Tugendreich spitz. »Prinz Ludwig starb an einem Fieber.«
Jetzt sprachen alle durcheinander. Catharina, um von dem sich anbahnenden Streit abzulenken, schob resolut die Platten und Tiegel herum und nötigte die Gäste zuzugreifen.
Jobst vor allem ließ sich nicht zweimal bitten, nahm jedoch den Gesprächsfaden mit vollem Munde sofort wieder auf.

»Auch Fieber lässt sich durch Gift erzeugen. Davon verstehe ich etwas, gleich ob die Gifte nun akut oder subkutan, chronisch oder sehr chronisch wirken. Man hätte einen Mann mit meinen Kenntnissen beim Tod des Prinzen Ludwig hinzuziehen sollen, dann wüssten wir mehr.«

»Als ob die schwarze Dorothea einen Klugscheißer wie dich dabei haben möchte!«, sagte seine Frau ein wenig abschätzig. Und fügte mit gesenkter Stimme hinzu: »Jetzt steht ihr nur noch der Friedrich im Weg, dann ist sie am Ziel.«

»Wer hätte gedacht, dass der bucklige Fritz es überhaupt so lange macht!«, erklärte Laurenz lebhaft. »Ich erinnere mich noch gut an das missgeformte Kerlchen, dem wir damals allenfalls von Jahr zu Jahr eine Frist gaben.«

Die Älteren am Tisch nickten. Auch sie entsannen sich der Zeit, als die Prinzen Karl Emil und Friedrich die langen Sommer unter der Obhut des Oberpräsidenten von Schwerin in dessen hiesigem Schloss verbracht hatten, bevor der Herr von Danckelmann Friedrichs Erziehung übernahm. Zu dessen gesundheitlichem Vorteil, wie es schien.

»Der alte Schwerin ist auch schon wieder an die sieben, acht Jahre tot«, sinnierte Meister Laurenz. »Und den jungen schickt der Kurfürst in der Welt herum.« Er sah seinen Ältesten forschend an. Niklas verzog keine Miene.

»Du meinst, den alten Schwerin hätte auch die Kurfürstin …?«, fragte bestürzt die Apothekerin, die manchmal ein wenig schwer begriff.

Sofort krakeelten alle durcheinander. »Drei Frauen hat er überlebt!«, setzte sich schließlich ihr Mann mit seiner Trompetenstimme durch. »Und sechzehn Kinder gezeugt und dazu die ungebärdigen Prinzen aufgezogen. Da braucht ein Mann kein zusätzliches Gift am Ende seines Lebens.«

»Die Frauen waren alle reich und haben ihm nicht geschadet, wie du am Schloss leicht sehen kannst«, widersprach ihm Laurenz.
Dazu schwieg Jobst. Jeder wusste, dass seine Frau das Geld für die Offizin am Markt von Berneuken mit in die Ehe gebracht hatte und dort auch das Regiment führte. Niklas aber sagte scharf: »Ihr seid ein undankbares Volk! Wo wären wir alle, wenn es die Schwerins nicht gäbe? Ohne sie wäre unsere Stadt eine trostlose Brandstätte geblieben.«
»Und du ein brotloser Habenichts«, ergänzte Laurenz ruhig. »Lass gut sein, Niklas. Niemand will dir deinen Brotherrn schlecht reden. Es ging nur um die schwarze Dorothea und ob der nächste Kurfürst Philipp oder Fritz heißt. Was spricht man in der Residenz?«
Christian, denn er war der Angesprochene, hörte lieber zu, als sich in Vermutungen zu ergehen. »Noch lebt der Alte«, sagte er einsilbig und setzte dann hinzu: »Er wird sich wieder aufraffen wie stets. Der schiefe Fritz, so heißt es jedenfalls, kehrt just zurück nach Köpenick. Sie haben sich versöhnt.«
Niklas starrte ihn offenen Mundes an. »Woher willst ausgerechnet du das wissen? Gibt der Kurfürst neuerdings allmorgendlich den Barbieren Kunde von seinen Absichten?«
Christian war es nicht recht, dass alle plötzlich ihn anblickten. »Ihr lebt hier auf dem Lande weit vom Schuss«, sagte er verlegen. »An der Spree erzählt man derlei auf dem Markt. Die Zeit wird zeigen, ob es nur Gerüchte sind.«
»Siehst du wirklich jeden Morgen den Kurfürsten?«, erkundigte sich Jakob mit seiner hellen Stimme.
Fast alle lachten. Seine Mutter aber stand vom Tisch auf und ergriff den Jungen bei der Hand. »Gespräche dieser Art sind für Kinder höchst ungeeignet!«, stellte sie missbilligend fest

und zog das widerstrebende Kind mit sich nach draußen. Niklas erhob sich ebenfalls, sandte einen strafenden Blick in die Runde und folgte ihr.

»Und das noch vor dem Obst und dem Gelee!«, murrte Catharina kopfschüttelnd. »Das arme Kind liebt Süßes über alles.«

Sie trug den Nachtisch auf, und auch diesmal hielt sich Jobst am wenigsten zurück. Während sich die Männer anschließend ein Tonpfeifchen anzündeten, war die Frau Apotheker derweil bei einer Sache angelangt, die sich in Niklas Gegenwart nicht gut ausbreiten ließ. »Das Schloss«, so stellte sie mit unterdrückter Stimme fest, »dort ginge etwas um, behauptet man in unserer Gegend.« Und da niemand ihren Worten Beachtung schenkte, fügte sie hinzu: »Auch in der alten Wassermühle soll es spuken. Man hört so mancherlei ...«

»Die Flöhe husten!«, höhnte Laurenz. »Man vernimmt sie bis Berneuken. Sie richten eine Walkmühle ein, für grobes Tuch. Solches Gewerbe braucht die Stadt!«

Jobst schüttelte den dicken Schädel und hob altklug den Finger. »Man ist argwöhnisch geworden, seit der Goldmacher Kunckel auf dem Pfauenwerder sitzt«, referierte er viel sagend. »Auch wenn er sich nur wie ein gewöhnlicher Glasmacher gebärdet. Ich sage euch: Die schwarze Dorothea steckt hinter so manchem! Hinter dem Geld ist sie her wie Beelzebub hinter der Seele.«

»Hinter der deinen vielleicht«, unterbrach ihn grob der Schwager. »Was verstehst du vom Goldmachen? Meinst du, die Dorothea ist in unserem Mühlenfließ fündig geworden?«

»Ich weiß, was ich weiß«, entgegnete Jobst ein wenig beleidigt. »Ist dir nicht aufgefallen, dass dein Niklas nichts auf sie kommen ließ? Und sich zu Fritz nicht äußern wollte?«

Laurenz winkte ab. »Und nicht zum Gift, worüber du so gerne sprichst. Niklas ist ein Leisetreter und tut, als wäre er schon bei Hofe angestellt.«
»Na eben. Gift!«, ereiferte sich Jobst. »Ahnst du, wie leicht es ist, einen Menschen damit zu Tode zu bringen?« Anklagend hob er die Tonpfeife. »Hier in diesem Tabak beispielsweise schlummert eine Substanz, wasserhell, geruchlos, tödlich giftig, die sich mit Wasserdämpfen leicht gänzlich unzersetzt destillieren lässt.«
Christian, von der ungewohnten Völlerei ermüdet, wurde munter. »Und das kann jeder Apotheker destillieren?«, wollte er wissen.
Sein Oheim schüttelte den Kopf. »Nicht jeder«, machte er sich wichtig. »Nur wer den Dingen auf den Grund geht, so wie ich. Wenn du es benötigst …«
Laurenz mochte solche Prahlerei nicht. »Du willst uns nur den gesunden Tabakrauch vergällen«, sagte er. »Was hat das alles mit Niklas und dem Schloss zu schaffen?«
Jobst tat, als müsse er sich lange bedenken, sah sich im Kreise um und senkte seine laute Stimme. »Erst neulich kam einer von hier, der gewisse Substanzen bei mir bestellte. Und zwar in ganz bestimmten Mengen. Kein Weinstein, kein Oxyd, wie man es zum Walken braucht.«
»Gift?«, fragte seine Frau ungläubig. »Davon hast du mir nichts gesagt.«
Jobst winkte ab. Auch seine Schwester Catharina wollte ihm nicht glauben. »Aus dem Schloss?«, fragte sie zweifelnd. »Die lassen alles aus der Residenz anliefern, heißt es. Was sollten die bei dir bestellen?«
Jobst hob die feisten Schultern. »Geschäftsgeheimnis«, sagte er überheblich. »Es war jedenfalls der Kleidung nach ein

wohlhabender Mann, der sich auf Befragen auf euren Niklas berief. Er hat mit fremder Münze angezahlt und nicht mal schlecht.«

Nun horchte Laurenz auf. »Mit holsteinischen Talern?«

Jobst nickte. »Ich weiß wohl, dass die Kurfürstin eine geborene Holstein-Glücksburg ist. Doch es war auch lübisches Geld dabei.«

»Könnt ihr denn von nichts anderem als von Geschäften reden?«, fuhr Catharina dazwischen. »Der Junge macht den weiten Weg für ein paar Stunden, und ihr sprecht nur von Gift und Geld und anderen gottlosen Dingen.«

Jobst lachte. »Von den gottlosen Dirnen in der Stadt wollte dein Sohn uns ja nichts erzählen.«

Christian sah den Oheim an. »Ich zeig Euch gern die Hurengasse, wenn Ihr mich besucht«, sagte er mit ungewohnter Dreistigkeit. Nur seiner Mutter fiel es auf. Die anderen lachten.

»Bei seinem Dickwanst muss er doppelt zahlen«, meldete sich sogar der schwerhörige Großvater.

Auch Laurenz schmunzelte: »Geld hast du ja für die Bestellung! Besser nimmst du dir gleich zwei!«

Der Apotheker fand, es sei genug. »Mir genügt die eine, die ich habe«, sagte er ernsthaft und wandte sich seiner Frau zu. Doch die sprang auf und zeterte: »Da hört sich alles auf! Mit Huren lasse ich mich nicht vergleichen!«

Sie ergriff eine irdene Schüssel, als wollte sie die auf dem Schädel ihres Mannes zerschlagen, hätte Catharina sie nicht zurückgehalten.

»Wir räumen ab«, schlug sie friedlich vor, und die Schwägerin gehorchte.

Kaum waren die Frauen draußen, erkundigte sich Jobst bei

Laurenz: »Weshalb fragst du nach dem holsteinischen Geld? Hast du auch welches eingenommen?«
Laurenz zögerte, dann sagte er bedächtig: »Zu mir kam einer, dem waren drei Finger seiner Rechten arg gequetscht.«
Jobst wartete. »Und weiter? Woher kam er?«, fragte er ungeduldig.
Laurenz hob die breiten Schultern. »Von einer Mühle sprach er. Er zahlte mit einem holsteinischen Zweidrittelstück.«

Bei Hofe

Im Hause Jenisch war das Essen an der sonntäglichen Tafel stürmisch verlaufen. Mit ihrer durch nichts zu besänftigenden Kopflosigkeit versetzte Elisabeth den Rest der Familie selbst bei dem geheiligten Mahl so stark in Unruhe, dass Caspar schließlich voller Zorn den Löffel auf den Tisch warf, die Weinflasche ergriff und in sein Kontor entfloh. Elisabeth hatte wie schon beim Frühstück keinen Happen zu sich genommen. Sie sprang auf und verließ das Zimmer, in dem Henriette am reich gedeckten Tisch zurückblieb, noch zwei, drei Bissen aß und sich ebenfalls zurückzog. »Das alles wegen dieser schwarzen Kuh!«, rief sie der Magd zu, die nicht recht begriff, worum es ging.

»War der Rindsbraten zäh?«, fragte sie verständnislos. Niemand würdigte sie einer Antwort.

Das Drama hatte lange vor dem Kirchenbesuch begonnen, weil ja die Kleiderfrage noch immer ungelöst war. An diese Ursache jedenfalls glaubte die Tochter, die nicht ahnte, dass Elisabeth die Nacht bangend und weinend im Bett verbracht hatte, beides so gut wie möglich vor dem schnarchenden Caspar verbergend. Wie sollte sie den Grund für ihre Fassungslosigkeit benennen? Dass die Truhe aufgebrochen war? Das schien von allen Übeln das geringste. Die Kleiderberge, die sie mit flatternden Händen mehrfach immer neu durchwühlte, waren nur willkommne Gelegenheit, sich und die anderen vom eigentlichen Unglück abzulenken. Vor ihren Augen tauchte immer wieder das Bild des unglücklichen Sigismund von Wedell auf, wie er da verkrümmt und tot an seinem Schreibtisch lag.

Bebend hatte sie auf das Klopfen des Barbiers gelauert, unsicher, ob sie ihn ein zweites Mal ansprechen sollte. Als sie sich endgültig dazu entschloss, polterte zu ihrem Erstaunen Kalckhorst – wie sie meinte: unrasiert – die Treppe hinunter und verließ das Haus.

»Erwartest du jemanden?«, erkundigte sich Henriette, die für den Kirchgang fertig angekleidet war.

Elisabeth warf sich ein Tuch über. »Du wohl nicht? Dein Barbier war anscheinend schon da?«, fragte sie spitz zurück.

Die Tochter lächelte. »Er kommt heute nicht.«

Woher wusste sie das? Noch bevor Elisabeth danach fragen konnte, trat Caspar zu ihnen.

»Wer kommt heute nicht?«, erkundigte er sich.

Die Frauen sahen sich an und schwiegen. »Es ist höchste Zeit!«, drängte Elisabeth, als sei das die Schuld der anderen.

Auf dem Weg zur nahen Kirche sah sich Elisabeth mehrmals um, blickte aber immer nur in Henriettes sorgenfreies Gesicht. Die Tochter benahm sich heute zurückhaltender als sonst. Zumindest schien es Elisabeth so, denn im Gegensatz zu ihr, deren unruhige Blicke vergeblich durch das Kirchenschiff schweiften, guckte Henriette züchtig ins Gesangbuch, als hätte es nie einen gewissen Barbier gegeben. Dessen Abwesenheit versetzte Elisabeth noch mehr in Unruhe, und der Gedanke an den bevorstehenden Empfang im Schloss ließ ihre Knie zittern.

Caspar schien nichts davon zu bemerken. Nachdem auch er sich ausgiebig umgeguckt und einigen Nachbarn und Bekannten huldvoll zugenickt hatte, sank ihm das Kinn bald auf die Brust, als hätte er es nötig, Schlaf nachzuholen, und nicht Elisabeth.

Worüber von der Kanzel gepredigt wurde, nahm keiner aus der Familie wahr.

Immerhin hatte der sanfte Schlummer in der Kirche Caspar so weit erfrischt, dass er auf seinen Mittagsschlaf verzichtete und sich erbot, seine Frau bis zur Schlosspforte zu geleiten, wie sich das gehöre. In einer Schenke in der Brüderstraße wollte er dann ihrer Rückkunft harren. Sie möge nur an die Sache mit der Kalkkhorst'schen Einquartierung denken.

Sie hörte nur mit einem Ohr zu, verbesserte noch ein Dutzend Mal ihre Frisur, nestelte am Kleid herum und trieb Caspar schließlich zur Eile an. Henriette hob nur leicht die Hand zum Abschiedsgruß.

Die Wache ließ sie passieren. Aufgeregt überquerte sie den inneren Schlosshof mit dem Wendelstein, auf dem man mit einer Kutsche in die oberen Geschosse fahren konnte. Die Empfangsräume dort hinterließen keinen so starken Eindruck, wie sie erwartet hatte, zumal sich hier zu ihrer Bestürzung nach und nach gut zwei Dutzend anderer Weiber versammelten, von denen etliche ihr nicht fremd waren. Die Pegelsche etwa, ein ebenso wohlbekanntes wie unerträgliches Frauenzimmer, nickte ihr in scheinheiliger Vertraulichkeit zu. Wer hatte die gleich ihr zur Kurfürstin geladen?

Die Hofmeisterin Frau von Mandelsloh, eine ältere Dame mit herben Gesichtszügen, öffnete die Flügeltüren, überblickte missbilligend die Schar der untertänigst Grüßenden und ließ sie in den Saal eintreten, dessen hohe Fenster zum Schlosshof hinausgingen. Der Raum mit dem getäfelten Holzfußboden war so prächtig ausgestattet, wie man es von einem

kurfürstlichen Gemach erwarten konnte. Bemalte Seidentapeten schmückten die Wände, von denen streng die Bilder zollernscher und holsteinischer Vorfahren blickten. Kostbare Vasen zierten die Simse und den Kamin. Auf einem Konsoltisch mit reich vergoldetem Fußgestell verkündete eine figurengeschmückte goldene Uhr mit feinem Läuten die Stunde.
Man platzierte die Damen hinter bequemen Polsterstühlen, eng um einen ovalen Tisch angeordnet, der mit hauchfeinem chinesischen Porzellan gedeckt war, das alle andächtig bewunderten, bis die Kurfürstin eintrat, eine gewichtige Person mit einem derben Gesicht, in dem die kräftige Nase und die kohlschwarzen Augen und Brauen auffielen und den Zügen der früh gealterten Frau etwas Düsteres, ja Unheimliches verliehen.
Während alle in einem ehrfürchtigen Hofknicks erstarrten, blieb Elisabeth erstaunlich gelassen. Von nahem hatte sie die Fürstin noch nie gesehen, und sie erfasste zu ihrer Betroffenheit die abfällige Darstellung ihres Neffen als nicht übertrieben, der Blick und hängende Wange der schwarzen Dorothea nachgeahmt hatte.
In anderer Hinsicht aber fand sie sich noch betroffener, war doch in Retzlows Einladung mit keinem Wort von einer allgemeinen Audienz bei der Kurfürstin die Rede gewesen, die noch dazu einen bestimmten Zweck diente, wie sich schnell herausstellte. Dorothee nämlich, deren Sprache anscheinend selbst unter dem zweiten Schlaganfall nicht gelitten hatte, erging sich, nachdem sie sich huldvoll in einem geschnitzten Lehnsessel niedergelassen hatte und der Tee gereicht wurde, nach einigen einleitenden Sätzen über die edle Großzügigkeit ihres gnädigen Herrn und gottgewollten Ehegemahls, um dessen Gesundung sie täglich flehe, in ausufernder Rede über

die Vorzüge jener von ihr angelegten und weiter auszubauenden Neustadt, in der – und darin steckte der wahre Kern ihrer weitschweifigen Ausführungen – leider noch immer etliche Baustellen brach lägen. Sie wisse sehr wohl, dass man sich mit einem solchen Anliegen zuvorderst an die treu sorgenden Ehemänner der hier Versammelten zu halten habe, wisse aber ebenso gut – und es bestand kein Zweifel, dass sie aus eigener Erfahrung sprach –, welch gewichtige und segensreiche Rolle dem zur rechten Zeit gesprochenen Wort einer liebenden Gattin in einer Ehe zukomme …

Elisabeth wurde übel bei dieser Suada, die schließlich darin gipfelte, in ihr jegliche Hoffnung auf eine Lösung des Falles Kalkkhorst zunichte zu machen, indem die Kurfürstin nämlich in geradezu schamloser Weise mit der Freiheit aller neu zu errichtenden Häuser von Steuerpflicht und jeglicher Einquartierung warb.

Was sollte ihr all diese Wortklingelei? Wieder stieg vor ihren Augen das Bild des Toten auf, und wieder überkam sie die Furcht so stark, dass sie es nicht wagte, mit ihrer zitternden Hand die Teetasse zu berühren.

Sie spürte Schwäche in den Beinen, der Rest der geradezu unerträglichen Begegnung glitt wie im Traum an ihr vorbei. Dass die Kurfürstin am Schluss davon sprach, man habe ihr gesagt, einige der Damen hätten Rezepte für gewisse Heilmittel mitgebracht, um deren Mitteilung sie gnädigst bitte, nahm sie nicht wahr.

Als sie das Schloss verließ, dachte sie keinen Augenblick an den wartenden Caspar, sondern stürmte geradezu über die Lange Brücke nach Hause. Dort angekommen, warf sie sich voller Verzweiflung auf das Bett. Stunden später fand Henriette sie schlafend.

Christians Rückkehr

Obwohl Christian sich in Altlandsberg zeitig auf den Weg gemacht hatte, begann es bereits zu dunkeln, als er Marzahn hinter sich gelassen hatte. Der scharfe Herbstwind pfiff ihm durch die Kleidung. Vergebens versuchte er, seine Schritte zu beschleunigen. Noch gut zwei mühsame Meilen lagen vor ihm, auf denen ihm alle Eile und alle Wegkenntnis wenig nutzten. Der schnürende Regen der vergangenen Tage und Nächte hatte die ausgefahrene Straße auf dem Barnim in einen schlammigen Morast verwandelt, durch den er sich einen Schlängelpfad um jede Pfütze suchen musste.

Dennoch ließ sich Christian die Stimmung davon ebenso wenig verderben wie von immer den gleichen Tischgesprächen im väterlichen Haus. Er hatte nie viel auf das Gerede gegeben, das sich um die angeblichen Giftmorde am kurfürstlichen Hofe rankte. Der überraschende Fund in Wedells Haus und die bohrende Befragung durch den Hausvogt hatten seine Auffassung ein wenig verändert, schien doch im Hintergrund von Lonicers Ermittlungen ein Verdacht zu lauern, der etwas anderes als einen bloßen Selbstmord vermuten ließ.

In seinem Gewerbe war Christian der Sensenmann in vielerlei Gestalt begegnet. Der machte keinen Unterschied, ob arm, ob reich, ob Erbprinz oder Bettelmann. Gegen viele Krankheiten kannte auch ein erfahrener Bader kein Mittel.

Mit Giften allerdings war es ein eigenes Ding. Ob der Oheim

Jobst davon so viel verstand, wie er angab, war schwer zu sagen. Der Meister Bakker in Wijk war nebenher ein wackerer Pharmazeut gewesen, der allerlei über giftige Substanzen und Kräuter wusste und viel Exotisches in seinem Offizin gesammelt hatte, mitgebracht von Seefahrern und Händlern aus den fernen Kolonien. Kannte man sich damit aus wie er, konnte man manchem Kranken helfen – oder manches Unheil damit anrichten, wie es unter den kurfürstlichen Abkömmlingen erster Ehe häufiger auftrat, als es der Zufall gemeinhin zuließ. Kein Wunder, wenn man es gerne der schwarzen Dorothea zuschrieb, die als einzige damit ihren Nutzen nährte.

So in Gedanken tappte Christian mit ausholenden Schritten dahin. Der letzte helle Schein am Himmel musste reichen, die schlimmsten Löcher zu vermeiden. Hinter sich hörte er schon seit geraumer Zeit gelegentlich einen Klepper schnauben und das Quietschen eines Gefährts, das mit ihm dem gleichen Weg zu folgen schien. In der Hoffnung, dass der Kutscher ein wenig Mitleid mit einem eiligen Wanderer haben möge, ging er etwas langsamer.

»Heda!«, rief er, als der Karren ihn endlich erreichte. »Nehmt mich ein Stückchen mit. Gott wird es Euch vergelten.«

Das war nicht die rechte Ansprache, den brummelnden Tönen des Mannes auf dem Bock nach zu urteilen, der von Gotteslohn nicht viel zu halten schien. »Bin schon spät dran«, klang es abweisend. »Die Tore schließen …«

»Bis Berlin zahl ich Euch einen Sechser«, bot Christian an. In schlechten Zeiten war das ein halber Tageslohn, doch die Mutter hatte ihm vier zusätzliche Groschen zugesteckt. Da konnte er einen halben entbehren und seine Stiefel schonen und halbwegs trocknen.

Vom Kutscher vernahm er etwas, das wie »aber schnell«

klang, und ohne weitere Worte schwang er sich auf den Wagen, eine Art offener Chaise, die in jeder Vertiefung ächzende Laute von sich gab. Der Mann klopfte einladend auf den Platz neben sich, und Christian kroch über Körbe und allerlei Krimskrams zu ihm nach vorn.

»Man weiß nie …«, brummte der Kutscher, ein breiter, untersetzter Kerl, nachdem er seinen Fahrgast lange und ausgiebig gemustert hatte, soweit es das ungewisse Licht zuließ. »Einer wollt mir mal mit dem Messer zu Leibe …« Er richtete sich drohend auf und zog mit der Peitschenspitze einen weiten Bogen. »Vielleicht liegt er noch heute irgendwo im Graben.«

»Das wäre ihm zu wüschen«, meinte Christian heiter. »Wollt Ihr ein Stückchen Brot und Wurst?« Nach dem ausgiebigen Mittagsmahl verspürte er noch immer keinen Hunger.

»Ein guter Schluck wäre mir lieber«, entgegnete der andere. »Zu Essen gab es reichlich.«

Christian zögerte. Die Mutter hatte gewiss nicht nur Wasser in die fest verstöpselte Flasche getan. Wenn es aber Wein war, dann sollte er die ganze Woche reichen. Dennoch zog er die Flasche hervor, öffnete sie und reichte sie dem Kutscher.

Der setzte an und blies die Backen auf, bevor er langsam schluckte und das Gesicht verzog. »Ist das Wein oder am Ende gar Essig?«

Christian war ein wenig beleidigt. »Es ist Wein!« Der Vater zog ihn in dem Gärtchen an der Südseite der Stadtmauer.

»Ja, ja, man gewöhnt sich.« Der Mann tat noch einen guten Schluck. »Hier in der Gegend fehlt ihm die Sonne. Da bleibe ich lieber beim Bier.« Er reichte Christian die Flasche zurück. Der nahm nur einen kleinen Schluck.

»Ich habe schon echten Malvasier getrunken«, fuhr der andere fort. »Und guten Rheinwein wie am Hofe.«

»Der Kurfürst, heißt es, trinkt bei Tisch nur märkischen Wein«, sagte Christian. »Morgens nur Biersuppe und etliche Tassen Tee.«

Sein Begleiter nickte. »Kein Wunder, dass er sterbenskrank ist. Vierzig Tassen, sagt man, nimmt er täglich zu sich. Da würde sich in meinen Beinen auch das Wasser sammeln bis zum Leib.«

Unter derlei Gesprächen näherten sie sich gemächlich der Stadt. Rechts standen die Windmühlen auf den Hügeln, zwischen denen die Straße allmählich herabfiel zur dunkel aufragenden Georgenkirche. Im Hospital und in den geduckten Häusern der Vorstadt glimmten hier und da Lichter. Aus dem »Krug« drang Lärm. Vor der Brücke über den Festungsgraben am Georgentor stauten sich Fuhrwerke.

Christians Fuhrmann, ein Berliner Bürger, wie er beiläufig erwähnte, der selbst des öfteren Tordienst zu versehen hatte, riet ihm: »Ihr steigt jetzt besser ab. Ich nehme den Weg zum Stralauer Tor.«

Christian wunderte sich nicht darüber. Er kannte die Willkür der Torknechte, die ihm schon manchmal hart zugesetzt hatten. »Hab meine Erfahrungen …«, brummte der Mann denn auch, doch als sein Gast vom Wagen springen wollte, hielt er ihn am Ärmel fest. »Halt, halt! Es war ein Sechser Fuhrlohn ausgemacht!«

Christian griff nach seinem schmalen Geldbeutel. »Glaubt Ihr, ich will Euch betrügen?« Er reichte dem Mann die Münze. Der befühlte sie. »Nichts für ungut. In diesen üblen Zeiten muss jeder sehen, wo er bleibt.«

Christian fand, dass die Zeiten nicht übler waren als jemals zuvor nach dem langen Krieg, der das Land ausgeblutet hatte, und nach den schwedischen Kriegen, widersprach jedoch nicht. Er winkte dem Mann grüßend zu und machte sich auf den Weg. Neben ihm rumpelten Wagen und Karren über die hölzernen Brückenbohlen bis unter das Tor mit dem aufrechten Eisen-Bären, der ein Loch in der Mitte hatte und in seinen Tatzen einen eisernen Spieß hielt.

Dort steckten Fackeln in den eisernen Ringen und beleuchteten die Szenerie. Obwohl es erst um die sechste Stunde sein mochte, taten die Wachen, als wollten sie jeden Augenblick das Tor schließen. »Sonntägliches Herumspazieren ist nicht erlaubt«, fuhr einer zwei ärmlich gewandete Frauen an, deren Fußbekleidung man ansah, dass sie an diesem Sonntag gewiss nicht nur zu ihrem Vergnügen einen weiten Weg zurückgelegt hatten.

Christian mit seinem Wanderbrief der Barbierzunft empfingen sie ein wenig freundlicher, begnügten sich mit einem kurzen Blick darauf und winkten ihn des abendlichen Andrangs wegen weiter, ohne ihn noch einer Anfrage zu würdigen. Etwas Besseres konnte ihm gar nicht passieren. Oft genug hatten die Torwächter für die mütterliche Wegzehrung Akzise verlangt. Sie waren ein ebenso derbes wie dreistes Volk, samt ihren raffgierigen Familien nur darauf aus, dem Reisenden Ungemach zu bereiten und ihn mit allerlei faulen Tricks auszuplündern. Dagegen halfen nicht einmal die kurfürstlichen Dekrete.

Er ging die breite Georgenstraße entlang in Richtung auf das Rathaus. Aus dem Rinnsteingraben stank es; an jedem dritten Haus flackerte eine Öllampe, wie es Vorschrift war. Bis zu seiner Wohnung auf dem Werder musste er ganz Berlin und Cölln durchqueren, doch er hatte noch etwas anderes vor, von dem niemand etwas erfahren brauchte.

Am Hohen Steinweg angelangt, überlegte er, welcher Weg der

günstigste wäre, um wenigstens einen Blick auf die erleuchteten Fenster eines gewissen Hauses in der Spandauer Straße zu werfen und darauf zu hoffen, dass es Henriette gelang, vielleicht für einen Augenblick unbemerkt oder unter irgendeinem Vorwand auf die Straße zu schlüpfen.
Er überquerte den weiträumigen Neuen Markt und beschloss, sich dem Haus durch die Rosen- und die Büttelgasse zu nähern. Vor den Frauen, die dort gelegentlich in den Türen lehnten und dem Vorübergehenden verbotenerweise etwas zuwisperten, fürchtete er sich nicht. Da hatten sich die Dirnen in Amsterdam oder in Hamburg ganz andere Freiheiten herausgenommen, und ansehnlicher als ihre ärmlich gekleideten Berliner Abbilder waren sie außerdem gewesen.
Die Rosengasse führte auf einen Tordurchgang zu, hinter dem sich die Festungsanlagen mit dem neuen Spandauer Tor erstreckten. Das war in der Dunkelheit kein angenehmer Aufenthaltsort, hatte doch der Regen breite Sandströme von den neuen Festungswerken abgetragen und auf das flache Gelände gespült, worunter die exakte Geometrie der Anlagen erheblich litt. Hinter vorgehaltener Hand sprach jedermann darüber, dass die mit so viel Aufwand und Zwang errichteten Befestigungen gegen einen anstürmenden Feind kaum Widerstand gewährten, verfügte der nur über genügend weit tragende Geschütze. Und der Stolz der Kurfürstin, ihre Neustadt auf der Auslage zwischen Spree und Hornwerk, bot sich jedem Angreifer nahezu ungeschützt dar.
Selbst in der Büttelgasse blakte wahrhaftig an jedem dritten Haus ein Licht, doch bevor er noch die Ecke zur Spandauer Straße erreicht hatte, gerieten Christians Füße dennoch in einen Haufen von stinkendem Unrat. Fluchend verharrte er unter der Ecklaterne am »Weißen Schwan«, um sich not-

dürftig zu reinigen, als ihn ungewohntes Gemurmel und Geräusch aufblicken ließ.

Und tatsächlich, nur wenige Ruten entfernt, ausgerechnet vor Jenischs Haus, hatte sich eine lockere Menschentraube versammelt und schien der Dinge zu harren, die sich da noch ereignen mochten.

Es fiel kaum auf, dass Christian hinzutrat und sich bei dem Nächsten erkundigte, was denn vorgefallen sei. Der Nachbar musterte ihn scheel, ließ sich aber zu einer Auskunft herab. »Die Jenischen, sagt man, liegt im Sterben. Ihr Mann ist wie von Sinnen aus dem Haus gestürzt und hat nach dem Wundarzt geschrieen.« Der Mann sah sich um und senkte die Stimme: »Es ist von Gift die Rede …«

»Ich bin Barbier«, sagte Christian entschlossen. »Ein rechtzeitiger Aderlass kann Wunder wirken.« Damit drängte er sich durch die Menge zum Haustor und klopfte laut.

Die Tür öffnete sich beinahe sofort, und er blickte in Henriettes bleiches Gesicht. »Du kannst ihr auch nicht mehr helfen«, sagte sie tonlos und brach in Tränen aus.

Aesop

Obwohl im Schloss alles sorgsam vorbereitet war, fühlte sich der Kurprinz an diesem ersten Abend im eigenen Heim unwohl. Vom Wasser wehte es feucht herüber, der Ofen im Arbeitszimmer verbreitete statt wohliger Wärme üble Gerüche. Friedrich fürchtete einen Anfall von Atemnot, wie er ihn häufig überkam. Seine junge Frau hatte Unwohlsein und Müdigkeit nach der langen Reise vorgeschützt und sich früh zur Ruhe begeben, während er die Briefe und Nachrichten studierte, die ihm der Geheime Sekretär Butendach reichte.
Vergebens suchte er darunter nach einem bestimmten Namen. Schon beim Empfang hatte er den Kammerjunker vermisst. Ungehalten erkundigte er: »Was ist mit dem Wedell? Weshalb ist er nicht hier?«
Butendach räusperte sich. »Es heißt, der Herr von Wedell hätte sich in seinem Hause – umgebracht …«
»Umgebracht?« Ungläubig starrte Friedrich den Sekretär an. »Was sind das für neuartige Gepflogenheiten? Hat er sich duelliert, und man will es mir verschweigen?«
Der Gedanke schien ihm im gleichen Augenblick abwegig, als er sich den sanftmütigen Kammerjunker mit einer Waffe in der Hand vorstellte. Butendach schüttelte denn auch den Kopf. »Ein Barbiergeselle hat ihn aufgefunden. Der Hausvogt ist mit der Untersuchung beauftragt.«
»Ein Barbiergeselle? Nicht sein Faktotum, dieser – dieser …«

»Kurprinzliche Durchlaucht meinen seinen Diener Michel? Nach dem forscht man noch. Es heißt, er sei aus der Residenz verschwunden.«

Mit finsterer Miene erhob sich der Kurprinz. Unruhig tappte er auf seinen hochhackigen Schuhen ein paar Schritte auf und ab. Butendach, der ihn um zwei Haupteslängen überragte, verharrte steif neben dem Schreibtisch. Von unguten Gedanken über diesen überraschenden Todesfall erfüllt, blieb Friedrich am Fenster stehen und starrte hinaus in die Dunkelheit, die ihm plötzlich unheimlich erschien.

Das Köpenicker Schloss, auf einer Insel zwischen dem Frauentrog und der Dahme gelegen, hatte der Kurfürst erst zehn Jahre zuvor in der Nähe des alten Jagdkastells errichten lassen, in dem einst sein Vorfahr Joachim die Warnung an der Tür gelesen hatte: »Jochimken, Jochimken höde dy! Wo wi di krigen, do hängen wi dy.« Der junge Kurfürst Joachim aber, rechtzeitig gewarnt, ließ die adligen Verschwörer um den Ritter von Otterstedt hinrichten und dessen Haupt am Köpenicker Tor in Berlin auf einer Stange ausstellen. Siebzig Jahre später, im Januar 1571, starb sein Sohn Joachim Hektor nach einer Wolfsjagd hier im Köpenicker Jagdschloss.

Der Kurprinz gab nicht viel auf die alten Familiengeschichten, und Joachim Hektor mit seinem unsittlichen Lebenswandel konnte einem streng reformierten Fürsten ohnehin kein Vorbild sein. In seinem dreißigjährigen Leben hatte Friedrich nur zwei Frauen wahrhaft geliebt, die seine Zuneigung in gleicher Weise erwiderten: seine früh verstorbene Mutter Luise Henriette und seine Kusine Elisabeth Henriette, für die er sich als Sechzehnjähriger entschied und die ihm seine erste Tochter geschenkt hatte.

Dann war das große Unglück über ihn gekommen. Nach

kaum vierjähriger Ehe starb im Cöllner Schloss seine geliebte Hanette, die ihr zweites Kind erwartete, während er hier in Köpenick krank daniederlag und noch immer an den Folgen jenes Anschlags litt, den niemand anderer als seine Stiefmutter Dorothea gegen ihn gerichtet hatte. In einer Tasse Mokka reichte diese Berliner Agrippina ihm höchst eigenhändig das Gift, und wäre nicht der treue Danckelmann im Nebenzimmer mit einem Gegenmittel zur Hand gewesen, hätte die böse Giftmischerin ihr Spiel gewonnen. Alles war sonnenklar. Von Anfang an hatte sie seiner Verbindung mit der hessischen Prinzessin entgegenwirkt, und nun befürchtete sie die Geburt eines Erbprinzen.
Diese Besorgnis steckte auch hinter ihren arglistigen Ränken und Verleumdungen gegen Friedrichs Wahl einer neuen Frau, der Welfenprinzessin Sophie Charlotte, der er drei Jahre zuvor in Pyrmont begegnet war. Dennoch hatte die schwarze Dorothea die prunkvolle Hochzeit im Schloss zu Herrenhausen nicht verhindern können.
Eine so harmonische Ehe wie mit seiner unvergessenen Hanette wurde es trotzdem nicht. Die gerade sechzehnjährige Sophie Charlotte war ein ungewöhnlich geistvolles und gebildetes Frauenzimmer, sprach Französisch, Italienisch und Englisch, wie es sich im Hause Hannover gehörte, und war mit ihren Lateinkenntnissen überdies in der Antike bewandert. Ihren Aesop nannte sie ihn, was ihm anfangs schmeichelte, bis er sich eingehender mit jenem buckligen Fabeldichter aus Phrygien befasste, der sich vor mehr als zweitausend Jahren angeblich in die Sklaverei verkaufte, um seine Schulden zu bezahlen. Später reiste er in Krösus' Auftrag nach Delphi, wo man ihn wegen Gotteslästerung ermordete.
War das die Biografie eines künftigen Kurfürsten? Was die

augenblickliche Armut anging, enthielt sie allerdings viel Wahrheit. Geldsorgen quälten Friedrich häufig genug. Gewiss, da gab es immer jemanden, der gerne, wenn auch keineswegs selbstlos aushalf. Der französische Gesandte Graf Rébenac, von dem der Kurfürst und die schwarze Dorothea manches großzügige Geschenk empfangen hatten, trat im Namen seines Königs gerne als gönnerhafter Mäzen für den künftigen Herrscher über Brandenburg-Preußen in Erscheinung. Der aber hatte lernen müssen, dass es klüger war, sich beizeiten mit dem Kaiser gut zu stellen, dessen Abgesandte ebenfalls bereit waren, sich gegen bestimmte Zugeständnisse erkenntlich zu zeigen. Dennoch lag Friedrich die leidige Angelegenheit mit dem Kreis Schwiebus im schlesischen Herzogtum schwer im Magen, den der Kaiser dem Großen Kurfürsten angeblich aus reiner Freundschaft und ohne jede Gegenleistung zusprach, sich bei Friedrich jedoch insgeheim der Rückgabe nach Friedrich Wilhelms Tod versicherte. Nicht einmal der treue Danckelmann durfte etwas von dieser Hintertür ahnen, die sich für Friedrich aufgetan hatte. Was nach dem Tod des Alten wirklich geschehen würde, stand auf einem anderen Blatt. Im Augenblick sah es aus, als wolle Friedrich Wilhelm sich wahrhaft mit ihm versöhnen und endlich das Zeitliche segnen, doch bei einem eigenwilligen Charakter wie dem des Vaters konnte man nie gewiss sein. Seinen nahen Tod hatte man schon mehr als einmal prophezeit. Und er, Friedrich, wusste nicht einmal, was ihn bei der Testamentseröffnung de facto erwartete. Er musste auf alles vorbereitet sein, wie er aus guter Quelle wusste. Die schwarze Dorothea und ihre Parteigänger würden ihm keine Ruhe gönnen. Mehr als ein halbes Jahr war er der Residenz ferngeblieben. Selbst von nahem ließ sich das Gewebe von Intrigen und Gegensät-

zen am kurfürstlichen Hofe nur schwer durchschauen. Ihm stand eine unruhige Zeit bevor.
Der Vater, bei all seiner Beharrlichkeit in kleinen Dingen und mancher Unentschlossenheit in den großen, war in den nahezu fünfzig Jahren seiner Herrschaft zu einem wahren Meister diplomatischer Winkelzüge geworden, des Finassierens, wie er das nannte, dessen Erfolg sich mitunter erst nach Jahren erwies – oder nie. Brandenburgisches Wechselfieber hieß es höhnisch in anderen Residenzen.
Friedrichs um neun Jahre jüngeren Bruder Ludwig, einen allzu weichen und formbaren Charakter, hatte man schon als Fünfzehnjährigen mit der Prinzessin Radziwill verlobt. Den Kurfürsten lockten die litauischen Besitzungen und Reichtümer seines verstorbenen Statthalters in Preußen. Die noch kindliche Luise Radziwill und seine Frau waren schnell wahre Freundinnen geworden, und auch er und Ludwig, sein »getreuer Bruder bis in den dodt«, wie der seine Briefe unterzeichnete, standen auf vertrautem Fuß miteinander. Im Nachhinein las sich Ludwigs Floskel wie eine düstere Prophezeiung, denn Ludwig überlebte die Hochzeit mit seiner Prinzessin um nicht einmal zwei Jahre.
Am Abend vor seiner Erkrankung hatte im Schloss ein festlicher Ball stattgefunden, bei dem sich eine der Damen aus dem Gefolge der Kurfürstin auffallend um Ludwig bemühte und ihm schließlich als besonderen Leckerbissen eine Orange darbot. Die Herren Doktoren wollten sich später nicht festlegen, ob diese Frucht Gift enthielt. Der arme Ludwig jedenfalls siechte dahin und starb wenige Tage danach, ohne den Vater noch einmal gesehen zu haben, hatte der Kurfürst Ludwigs Hinfälligkeit doch als weibische Zimperlichkeit abgetan.
Ihn, Friedrich, der ebenfalls erkrankt war, hatte es nicht län-

ger in der Residenz gehalten. Selbst Köpenick, vier Meilen von Berlin entfernt, schien ihm kein sicherer Ort für sich und seine junge Gemahlin Sophie Charlotte, die sich in guter Hoffnung befand, zumal der selbst kaum genesene Vater sich zu unverfrorenen Schmähungen der Kurprinzessin hinreißen ließ. Hals über Kopf reisten sie zur Kur nach Karlsbad, dort in allen Ehren empfangen und unerreichbar für den Vater und sein böses Weib.

Die enge Vertrautheit zwischen Sohn und Vater hatten er und Friedrich Wilhelm nie zueinander gefunden. In den Jahren seit Karl Emils Tod war die Verbindung durch immer neue Rankünen der Stiefmutter, die wie eine Löwin für das Erbe ihrer heranwachsenden Söhne kämpfte, belastet worden. Philipp Wilhelm, der Älteste, schien selbst unglücklich darüber, dass der Kurfürst mehrfach sein Testament zu ungunsten seiner beiden Söhne aus erster Ehe veränderte und sie im letzten Jahr von der Reise zum Oheim Wilhelm III. von Oranien ausschloss.

Friedrich aber verdross es am meisten, dass der Vater, der für die Schatulle der Kurfürstin und ihrer Kinder stets genügend Taler zur Verfügung stellte, ihm das Geld selbst für die notwendigste Repräsentation verweigerte und schließlich jegliche Zahlung an den »Deserteur« einstellte, als Friedrich ihm mitteilte, von Karlsbad über Leipzig nach Hannover zu den Schwiegereltern und von dort nach Kleve reisen zu wollen. Immerhin hatte ihn der Kurfürst dort vor sechs Jahren als Statthalter eingesetzt! Jetzt aber drohte er mit seinem väterlichen Fluch.

Danckelmann war es, der Friedrich überredete einzulenken. Brandenburger Boden zu betreten aber weigerte sich die Kurprinzessin, deren Schwangerschaft gerade ein böses Ende genommen hatte. So reisten sie zu Friedrichs Schwager aus erster Ehe, dem Landgrafen Carl von Hessen-Cassel, und weiter nach Marburg. Geld sandte der Vater aus Berlin noch immer nicht.

Das war der Punkt gewesen, an dem sich Friedrich seines Kammerjunkers von Wedell und seiner ersprießlichen Eingebungen entsann. Schon nach einer Woche erreichte ihn die erste viel versprechende Antwort aus der Residenz.

Und nun war Wedell tot.

»Wann ist er gestorben?«

Butendach, noch immer steif wie ein Ladestock in seiner Habachtstellung, antwortete zögernd: »Man weiß es nicht genau, Eure Kurprinzliche Durchlaucht. Vor zwei Tagen fand man ihn.«

Vor zwei Tagen. Also musste Wedell die Nachricht längst erhalten und befehlsgemäß weitergegeben haben. Das beruhigte Friedrich. Aus welchen Gründen Wedell sich selbst getötet haben mochte – ein pflichtbewusster Bediensteter war er stets gewesen.

Friedrich sah den Sekretär scharf an. »Der Hausvogt wird das Haus durchsucht und versiegelt haben?«

»Selbstverständlich, Eure Kurfürstliche Durchlaucht.«

Friedrich, gewohnt von Menschen umgeben zu sein, die größer waren als er und sich oft genug hinter seinem Rücken hämisch über den Buckligen lustig machten, blieb misstrauisch: »Verschweigt man mir auch nichts?«

Der Sekretär beteuerte, dem sei nicht so. Nur zögernd setzte er hinzu: »Man spricht allerdings davon ...«

»Wovon?«, fuhr Friedrich ihn ungeduldig an. »Rede Er endlich!«

»Es sind nur Gerüchte ...«, wand sich Butendach. »Es heißt,

dem Herrn von Wedell hätte eine gewisse Vorliebe – nun, nicht geradezu für das weibliche Geschlecht angehaftet ...«
Intrigantengeschwätz, dachte Friedrich. Dergleichen hatte man auch über seinen seligen Bruder Ludwig verbreitet. Andererseits war ihm der Wedell immer ein wenig seltsam erschienen mit seinem verweichlichten Naturell.
»Und deshalb soll er sich umgebracht haben? Auf welche Art hat er's getan?«
Butendach schluckte. »Man nimmt an ...«
»Was nimmt man an?«
»Es heißt, es hätte ein Giftfläschchen auf seinem Tisch gestanden ...«
»Ach!«, entfuhr es dem Kurprinzen. »Er hat sich vergiftet?« Anklagend wies er mit dem Finger auf Butendach. »Oder muss es heißen: Man hat ihn vergiftet?«
Butendachs Gesicht lief rot an. »Eure Kurprinzliche Durchlaucht, soviel bekannt ist, geht der Hausvogt mit großer Sicherheit von einem Selbstmord aus.«
Friedrich sah den Sekretär von unten her durchdringend an. »Ich nicht!«, sagte er unzufrieden. »Wenn in der Residenz von Gift die Rede ist, weiß ich nur zu gut, wer allemal dahinter steckt.«
Butendach unternahm einen letzten Versuch. »Soweit man weiß, gibt es keine Anzeichen ...«
»Larifari! Ich werde selber mit dem Hausvogt reden. Und diesen Barbiergesellen, den will ich kennen lernen!«

Ein jähes Ende

Im Jenisch'schen Haus traf Christian alle in höchster Aufregung an. In der Küche lamentierte lauthals die Köchin, die Magd rannte mit einem Wasserschaff und Tüchern treppab, und Caspar Jenisch vergrößerte das Durcheinander mit sinnlosen Klagen und Befehlen. In der offenen Tür zu seiner Stube stand Kalckhorst und erteilt mit Stentorstimme Ratschläge, die keiner beachtete. Niemand schien Christian zu bemerken, der, von Henriette geführt, ohne Umstände bis in das eheliche Schlafzimmer vordrang. Zwei Kerzen erleuchteten das Gemach. Auf dem Bett lag die schwer atmende Elisabeth in ihrem Nachtgewand. Aufgelöste Haarsträhnen umgaben ihr bleiches, von grellroten Flecken entstelltes Gesicht.

»Man hat sie vergiftet!«, rief Henriette aus.

Ihr Stiefvater, der den Raum im gleichen Augenblick betrat, hob erschrocken die Hand vor den Mund. »Vergiss nicht, sie war bei der Kurfürstin zu Gast geladen!«, mahnte er und schien erst jetzt Christian wahrzunehmen, der sich über Elisabeth beugte, ihre heiße Stirn betastete und die verengten Pupillen betrachtete. Er erkannte Kalckhorsts Barbier und hatte, schien es, gegen dessen Anwesenheit nichts einzuwenden.

»Möglicherweise ein plötzliches Fieber«, sagte Christian zögernd. »Es könnte aber auch Gift sein. Sie muss viel trinken. Habt Ihr versucht, sie zum Erbrechen zu bringen?«

Caspar Jenisch musterte ihn böse. »Davon ist sie ja so geschwächt«, sagte er und begann unvermittelt mit lauter Stimme zu beten. »Mein Herrgott, so hilf uns in unserer Not!«, rief er schließlich mit erhobenen Händen aus. Er drängte Christian beiseite, fiel neben dem Bett auf die Knie und bedeckte die leblose Hand seiner Frau mit Küssen.

Christian fühlte sich hilflos. Natürlich gab es allerlei Möglichkeiten, den Leuten vorzuspielen, man könne der Kranken helfen, in Wahrheit aber wusste er nicht, was er tun sollte. Gelegentlich hatte er an den öffentlichen collegia anatomica des berühmten Dr. Panckow teilgenommen. Ein Medizinstudium konnten sie nicht ersetzen. Außerdem ließ es die Schicklichkeit nicht zu, Elisabeth Jenisch gründlich zu untersuchen, wie es die medizinischen Schriften empfahlen.

»Habt ihr nach einem Arzt geschickt?«, fragte er.

Henriette nickte, und auch Caspar blickte auf. »Wenn dieser verfluchte Doktor nur endlich käme!«, rief er laut.

Für einen Augenblick schien die Kranke aus ihrem Dämmerzustand zu erwachen und ihre Umgebung wahrzunehmen. Sie erkannte Christian und blickte von ihm flehend zu Henriette, und man sah, wie sie zu sprechen versuchte. Die Tochter beugte sich über sie und küsste ihre Stirn.

»Der Barbier!«, keuchte Elisabeth und riss die Augen unnatürlich weit auf. »... alles gesehen. Erst Sigismund und nun ich ... Die Briefe ...« Sie würgte und schloss erschöpft die Augen.

Auf der Treppe rumorten schwere Schritte. Mit Getöse trat der Arzt herein, ein rotgesichtiger, grober Geselle, der nach Branntwein und Tabak roch und die Tür offen stehen ließ. »Lasst mich mit der Kranken alleine«, befahl er mit schwerer Zunge. Sein Stock polterte zu Boden. Er trat an das Bett und hatte seine Forderung im nächsten Moment vergessen. Un-

sanft riss er Elisabeths Nachtgewand über der Brust auf. »Sie muss Luft haben«, erläuterte er mehr für sich selbst. »Ein Aderlass wäre vielleicht vonnöten ...«
Mit seinem keineswegs sauberen Finger fuhr er der Kranken in den Mund, winkte Caspar mit dem Licht heran und beguckte Elisabeths Zunge. Kopfschüttelnd schlug er die Decke zurück und drückte kräftig auf ihren Leib.
Elisabeth zuckte und ließ einen dumpfen Laut hören. In diesem Augenblick öffnete sich die Tür nach einem kurzen Klopfen, das niemand beachtet hatte, und Matthes von Retzlow trat ein. »Was ist mit ihr geschehen?«, rief er aufgeregt, doch Caspar bedeutete ihm, Ruhe zu geben, und wies auf die Kranke, die sich in Krämpfen wand. Vergeblich versuchte der Arzt, sie mit rauen Worten und plumpem Handauflegen zu beruhigen. »Vergebt mir!«, stieß sie hervor. Schaum trat ihr vor den Mund, und schließlich lag sie reglos auf dem Bett und starrte gegen die Zimmerdecke.
Christian griff nach ihrer Hand und hielt sie lange.
»Nun?«, fragte Henriette bang.
»Sie ist tot«, sagte er leise.
Henriette stieß einen Klagelaut aus und warf sich über die Mutter. Caspar stand offenen Mundes, als hätte ihn der Schreck gelähmt.
»Unsinn!«, sagte von Retzlow. »Wie kann sie tot sein?«
Der vor sich hin brummelnde Doktor wandte sich um, starrte erst Retzlow und dann Christian aus blutunterlaufenen Äuglein an. »Was versteht Ihr davon?«, wollte er wissen. »Seid Ihr Arzt oder nur ein Verwandter?«
»Ich bin Barbier und Chirurg«, entgegnete Christian. »Diese Frau ist vermutlich vergiftet worden, wie Ihr leicht erkennen werdet.«

»Hütet Eure Zunge!«, fuhr ihn von Retzlow scharf an. »Wie kommt Ihr zu einer solchen Verdächtigung?«
»Vergiftet, vergiftet«, begehrte auch der Mediziner spöttisch auf. »In dieser Stadt will niemand mehr eines gewöhnlichen Todes sterben! Ich könnte sagen, es ist die Cholera und sperre euch alle für die nächsten Wochen in diesem verunreinigten Haus ein. Wie gefällt Euch das?«
»Von Gift war nie die Rede«, hielt Caspar eilig dagegen, und an Christian gewandt, sagte er vorwurfsvoll: »Ihr selbst habt von einem plötzlichen Fieber gesprochen!«
»Und Ihr meint, es wäre ansteckend?«, dröhnte Kalckhorsts Stimme von der Tür her. Mit einem Satz war Caspar dort und schlug dem Major die Tür vor der Nase zu.
Am Bett der Mutter hob Henriette ihr tränenüberströmtes Gesicht. »Könnt Ihr nicht Ruhe geben?«, flüsterte sie.
Caspar winkte die Männer aus dem Zimmer. Als Letzter stolperte der Arzt die dunkle Treppe hinunter.
Christian wäre sehr gerne noch bei Henriette geblieben, fand aber Caspar und von Retzlow gegenüber keinen Grund für einen weiteren Aufenthalt im Hause. Trostworte allein konnten der armen Henriette zwar nicht helfen, doch ein wenig Zuspruch mochte ihr die nächsten Stunden erleichtern. Der Höfling aber musterte ihn mit feindseligen Blicken, sodass er sich eilig empfahl und dem Arzt folgte.
Die Menschenansammlung vor dem Haus war angewachsen. Sofort drangen die Ersten auf den Doktor ein. Christian blieb unbeachtet.
»Geht nach Hause, unnützes Pack!«, schimpfte der Arzt.
»Sie ist vergiftet worden, nicht wahr?«, fragte gierig eine Alte.
»Sie war den ganzen Tag bei der Kurfürstin!«, stichelte eine andere. »Man weiß, was das bedeutet.«

Der Arzt stieß mit seinem Stock nach ihr. »Verfluchtes Gesindel!«, grollte er. »Man sollte euch alle als Giftmischerinnen auf dem Neuen Markt ausstellen und stäupen!«
Christian drängte sich durch die Menge. Als er an der Gasse vorbeikam, die am Wursthof hinunter zur Spree führte, bemerkte er in der ungewissen Dunkelheit einen wartenden Wagen. Das Gefährt des Arztes oder von Retzlows?
Etwas an dem Fuhrwerk ließ ihn stutzen. Neugierig trat er einige Schritte in die Gasse hinein. Der Fuhrmann wandte sich ab und verbarg sein Gesicht. Und plötzlich wusste Christian, weshalb ihm Pferd und Wagen so bekannt erschienen. Noch vor einer halben Stunde hatte er selber neben dem Kutscher auf dem Bock gesessen.

Montagmorgen

Am Montagmorgen hatte sich das Wetter endlich gebessert. Zaghaft wagte sich die Sonne hervor und beschien die weite Flur zwischen Festungsgraben und Tiergarten. Christian nahm sein Frühstück vor dem offenen Fenster ein und erfreute sich an dem Geruch der frisch aufgebrochenen Ackerkrume, den die milde Herbstluft mit sich brachte. Auf seiner Wanderung hatte er in manch übel riechendem Quartier unterkriechen müssen; auch in seinem Heimatstädtchen duftete es nicht eben nach Rosen. In den kurfürstlichen Residenzstädten aber stank es für gewöhnlich geradezu pestilenzartig. Immer wieder leerten Leute ihre Nachtstühle heimlich in die Rinnsteine oder verunreinigten die Gassen mit den Kadavern verstorbenen Viehzeugs.

Die frische Luft und die Tasse Kaffee, die er sich ausnahmsweise gönnte, milderten die Folgen der schlaflos verbrachten Nacht und hoben seine Stimmung ein wenig. Immer wieder hatte er über den plötzlichen Tod Elisabeth Jenischs nachgegrübelt und über ihre letzten Worte. Dass er sie erschreckt hatte mit seiner Beobachtung in der Klosterstraße und seiner Frage nach ihrer Bekanntschaft mit von Wedell war einleuchtend. Dass sie den Tod des Kammerjunkers kaum verschuldet haben konnte, lag auf der Hand, befand sich doch die Leiche bereits im Zustand der Starre, als er sie fand. Wer außer ihm jedoch hatte von ihrem Besuch bei Wedell gewusst, und weshalb war das ein Grund, sie zu vergiften? Denn anders als ein Hinweis auf Gift war ihr Angstruf: »Erst Sigismund und nun ich«, nicht zu verstehen. Und um was für Briefe handelte es sich? Hatte sie an jenem Morgen versucht, ihren Schriftwechsel mit dem Kammerjunker in ihren Besitz zu bringen, weil der belastende Einzelheiten über ihre Beziehungen enthielt? Hatte sie die Briefe gefunden, oder waren sie einem anderen in die Hände gefallen? Dem, der mit schmutzstarrenden Stiefeln durch Wedells Haus getappt war? Und was hatte die Einladung der Kurfürstin mit alldem zu tun?

Erst gegen Morgen war er in einen unruhigen Halbschlaf gefallen, aus dem ihn Etienne Sy riss, der beseligt und voll des süßen Weins von seinem Sonntagsvergnügen heimkehrte und ihm unbedingt jede Einzelheit über jene anmutige Person mitteilen musste, mit der er die Feiertagsstunden verbracht hatte und noch tausend weitere zu verbringen gedachte. An ein ernsthaftes Gespräch, wie sie es mitunter bis tief in die Nacht führten, war unter diesen Umständen nicht zu denken. Etienne fiel die Wortkargheit seines Zimmergenossen nicht einmal auf, bis er mitten in einem ausschweifenden Satz über die körperlichen wie geistigen Vorzüge der Angebeteten selbst entschlummerte und seine Anwesenheit nur noch durch eindringliches Schnarchen verriet.

Auch jetzt, während Christian sich auf den Weg zu Kalckhorst machte, war er anscheinend schon wieder auf den Beinen, um in den Gassen, wer weiß, wonach, auszuspähen.

Voller Sorge, wie er sich der gramgebeugten Henriette nähern sollte, erreichte Christian das Haus in der Spandauer Straße. Der Schmutz auf dem Pflaster verriet noch etwas von der abendlichen Menschenansammlung, während vor den Nachbarhäusern bereits gekehrt war.

Christian klopfte, und zu seiner Überraschung öffnete ihm die Köchin mit grämlichem Gesicht. »Ach, Ihr seid's nur«, sagte sie. »Der Major wartet sicher auf Euch.« Damit wollte sie in der Küche verschwinden, doch Christian hielt sie zurück.

»Wie geht es Henriette?«, fragte er mit leiser Stimme.

Die Köchin war nicht sehr redselig. »Wie soll es dem armen Ding gehen? Sie hält die Totenwache.«

»Und Herr Jenisch?«

Sie beäugte ihn misstrauisch. »Was geht Euch das an? Es gibt genug zu tun für das Begräbnis.« Damit entschwand sie endgültig.

Leise stieg Christian die Treppe empor, doch seine Vorsicht war vergebens. Kalckhorst erwartete ihn bei offener Stubentür. »Nur immer herein, Herr Schaumschläger!«, rief er bissig, und Christian hörte sogleich die verdrießliche Stimmung heraus, in der sich der Major befand. Keine Liedchen heute und keine Scherze, nur übel wollendes Knurren und Zucken der Gesichtsmuskeln, sodass Christian seine liebe Mühe mit der Rasur hatte.

»Nun glaubt Er sich wohl am Ziel bei seiner Dirne, wie?«, entfuhr es dem Major schließlich, als Christian die letzten Stoppeln schabte. Unwillkürlich bebte seine Hand und ein winziger Schnitt verunzierte die Kalckhorst'sche Wange.

Der Major umklammerte sein Handgelenk. »Das kommt vom Saufen!«, schnauzte er.

»Ja«, entgegnete Christian mit einem Anflug von Galgenhumor. »Davon wird die Haut so dünn.«

Kalckhorst fehlte heute der Sinn für derlei Anzüglichkeiten. Er stieß Christians Hand zur Seite, stand auf und trat vor den Spiegel. »Es war der letzte Schnitt, den Er mir beigebracht

hat«, sagte er kalt. »Ich will Ihn hier im Hause nicht mehr sehen! Hat Er mich verstanden?«
Christian zwang sich zur Ruhe, reinigte ungerührt das Messer und goss das schmutzige Wasser in eine irdene Schüssel. »Verstanden«, sagte er. »Und begriffen ebenfalls, falls er Euch beruhigt.«
Sorgfältig packte er seine Gerätschaften zusammen und blieb mit ausgestreckter Handfläche vor Kalckhorst stehen.
»Ihr seid ein widerborstiger Bursche!«, murrte der. »Wenn Euch die Werber in die Finger kriegen – ich wollte schon einen braven Musketier aus Euch machen!«
Christian sah ihm geradewegs in die wässrigen Augen und schwieg. Mit der Furcht vor den erbarmungslosen Soldatenwerbern war er aufgewachsen. Hier in der Residenz aber besaßen sie keine Macht.
Kalckhorst starrte auf die ausgestreckte Hand und tat, als wolle er darauf spucken, besann sich jedoch eines Besseren und fischte in seinem Geldbeutel nach einer Münze. »Das könnte Euch so passen, mir einen Betrug anzuhängen, wie? – Hier: Das ist ein für allemal genug!« Damit warf er Christian ein Zweidrittelstück zu. »Den Rest mag Er im ›Goldenen Hirsch‹ verprassen.«
Christian steckte die Münze ein. Er hielt es nicht für notwendig, sich zu bedanken. Wortlos wandte er sich um und öffnete die Tür.
Kalckhorst folgte ihm. »Ich werde Ihm den rechten Weg weisen«, bellte er und verstellte Christian den Durchgang zum Sterbezimmer.
»Ihr seid hier nicht der Hausherr«, entgegnete Christian eisig, stieg aber dennoch brav die Treppe hinunter. Bei einer Auseinandersetzung in einem fremden Haus und mit einem adli-

gen Major konnte er nur den Kürzeren ziehen. Mochte er mit Lonicer auch weitläufig verwandt sein, *ein* amtliches Zusammentreffen mit dem gestrengen Hausvogt hatte ihm genügt.
Als er das Haustor hinter sich schloss, blickte er zugleich in Valtins grinsendes Gesicht.
»Hast du ihm schon einen neuen Barbier besorgt?«, erkundigte sich Christian unwillig.
Valtin verging das Grinsen. »Dachte ich's mir doch. Er hat dich schimpflich entlassen?«
Christian nickte finster.
»Ich trage keine Schuld daran«, verteidigte sich Valtin. »Seit er gestern Abend mit Jenisch aneinander geraten ist, scheint er wie verwandelt, springt fuchsteufelswild in der Stube herum und zürnt jedem. Ich habe auch schon mein Teil weg.«
»Du musst mir trotzdem helfen. Ich muss unbedingt mit Henriette sprechen.«
Valtin schüttelte den Kopf. »Die bekommt man überhaupt nicht zu sehen. Ich fürchte, der Alte wird sie aus dem Haus bringen, damit mein Herr sich keinen falschen Hoffnungen hingeben kann.«
»Du weißt, wo ich wohne. Ich muss mit Henriette reden«, sagte Christian eindringlich. »Vielleicht kannst du deine Köchin als Botin gewinnen …«
Valtin zog ein zweifelndes Gesicht.
»Oder die Magd.« Christian zog das eben eingenommene Geldstück aus dem Gürtel. »Ich lasse es mich was kosten.«
Valtin winkte ab. »Die Magd ist gestern Abend noch aus dem Haus. In einer solchen Gifthütte wolle sie nicht leben, hat sie gemeint und ihre Sachen gepackt.«
Das war ein starkes Stück! Dienstboten durften ihrer Herrschaft nicht straflos entlaufen. So es einer dennoch tat, durfte

sein Herr ihm nachreisen und ihn mit einem Ohr annageln, wo er ihn fand. So jedenfalls hatte Christian es in einer Gesindeordnung gelesen.
»Und Jenisch? Was hat der dazu gesagt?«, erkundigte er sich.
Bevor Valtin noch antworten konnte, ergoss sich ein Schwall schmutzigen Wassers über beide, und von oben schallte Kalkhorsts Stimme: »Malefizlumpenkerl! Was steht Er da und schwätzt mit hergelaufenen Barbiergesellen? Komm Er nur nach oben, dann will ich Ihn lehren, was Ihm widerfährt, wenn Er seine hundsföttische Zunge nicht im Zaume hält und allerorten sein Geschwätz hinterbringt!«
Valtin drückte sich in den Torweg und klopfte heftig an die Tür. »Vergiss mich nicht!«, zischte Christian ihm zu und trollte sich ebenfalls.
»Die Ratsdiener werde ich dir auf den Hals hetzen, falls du dich weiter hier herumdrückst!«, blökte der Major zum offenen Fenster hinaus ihm hinterher.
Neugierig blickten die Vorübergehenden den durchnässten Christian an. Der wandte nicht den Kopf und strebte mit schnellen Schritten der Langen Brücke zu. Am liebsten wäre er gleich zu Etienne Sy in die Bibliothek geeilt, doch verbot dies der Zustand seiner Kleidung, auf der sich die Spuren von Kalkkhorsts Rasierschaum abzeichneten.
Also überquerte er Brücke und Schlossplatz, blickte nicht rechts noch links und schlüpfte in die schmale Gasse zwischen Domkirche und Häuserzeile, um an der Schleuse über den Spreekanal zu gelangen. An Raules Hof vorbei erreichte er im Nu sein Quartier und erklomm ein wenig atemlos die Stiege zur Dachkammer. Deren Tür war nicht verschlossen, was ihn wunderte, glaubte er Etienne zu dieser Stunde doch an seinem Pult in der Bibliothek.

Der Mann, der auf Christians Bett mehr lag als saß, war denn auch nicht der Refugié Sy, sondern ein leicht als bewaffneter Bediensteter zu erkennender Kerl, der sich eilig aufrichtete und nach seinem Spieß griff, als Christian so unvermittelt hereinstürzte.
»Seid Ihr der ledige Barbiergeselle Christian Fahrenholtz aus Altlandsberg?«, fragte er im Aufstehen und baute sich drohend vor Christian auf.
Der sah keine Notwendigkeit, die Frage zu verneinen.
Der Mann, durch Hut, die Farbe seines Umhangs und die Waffe als Diener der Hausvogtei ausgewiesen, nickte zufrieden. »Ab geht's!«, befahl er nicht einmal sonderlich barsch. »Ihr werdet längst erwartet.«
»Erlaubt, dass ich mich etwas reinige«, bat Christian höflich. »So viel Zeit wird mir der Herr Lonicer gewiss zugestehen.«
»Nichts da!«, brummte der Büttel, der nicht viel älter sein mochte als Christian, ihn aber um einiges überragte. »Sofort und unverzüglich ist angesagt. Man hat lange genug auf Euch gewartet.« Mit diesen Worten drängte er Christian aus der Stube.
Der verzichtete wohlweißlich auf jede Widerrede und stieg die Treppe so gehorsam hinunter wie zuvor im Jenisch'schen Haus, diesmal im durchnässten Wams und mit widerwärtigen Seifenspuren im Haar.
Noch weitaus unangenehmer war jedoch die Begleitung, in der er nun die belebten Gassen durchschritt. Jeder Laffe hielt es für angebracht, stehen zu bleiben und das Paar offenen Maules anzustarren oder gar mit verletzenden Reden zu bedenken, wie es etliche Weiber sogleich taten. Der Büttel schien dergleichen Aufmerksamkeit gewöhnt; Christian aber fühlte

sich recht elend und, endlich im Joachimschen Turm angelangt, beinahe geborgen.
Statt mit ihm die Stufen zu Lonicers Amtsraum hinaufzusteigen, wandte sich der Spießträger gleichmütig zur anderen Seite, wo die Wendeltreppe nach unten in einem dämmrigen Zwielicht verschwand.
»Halt, halt!«, rief Christian erschrocken. »Führt mich hinauf zum Hausvogt. Ihr habt selbst gesagt, dass er mich erwartet!«
Der Mann blieb stehen, maß ihn mit einem stumpfen Blick und wies wortlos nach unten. Christian wusste, dass es keinen Zweck hatte, sich zur Wehr zu setzen, aber alles in ihm sträubte sich, freiwillig dort unten im Kerkerloch zu verschwinden.
»Ich muss den Herrn Lonicer sofort sprechen. Meldet ihm das bitte. Er kennt mich …«
Die entfernte Verwandtschaft zu erwähnen schien ihm nicht angebracht, zumal seine Worte keinen Widerhall im Verhalten des Mannes auslösten, der ihn stumm und beharrlich die Stufen hinunterdrängte, bis endlich ein blakender Kienspan die Umrisse einer Tür aus dicken Eichenbohlen erkennen ließ.
Der Büttel stieß mit dem unteren Spießende dagegen, und bald öffnete sich der Eingang zum Hades.
So jedenfalls erschien Christian der düstere Gang, den in Eisenringen steckende Kienfackeln notdürftig beleuchteten, deren Flammen im Zugwind Rußschwaden gegen die grob behauenen Wände warfen. Maueröffnungen zweigten von diesem Gang ab. Der Profoss schloss eine der niedrigen Türen auf und beförderte Christian mit einem rohen Stoß in die Dunkelheit.

Henriette

Henriette war verzweifelt. Vergeblich hatte sie gehofft, wenigstens ein paar Worte mit Christian wechseln zu können, obwohl der Vater ihr jeden Umgang mit dem hergelaufenen Barbier untersagt und wohl auch Kalckhorst beeinflusst hatte, ihm den täglichen Dienst zu kündigen. Die Auseinandersetzung zwischen den beiden war ihr nicht entgangen, doch hatte sie nicht die Kraft aufgebracht, die Tote allein zu lassen und sich einzumischen. Außerdem waren ihr Zweifel gekommen. Wie, wenn es Christian keineswegs so gut mit ihr meinte, wie sie bislang geglaubt hatte? Was wusste sie denn von ihm? Nur das, was er selbst bei ihren spärlichen Zusammenkünften erzählt hatte, also wenig genug. Ihre Familie aber hatte stets seine Aufmerksamkeit gefunden. War er gestern gerade in der Todesstunde der Mutter rein zufällig im Hause aufgetaucht?

So willkommen ihr sein Erscheinen am Abend gewesen war, so tief hatten sie die schreckgeweiteten Augen der Mutter bei seinem Anblick und ihr Ausruf erschüttert: »Der Barbier! … alles gesehen …«

Was konnte Christian gesehen haben? Und was hatte es mit den Briefen auf sich, die ihre Mutter erwähnt hatte? Wie hing Sigismund von Wedell damit zusammen. Erst er, dann ich, hatte die Mutter gesagt. Wedell hatte sich erst vor wenigen Tagen selbst getötet. Durch Gift, wie es hieß …

Mit Hilfe der Köchin hatte sie inzwischen die Tote gewaschen und für den ewigen Schlaf angekleidet. Bald würde man die Mutter in den Sarg legen, und sie würde das vertraute Gesicht, die zärtlichen Hände nie mehr sehen. Immer wieder überkamen Henriette die Tränen, doch seit die Magd aus dem Haus entflohen war, blieb die Aufsicht und alle Hausarbeit an ihr hängen und lenkte sie von dem Unglück ab, das so plötzlich über sie hereingebrochen war. Der dummen Gans und ihren Sprüchen vom Gift weinte sie keine Träne nach. Doch auch deswegen hätte sie gerne mit Christian gesprochen. Woher hatte er die Gewissheit genommen, man habe Elisabeth vergiftet? Henriette war leicht geneigt, den Tod der Mutter mit der Einladung bei der Kurfürstin in Zusammenhang zu bringen. Matthes von Retzlow hatte sie wie den Vater noch am Abend nachdrücklich ermahnt, solchen Verdacht bei Strafe niemals auszusprechen. Die Richter kennen keine Gnade bei derlei Geschwätz, hatte er gesagt. Nun gut, er gehörte zum Hofstaat der schwarzen Dorothea – wie sollte er anders reden? Überzeugt hatte er Henriette nicht.
Er hatte noch lange bei ihr und der Toten gesessen, während der Stiefvater im Hause herumrumorte, als ginge er auf gewöhnliche Weise seinen Geschäften nach. Über eine Vergiftung zu reden lehnte er ab, als er spät ins Zimmer trat, um Abschied von seiner Frau zu nehmen. Für einen Augenblick nur kamen ihr seine Leidensmiene und seine Tränen unecht vor, denn er schien mit seinen Gedanken gar nicht bei der Toten zu weilen. Hatte er ihr nicht zugeraten, die Einladung der Kurfürstin anzunehmen?
Welche Gründe jedoch konnte die haben, eine ihre fremde Bürgersfrau umzubringen? Darüber hatte Henriette, in der Nacht am Bett der Toten sitzend, lange nachgedacht und

war zu keiner Antwort gelangt. Eine Untersuchung der Leiche würde nicht stattfinden, dafür versprach Caspar zu sorgen, und in gewisser Weise war sie ihm dankbar dafür. Wie entsetzlich, sich vorzustellen, dass jemand die tote Mutter entkleidete und aufschnitt. Ihr schauderte bei dem Gedanken. So etwas tat man allenfalls in Unehren Verblichenen an. Andererseits würde sie nun nie erfahren, ob jemand der Mutter Gift verabreicht hatte, und der Mörder oder die Mörderin ging straffrei aus. Sie schauderte bei dem Gedanken, es könne jemand aus ihrer Umgebung, ja aus dem eigenen Hause sein.
Sie hatte das schönste Kleid der Mutter für die ewige Ruhe ausgewählt. Später, beim Ordnen von deren Garderobe fiel ihr im Beutel unter dem Mantel, den die Mutter in den letzten Tagen auf der Straße getragen hatte, ein Papierknäuel in die Hände.
Überrascht glättete sie es auf dem Tisch. Er bestand aus zwei Teilen, die nicht ganz zueinander passten. In der Mitte war ein Fetzen herausgerissen. *Ich* stand deutlich lesbar auf dem einen Teil, auf dem anderen neben einem Tintenklecks ein ihr fremdes Wort: *Sodomit.*
Achselzuckend hatte sie das zerrissene Papier wieder zusammengeknüllt und ins Feuer des offenen Kamins geworfen. Weshalb mochte die Mutter es aufgehoben haben?
Sodomit, das klang nach Sodom und Gomorrha, jenen beiden Städten, die der HERR ihrer Sünden wegen ausgelöscht hatte. Daran erinnerte sich Henriette. Worin diese gewiss schwer wiegenden Sünden bestanden, hatte sie sich nie gefragt. Erst als Matthes von Retzlow gegen Mittag im Hause erschien, um sich fürsorglich nach ihrem Befinden zu erkundigen, fiel ihr das Wort wieder ein, und sie erkundigte sich nach dessen Bedeutung.

Matthes, sonst nie um eine Antwort oder eine spaßige Bemerkung verlegen, lief bis zum Hals rot an. »Woher hast du dieses schmutzige Wort?«, fuhr er sie ungewohnt heftig an.
Sie beruhigte ihn. »Jemand auf der Gasse sprach es unlängst aus. Ist es ein so schlimmes Wort?«
»Sag es nie wieder! Es ist kein Wort für eine junge Dame!«, grollte er, noch immer sichtlich aus der Fassung gebracht. »Und schon gar nicht für eine so hübsche wie dich!« Das Letztere klang wieder ganz wie der vertraute Matthes, und diese Vertraulichkeit suchte er zu nutzen, indem er sie mit hunderterlei Komplimenten verfolgte, bis sie ihn endlich mit der Anmerkung abwies, es sei wohl kaum die rechte Zeit, ihr angesichts der Toten die Cour zu schneiden. Als dann auch noch Caspar nach Hause kam und über die gestrige Auseinandersetzung zwischen Kalckhorst und der Verstorbenen zu sprechen begann, zog es Matthes bald vor, sich zu verabschieden.
Wieder allein, geriet Henriette erneut ins Grübeln. Für sie hatte die Mutter immer eine ältere Respektsperson dargestellt, für manche Männer aber, den Stiefvater, Kalckhorst oder den Herrn von Wedell, war sie eine ansprechende, ja reizvolle Frau gewesen. Oft genug hatte sie ungewollt die dreisten Anzüglichkeiten des Majors vernommen. Und von Wedell, auf den sie sich aus ihren glücklichen Kindertagen so gut besann, hatte der Mutter ganz unverhohlen den Hof gemacht, sie zärtlich angeblickt – und ihr nach der Hochzeit mit Caspar Jenisch verfängliche Briefe geschrieben?
In Henriette erwachte ein schrecklicher Verdacht. War Wedell der heimliche Liebhaber ihrer Mutter gewesen? Und hatte jemand beschlossen, dieser Verbindung ein böses Ende zu bereiten? Sie stockte, als ihr klar wurde, wer als der Mörder in Frage kam.

Das Verhör

Wie lange Christian in dem finsteren Gelass unter dem Glockenturm verbracht hatte, konnte er nicht sagen. Nachdem er endlos in der Dunkelheit herumgetastet und in einer Ecke so etwas wie ein Strohlager vorgefunden hatte, war er schließlich verzagt darauf niedergesunken und eingeschlafen, von wirren Träumen gequält.

Die knarrende Tür und der Lichtschein einer Laterne weckten ihn. »Fahrenholtz?«, fragte eine unangenehme Stimme.

Christian brauchte einige Zeit, bis ihm bewusst wurde, wo er sich befand. Er rappelte sich auf und tappte gebückt zu der niedrigen Öffnung. »Ich muss sofort den Hausvogt sprechen«, sagte er mit belegter Stimme.

Der Mann mit der Laterne lachte hämisch. »Wer hier wen spricht, bestimmt nicht der Malefikant!« Damit zog er Christian aus dem Loch heraus und schob ihn in Richtung Treppe. Gottlob, es ging nach oben. Christian atmete auf, fühlte sich jedoch in seiner nassen und zerdrückten Kleidung, an der nun außerdem Stroh klebte, unwohl genug. Lonicer, denn vor dem stand er kurze Zeit darauf, musterte ihn denn auch missbilligend. »Du hast geschlafen?«, fragte er.

Christian nickte. »Ja, Herr ...« Oheim hätte er beinahe gesagt, besann sich aber rechtzeitig. Abseits an einem von zwei Lichtern erhellten Pult stand heute ein Schreiber, der anscheinend auf Lonicers Anweisung wartete.

Der sagte knapp: »Ihr glaubt, das spräche für ein gutes Gewissen, wie?«
Christian sah den Hausvogt an. Dessen Gesicht war im Halbdunkel schlecht zu erkennen. Christian konnte seiner Miene nicht anmerken, ob die Bemerkung spöttisch gemeint war.
»Ich *habe* ein gutes Gewissen«, sagte er im Brustton tiefer Überzeugung. »Weshalb habt Ihr mich arretieren lassen?«
Lonicer blätterte griesgrämig in seinen Papieren und murmelte: »Es geschah auf höhere Veranlassung ...«
Das klang nicht gut. Wer konnte ein Verlangen danach haben, einen harmlosen Barbiergesellen in den Kerker der Schlossvogtei zu werfen? Lonicer würde ihm die Antwort schuldig bleiben, dessen war er sicher. Eine höhere Veranlassung aber bedeutete, jemand, der im Amt über dem Hausvogt stand. Christian kannte sich in der höfischen Rangordnung nicht aus. Da gab es den Ober-Hofmeister, den Obersten Kämmerer und die Kammerherren, die Geheimen Räte, die Hoffiskale, den Hofmarschall und den Schlosshauptmann und Dutzende weiterer Würdenträger bis hinunter zum letzten Türknecht und Bratenwender. Wer davon dem Hausvogt Order erteilen durfte, war schwer einzuschätzen. Von Retzlow kam dafür gewiss nicht in Frage. Aber wusste man, auf wessen Einverständnis oder Gefälligkeit der als Hofbediensteter setzen konnte, wenn es galt, einen nichtadligen Widersacher abzusatteln?
»Wir müssen alle Eure Auslassungen noch einmal durchgehen und gründlich prüfen«, erläuterte Lonicer. »Es gibt da mancherlei Widersprüche.«
Christian bemerkte wohl, dass der Hausvogt zu einer weniger vertraulichen Anrede übergegangen war. »Glaubt mir, ich habe die Wahrheit gesprochen«, beteuerte er und verspürte sogleich einen Stich in seinem Inneren, weil er an Elisabeth

Jenisch dachte. Nun lebte auch sie nicht mehr, und ihr Tod hing ihrer Meinung nach mit dem von Wedells zusammen. Aber wie? Das würde auch Lonicer kaum herausfinden.
»In allen Räumen und Gelassen des Wedellschen Hauses fanden sich Kot und Schmutzspuren auf dem Boden ...«, hub Lonicer an.
Der Schreiber tauchte die Feder in die Tinte.
»Nicht von mir!«, beeilte sich Christian sofort zu versichern.
Der Hausvogt reckte sich über sein Pult und warf einen Blick auf Christians Füße. »Ihr trugt diese Schuhe?«, fragte er.
Christian war keineswegs stolz auf sein geflicktes Schuhwerk, dem man den gestrigen Weg nach Altlandsberg ansah. »Ich habe keine anderen«, sagte er trotzig.
Lonicer nickte. »Und diese Kotspuren im Hause sind Eurem aufmerksamen Blick entgangen?«
Christian zögerte. »Darauf habe ich nicht sonderlich geachtet. Ich habe nur nach dem Herrn von Wedell gerufen – bis ich ihn dann fand ...«
»... und ihm das Papier unter den Fingern wegzogt«, ergänzte Lonicer unnachgiebig und wies anklagend mit dem Finger auf ihn. »Weshalb tatet Ihr das? Und was stand auf dem Bogen geschrieben?«
»Da lag kein Bogen unter seiner Hand ...«, antwortete Christian ein wenig unsicher. Er versuchte, sich zu erinnern. »Da war nur ein großer Tintenfleck.«
»Aha!«, sagte Lonicer und schaute zum Schreiber hinüber, ob der auch mitschrieb. »War der Fleck bereits getrocknet oder etwa feucht ...?«
Christian erkannte wohl, dass er sich jetzt aufs Glatteis begab. »Mir schien, er war noch feucht ...«, sagte er.
Lonicers Stimme wurde laut und scharf: »Wie konnte die Tin-

te unter Wedells Fingern noch nass sein, wenn doch der Mann nach Eurer Meinung seit Stunden tot war?«
Ja, wie konnte das sein? »Darüber habe ich mir keine Gedanken gemacht«, erwiderte Christian wahrheitsgemäß und ärgerte sich selber darüber, dass es so war. Elisabeth Jenisch konnte das Tintenfass umgeworfen haben – als sie von Wedells letzte Botschaft unter dessen Hand hervorgezogen hatte!
Diese einleuchtende Erkenntnis spiegelte sich wohl in seiner Miene wieder, denn der Hausvogt hakte sofort nach: »Nun? Was fällt Euch jetzt dazu ein?«
»Möglicherweise war vor mir jemand mit schmutzigen Stiefeln im Haus und fand den Toten …«
»Du hast also jemanden gesehen!«
Christian bemerkte das Du ebenso wie die neue Falle. Er zögerte. »Als ich noch weit entfernt war, trat eine Frau aus einem der Häuser auf die Straße«, sagte er stockend. »Womöglich kam sie aus Wedells Haus. Beeiden könnte ich es nicht.«
»Eine Frau also«, stellte Lonicer scheinbar befriedigt fest. »Und sie trug grobe Stiefel.«
»Nein«, entgegnete Christian überrascht. »Dergleichen ist mir nicht aufgefallen.«
»Die Spuren im Durchgang und im ganzen Hause stammen von solchen Stiefeln!«, triumphierte der Hausvogt.
Christian hob die Schultern. »Wahrscheinlich kam sie doch aus einem der Nebenhäuser …«
Lonicer ließ nicht locker. »Das linke ist unbewohnt, rechts lebt der Advokat Zernick mit seiner greisen Mutter.« Er sah Christian durchdringend an. »Also – was ist das nun für eine geheimnisvolle Person, die Ihr bis jetzt verschwiegen habt?«
Christian tat harmlos. »Ich habe mich erst bei Euren Fragen an sie erinnert.«

Lonicer lächelte spöttisch. »Ich glaubte, du würdest in deinem Beruf gewissenhafter beobachten!«

Christian verteidigte sich. »Es war am frühen Morgen. Leute liefen auf den Gassen entlang. Zu dem Zeitpunkt ahnte ich nichts von dem Toten.«

»Beschreibe die Frau!«

»Sie war sicherlich kleiner als ich, dunkel gekleidet, und sie trug eine hohe Fontangehaube mit einem Schleier...«

Der spöttische Zug um Lonicers schmale Lippen verlor sich. Unzufrieden hieb er mit der flachen Hand auf das Pult. »Das passt auf die Hälfte der Berlinerinnen!«, schnauzte er.

Christian dachte nach. Elisabeth Jenisch war tot. Was auch geschah – es konnte ihr nicht mehr schaden. Und so sagte er nach einer gewissen Zeit des Grübelns: »Von weitem ähnelte sie ein wenig der Frau Jenisch aus der Spandauer Straße ...«

Lonicer nickte befriedigt. »Wir werden diese Frau Jenisch anhören«, sagte er.

»Das wird leider nicht möglich sein«, wandte Christian bescheiden ein.

»Wieso nicht?«

»Sie ist am Sonntagabend ganz plötzlich verstorben ...«

»Wie das?«, fragte Lonicer befremdet. »War sie krank?«

Christian schüttelte den Kopf. »Sie schien kerngesund ...«

Der Hausvogt wartete gespannt. »Und?«, fragte er.

Christian zögerte. »... jedenfalls bis sie vom Schloss zurückkam.«

»Was heißt das nun wieder? Und woher wollt Ihr das so genau wissen?«

Es erschien Christian selbst nicht geheuer, als er antwortete: »Ich war zufällig dabei, als sie starb.«

»Zufällig?« Lonicers Stimme hallte wie Donner durch das Turmgemach. Der Schreiber sah erschrocken auf.
Christian verteidigte sich. »Ich kam an dem Haus vorbei und bemerkte den Menschenauflauf. Ich wollte helfen. Aber es war zu spät. Der Arzt, der bei ihr war, konnte nur ihren Tod feststellen.« Die Erwähnung des Arztes, so hoffte Christian, nachdem er sich einmal so weit verrannt hatte, milderte den Zufall etwas.
»Du sagst, sie kam vom Schloss?«
»Sie war bei der Kurfürstin eingeladen.«
Lonicer schnaufte und fuhr sich mit der Hand unter die Perücke. »Das wird ja immer besser!«, stöhnte er. »Und du bist sicher, dass es dieselbe Frau war, die am Freitagmorgen aus Wedells Haus kam?«
»Nein, keineswegs«, beteuerte Christian. »Sie sah ihr ähnlich, mehr nicht ...«
Lonicer tupfte sich die Stirn mit einem Tuch ab und blickte ihn durchdringend an. »Die Sache steht nicht gut für dich«, murmelte er, als wolle er verhindern, dass der Schreiber es hörte. Und laut fuhr er fort: »Was trieb Euch am Sonntagabend in die Spandauer Straße? Ihr wohnt doch auf dem Werder.«
Christian hielt es für besser, den Sachverhalt durch eine kleine Unwahrheit zu vereinfachen. »Ich kam aus Altlandsberg zurück. Jemand nahm mich auf seinem Wagen bis zum Spandauer Tor mit.«
»Wer?«
Wieder konnte Christian nur die Achseln heben. »Ein Fuhrmann ...«
Lonicers Stimme schwoll wieder an. »Ein Fuhrmann, der aus Landsberg über das Spandauer Tor einfährt?«
Christian musste zugeben, dass der Hausvogt einiges Ge-

schick darin besaß, die geeigneten Fragen zu stellen. Ihm selber war der Mann, der über das südliche Stralauer Tor eingefahren, die Stadt durchquert und am nördlichen Spandauer Tor auf jemanden gewartet hatte, beinahe entfallen.

»Ich kannte ihn nicht«, sagte er arglos.

»Zufall, Ähnlichkeiten, Tote und unbekannte Fuhrleute – was soll ich damit anfangen?« Lonicer wurde immer ungehaltener. »Wollt Ihr erst die Tortur abwarten, die Euren Erinnerungen auf die Sprünge hilft?«

Die Drohung mit der peinlichen Befragung unter der Folter versetzte Christian in nicht geringen Schrecken. »Ich kannte den Fuhrmann wirklich nicht«, versicherte er. »Und eine gänzlich zufällige Fügung brachte mich an das Sterbebett der Frau Jenisch ...«

»Aber sie war das Weib, das aus dem Wedellschen Hause kam«, vollendete Lonicer den Satz.

Was blieb Christian übrig, als zu nicken? »Ich glaube ja.«

»Weshalb wolltest du sie nicht nennen?«

»Sie ist eine wohl beleumdete Frau ...«

»Gewesen«, ergänzte Lonicer auch diesen Satz. »Was hattest du mit ihr zu schaffen, dass du sie schützen willst? Hat sie dir Geld versprochen? Gar gegeben?«

»Nein, nein«, beteuerte Christian. Ihm war nicht wohl dabei, vor dem Hausvogt und dem Schreiber sein Innerstes hervorzukehren. »Nun ja, ich gebe zu, dass ich ein Auge auf ihre Tochter geworfen habe und deshalb am Sonntagabend in die Spandauer Straße ging ...«

Der Hausvogt lehnte sich zurück und warf einen Blick zum Deckengewölbe. »Es ist alleweil dasselbe«, räsonierte er. »Wenn es nicht das Geld ist, stecken die Weiber dahinter! Wir werden uns in der Frühe die Schuhe deiner Madame Jenisch angucken. Auch sie ist nämlich im ganzen Haus herumgelaufen, als suche sie etwas Bestimmtes. Oder warst du im Gemach dieses ...«, er machte eine gekünstelte Handbewegung, »... Lakaien Michel?«

»Niemals«, sagte Christian fest.

»Aber du kennst ihn gut?«

»Auch das nicht. Ich habe ihn zwei-, dreimal frisiert. Mehr nicht.«

»Und doch war er es, der dich und keinen anderen für jenen Morgen zu seinem Herrn bestellte. Weshalb wohl?«

»Er hatte eine Reise vor. Seine Mutter sei todkrank, so sagte er.«

Ärgerlich winkte Lonicer mit beiden Händen ab. »Das haben wir längst aufgeklärt. Die Mutter ist lebendig wie ein Fisch. Er ist nie bei ihr angekommen. Solange wir ihn nicht finden ...« Er ließ offen, was in dieser Zeit geschehen würde. Christian erfasste es mit ungutem Gefühl.

Lonicer war noch nicht fertig. »Weshalb aber hat er *dich* erwählt und keinen anderen?«, wollte er wissen.

Ratlos schüttelte Christian den Kopf. »Das weiß ich wirklich nicht.«

»Ja, ja! Das kennen wir inzwischen zur Genüge! Rein zufällig ist er auf Euch verfallen, wollt Ihr sagen. Und rein zufällig wisst Ihr auch nicht, was sonst noch eigenartig an dem Burschen ist!«

Christian dachte nach. Wie kam er aus dieser Bedrängnis heraus? Bedächtig sagte er: »Er war sehr auf seine Kleidung und seine Frisur bedacht und roch stark nach irgendwelchen Wässerchen. Dadurch wirkte er auf mich ein wenig – weibisch ...«

»Ihr seid ein kluges Köpfchen!«, lobte Lonicer gallebitter. »Hat er Euch einen Antrag gemacht?«

»Mir?«, fragte Christian verwirrt. »Wie meint Ihr …«
»Du bist doch in der Welt herumgekommen!«, brüllte Lonicer ungehalten. »Dir als Barbier werden wohl Sodomiten und manch anderer Abschaum begegnet sein! Und du willst nicht erkannt haben, was dieser Michel für einer ist?«
Ich habe nicht darüber nachgedacht, hätte er jetzt sagen müssen, doch er zog es vor zu schweigen, was Lonicer als Schuldbewusstsein verstehen wollte.
»Gibst du dich öfter mit solchen abseitigen Leuten ab?«
»Aber nein! Ihr habt natürlich Recht, hin und wieder trifft man auf – merkwürdige Menschen. Ich hatte niemals eine nähere Bekanntschaft mit einem von ihnen.«
»Nun gut. Und wo ist das Papier geblieben?«
Welches Papier, wollte Christian fragen, besann sich aber rechtzeitig auf den Beginn des Verhörs. »Da war kein Papier«, sagte er standhaft. »Jedenfalls kein beschriebener Bogen. Nur ein frischer Stapel lag am Rande des Schreibtischs.«
Lonicer nickte abwesend und wühlte in dem Papierwust auf seinem Pult. »Und was ist das?«, fragte er und reichte Christian einen Papierfetzen von Talergröße.
Christian trat einen Schritt näher und griff danach. Der Schnipsel war tintenverschmiert und enthielt nur eine einzige Silbe. … *bin* … stand in zittrigen Lettern darauf.
»Es tut mir Leid, aber ich muss wiederum erklären, dass ich es nicht weiß«, sagte Christian mit aller Höflichkeit, die ihm zu Gebote stand. »Ich habe dieses Papier noch nie gesehen.«
»Seltsam! Es befand sich unter der Hand des Toten, die Ihr angehoben habt.«
Darauf wusste Christian nichts zu erwidern. Das Verhör schien ohnedies beendet, denn Lonicer winkte dem Schreiber, es genug sein zu lassen.

»Darf ich jetzt gehen?«, erkundigte sich Christian hoffnungsvoll.

Lonicer senkte den Kopf tief über seine Papiere. »Ihr werdet warten, bis man Euch nach Köpenick bringt«, nuschelte er undeutlich.

Christian verstand nicht. »Nach Köpenick? Was habe ich in Köpenick zu schaffen?«

Lonicer blickte auf. »Höheren Ortes besteht das Verlangen, Euch zu sehen.«

Schlechte Nachrichten

Henriettes dringender Wunsch, Christian zu sprechen, war nicht in Erfüllung gegangen. Der Barbiergeselle Fahrenholtz blieb wie vom Erdboden verschluckt. Das Leichenbegängnis der Mutter auf dem winzigen Gottesacker der Marienkirche ging vorüber, ohne dass sie ihn sah, und die nächsten Tage, die sich einförmig aneinander reihten, ebenso. Anfangs weinte sie, doch immer öfter verfiel sie nur einfach in Trübsinn und starrte reglos vor sich hin. Der Schmerz um den Verlust der Mutter saß tief, und doch ertappte sie sich öfter dabei, an Christian zu denken statt an die Verstorbene. Weshalb ließ er nichts von sich hören?

Beim Kirchgang am Sonntag hielt sie vergeblich nach ihm Ausschau, bis Caspar sie sanft ermahnte, mit Bedacht auf die lauernden Blicke der Umsitzenden den Kopf gesenkt zu halten, wie es sich für eine Trauernde geziemte.

Wenn sie wenigstens mit jemandem hätte reden oder sich irgendwo nach Christians Verbleib hätte erkundigen können! Von seiner Dachkammer auf dem Werder und von seinem Elternhaus in Altlandsberg hatte er gesprochen. Auf dem Werder standen inzwischen mehr als hundert Häuser, und Altlandsberg lag viele Meilen entfernt. Caspar runzelte erstaunt die Stirn, als sie ihn fragte, wie viele Reisestunden man dorthin benötige.

»Was willst du ausgerechnet in Altlandsberg?«, wollte er wis-

sen, und sie antwortete harmlos, sie habe gehört, es wäre ein hübsches Städtchen mit gesunder Luft.
Verständnislos schüttelte Caspar den Kopf. »Ein trauriges Nest voller Brandruinen«, sagte er. »Wer etwas anderes behauptet, lügt. Selbst die Schwerins sind kaum noch dort anzutreffen. Wenn es dir um Ablenkung von deinen traurigen Gedanken geht, so sollten wir eine Reise ins Ansbachische oder dergleichen erwägen.«
»Nein, nein, ich will die Stadt nicht verlassen.«
»Vielleicht wäre es besser für dich. Du kämst auf andere Gedanken. Hier erinnert dich alles allzu schmerzlich an deine Mutter …«
»Nein, ich bleibe hier. Was soll ich im Winter in der Fremde? Hier habe ich …«
Sie stockte. Außer Caspar und Matthes von Retzlow hatte sie auch in der Residenz keine Gesellschaft. Die Freundinnen, an die sie sich aus der Schulzeit am Nikolaikirchhof erinnerte, waren längst verheiratet und hatten Kinder, und die wenigen Bekannten der Mutter, die nach deren Tod zu einem Beileidsbesuch erschienen, bedeuteten ihr nichts.
Es hatte sich eine neue Dienstmagd gefunden, ein aufgewecktes junges Ding namens Marie, das mitunter keck ein Gespräch mit ihr begann, ohne zu bedenken, mit wem sie sprach.
»Weshalb habt Ihr noch keinen Mann?«, erkundigte sie sich ganz ungeniert und lachte, als Henriette verlegen errötete. »Ich hatte im Dorf einen Liebsten«, erzählte sie zutraulich. »Die Werber haben meinen Andres zu den Soldaten geholt. Er soll in Neuruppin stehen, heißt es.«
»Du kannst ihm doch schreiben.«
Nun war es an Marie zu erröten. »Das habe ich nicht gelernt«,

sagte sie beschämt. »Der Andres schon.« Sie war dem Weinen nahe.
»Ich könnte dir ein solches Schreiben aufsetzen«, bot Henriette mitleidig an. »Für die Köchin habe ich auch schon einmal ein Gesuch verfasst.«
Marie sah sie freudestrahlend an. »Das würdet Ihr tun?«
Blindlings nickte Henriette. Bei der Erwähnung der Köchin war ihr der Gedanke an deren vertrauliches Verhältnis zu Valtin gekommen. Und Valtin wiederum kannte Christian, oder der ihn. Die beiden standen sich jedenfalls näher, als Caspar Jenisch und der schreckliche Major ahnten. Den Burschen selbst anzusprechen schien ihr nicht angebracht, aber die Köchin war im Grund eine gutmütige Seele, die sofort verstand, worum es Henriette ging.
»Der Valtin hat sich schon sehr gewundert, dass er nichts mehr von dem Barbier vernimmt«, sagte sie. »Dabei hat er noch am Montagmorgen geäußert, er müsse Euch unbedingt sprechen.«
Henriette fiel aus allen Wolken. »Warum sagst du mir das erst heute?«
Die Köchin drückte sie mütterlich an ihren Busen. »Ich wollte Euren Kummer nicht vergrößern. Der Barbier hat sich ja nie wieder gemeldet. Er ist einfach verschwunden. So sind diese lockeren Zeisige eben. Am besten vergesst Ihr ihn. Der Herr von Retzlow, das wäre doch ein Mann für Euch ...«
Davon wollte Henriette nichts hören. Matthes war ihr ein angenehmer Gesellschafter, mehr nicht. »Hat dein Valtin nie versucht, den Christian zu finden?«, fragte sie.
Die Köchin zog eine Grimasse. »Der Major hält ihn an der ganz kurzen Leine und hat ihm überdies jede Begegnung mit dem Barbier verboten.«

»Und wenn ich dich sehr bitte? Ich würde es mich einen Taler kosten lassen, wenn Valtin in der Stadt Ausschau nach ihm hielte.«
Die Erwähnung des Geldes ließ die Augen der treuen Seele aufleuchten. Dennoch schüttelte sie nach kurzem Überlegen den Kopf und sagte: »So etwas solltet Ihr nicht tun! Der Kerl ist keinen Sechser wert, wenn er nichts mehr von Euch wissen will.«
»Versucht es trotzdem«, bat Henriette. »Er könnte ja auch krank sein …«
Daran zweifelte die Köchin zwar, versprach aber, mit Valtin zu reden. Der Taler, den ihr Henriette in die Hand schob, half der Zusage ein wenig nach.
Es war das letzte Geld, das sie im Besitz der Mutter vorgefunden hatte. Am Abend sprach sie deshalb mit dem Stiefvater, der ihr zärtlich die Wange tätschelte. »Du Schäfchen, weshalb sagst du kein Wort. Alles Geld, das ich besitze, gehört zu gleichen Teilen dir und mir. Das wäre wohl der erklärte Wille unserer lieben Verblichenen.«
Er holte seinen Geldbeutel und zählte ihr etliche Münzen vor. »Alles soll so bleiben, wie es war. Nur dass du jetzt die Hausfrau bist und mit dem Geld wirtschaften wirst.«
Wollt Ihr nicht wieder heiraten, hätte sie am liebsten gefragt, aber das schien ihr denn doch zu vermessen und voreilig.
»Wie viel Geld ist es denn, das mir gehört?«, wollte sie stattdessen wissen, worauf Caspar mit einem fröhlichen Lachen antwortete. »Allemal genug für eine gute Aussteuer«, sagte er. »Du bist eine ehrbare und wohlhabende Jungfer. Da sollte sich schon ein passender Freier finden. Man muss nur Obacht geben, dass es der rechte ist und nicht einer, der nur nach dem Besitz schielt.«

Dieser Gesprächsgegenstand behagte Henriette wenig. »Meine Mutter hat einmal gesagt, sie hätte einige tausend Taler mit in die Ehe gebracht …«, sagte sie.
Caspar nickte ruhig. »Das kann wohl sein. Es steckt im Haus und in den Geschäften. Geld muss arbeiten, um sich zu vermehren.«
»Wie geht das vor sich?«, fragte Henriette neugierig.
Caspar winkte ab. »Das ist keine Weibersache. Dir den Handel mit Hamburg, Nürnberg oder Nowgorod zu erklären würde dich nur langweilen. Dessen sei versichert: Deine Taler sind in guten Händen.« Er senkte seine Stimme. »Und ein Teil liegt in der Truhe unten im Keller, wo niemand Zugang hat. Man kann leider im eigenen Hause nicht jedem trauen.« Mit dem Finger wies er in Richtung auf Kalckhorsts Zimmer. »Der beispielsweise verfügt neuerdings über erstaunlich viel Geld, falls es dir aufgefallen ist …«
Es war ihr aufgefallen, zumal Kalckhorst daraus das Recht abzuleiten versuchte, ihr noch stärker als zuvor auf seine plumpe Art den Hof zu machen, wo immer er ihr begegnete. Wortlos und hoch erhobenen Hauptes schritt sie jedes Mal an ihm vorbei, was ihn so erboste, dass er lästerliche Reden hören ließ, es hätte schon so manche sich für etwas Besonderes gehalten und am Ende doch klein beigegeben und dergleichen mehr. Bei der nächsten Begegnung versuchte er es wieder auf die süße Weise, bis sie eines Tages sagte: »Spart Euch Eure Liebesmüh! Ihr habt schon meiner Mutter mit Eurem Süßholzraspeln vergeblich zugesetzt – wenn Ihr mich weiterhin behelligt, muss ich mich meinem Vetter von Retzlow anvertrauen. Der wird Abhilfe schaffen …«
Kalckhorst machte darauf nur eine verächtliche Geste, beließ es beim nächsten Zusammentreffen auf der Treppe jedoch bei

einem unverschämten Grinsen, das sie hoheitsvoll übersah. Vielleicht auch der Tränen wegen, die ihr in den Augen standen, nachdem die Köchin sie vertraulich in die Küche gezogen und ihr erschrocken wispernd mitgeteilt hatte, was bei Valtins Erkundigungen ans Licht gekommen war. »Er hat mit dem Franzosen gesprochen, mit dem dieser Christian in einer Kammer wohnte.«

»Und?«, fragte Henriette begierig. Sie erinnerte sich, dass Christian von seinem Stubengenossen Etienne erzählt hatte.

»Ich wage es kaum auszusprechen«, jammerte die Köchin leise. »Man hat Euren Barbier festgenommen und in die Hausvogtei geschleppt. Was das bedeutet, könnt Ihr selbst ermessen.«

Das konnte Henriette in der Tat. Die Nachricht stürzte sie in neue Verzweiflung. Wer einmal dort im Turm saß, war so gut wie verloren.

»Weiß man denn, weshalb …?«, fragte sie beklommen.

Die Köchin schüttelte den Kopf. »Es heißt, er hätte etwas mit dem Tod des Herrn von Wedell in der Klosterstraße zu tun.«

Schloss Köpenick

Reihten sich die Tage für Henriette in eintöniger Trauer aneinander, so erschienen sie Christian Fahrenholtz in seinem Gefängnis wie ein unendlicher Albtraum. Wie ihm seine Wächter hohnlachend verrieten, hatte Wendelin Lonicer dafür gesorgt, dass er nicht unter Hunger, Durst und Kälte litt und außerdem in einem geräumigen Gelass nur halb unter der Erde untergebracht war, wo er den Wechsel der Tageszeiten durch eine schießschartenschmale Öffnung unter der hohen hölzernen Decke wahrnehmen konnte. Dennoch fühlte er sich manchmal dem Wahnsinn nahe. Eingesperrt zu sein bedeutete ihm seit den Kindertagen, als ihn der Vater eines üblen Streichs wegen ins Kellergewölbe verbannt hatte, die schrecklichste aller Strafen. Damals hatte es wenigstens einen Grund für seinen Arrest gegeben, diesmal jedoch fühlte er sich gänzlich zu Unrecht in diesem schauerlichen Gewahrsam festgehalten, in den die Geräusche der Außenwelt nur spärlich drangen. An Flucht zu denken war aussichtslos. Vergeblich und mit blutenden Fingern suchte er zwischen den Feldsteinen, aus denen die mehrere Ellen dicke Wand bestand, nach einer Fuge, die sich erweitern ließ.

Seine Bemühungen, einen der mürrischen Wächter in ein Gespräch zu verwickeln und eine Nachricht an Henriette oder wenigstens an Etienne nach draußen zu schmuggeln, waren kläglich gescheitert. Stattdessen ließen die beiden Büttel ihn mehr oder weniger versteckt spüren, was sie von einem bevorzugten Gefangenen des Hausvogts hielten, dem die übliche Folter bisher erspart geblieben war. Einer, der dicke Hinz genannt, malte ihm die körperlichen Schmerzen der Marter in lebhaften Einzelheiten aus, ohne die eigentümlichen Folgen für Gesundheit und Lebensfreude des Delinquenten zu verschweigen, die Christian als angehender Chirurg sich gut vorzustellen vermochte. Erschauernd hörte er aus Hinz' Worten die Lust am Quälen heraus, und er, der mit Gott in keinem allzu innigen Verhältnis stand, betete still darum, von derlei Marter verschont zu bleiben.

Nach seiner Rechnung musste längst mehr als eine Woche vergangen sein, als man ihn endlich hinauf zum Hausvogt brachte.

»Wissen meine Eltern, dass ich hier bin?«, lautete seine erste Frage an Lonicer, der sie unwillig überging.

Das Verhör, so stellte sich heraus, bezog sich ausschließlich auf den möglichen Verbleib jenes bewussten Dieners Michel Köppke, dessen man noch immer nicht habhaft geworden war. Dazu konnte Christian keine hilfreichen Angaben machen, worauf ihn Lonicer höchst ungnädig und mit der beunruhigenden Androhung verabschiedete, unter solchen Umständen werde seine Haft noch Monate dauern.

»Was ist mit Köpenick?«, rief Christian schon unter der Tür. Der Wächter schob ihn roh hinaus, so dass ihm eine mögliche Antwort des Hausvogts entging.

Weshalb man ihn nach Köpenick verbringen wollte, beschäftigte ihn tagelang. Welche höhere Stelle residierte dort, die ein solches Ansinnen an den kurfürstlichen Hausvogt richten konnte? Ihm war kein Geringer als der Kurprinz Friedrich eingefallen, der nun wohl wieder in seinem Schloss weilte und

zu dessen Hofstaat Sigismund von Wedell schließlich gehört hatte.
Was er über den schiefen Fritz wusste, stammte zum größten Teil aus den Erinnerungen des Vaters, den ebenso sparsamen wie pflichttreuen Äußerungen seines Bruders Niklas und den Gerüchten, die in den Gassen der Residenz umgingen. Danach war der Kurprinz zumindest kein blindwütiger Tyrann, ja nicht einmal ein ingrimmiger Gewitterkopf wie sein Vater in gewissen Sachlagen, sondern eher ein empfindsamer und nachsichtiger Schöngeist, der sich sachlichen Beweisführungen hoffentlich nicht verschloss. Darauf setzte Christian alle seine Erwartungen, je weiter die Zeit fortschritt und nichts geschah.
Endlich, es mochten an die drei Wochen vergangen sein, öffnete sich eines Morgens die Tür, und der Profoss selber, vom dicken Hinz begleitet, forderte ihn schroff auf, ihnen zu folgen.
Taumelnd erhob sich Christian von seinem Lager. Obwohl er täglich und manchmal stundenlang in seinem Gefängnis auf und ab gelaufen war, überkam ihn Schwindel, als er aus dem Kerker trat. Grob ergriff Hinz seinen Arm, während der Profoss ihn missbilligend beäugte und die Nase verzog.
»Er stinkt!«
Hinz lachte und schlug Christian vor Freude kräftig auf den Rücken. »Wie sollte er nicht? Wir betreiben hier keine Parfümerie!«
Wie sich herausstellte, hatte Lonicer Kleidung für Christian hinterlegt, die er nun unter Hinz' Aufsicht anziehen musste. Die Hose war zu weit, Hemd und Jacke ein wenig eng.
»Hier gibt es nur zwei Größen«, kicherte Hinz. »Zu groß oder viel zu klein.«
Christian bat um ein feuchtes Tuch, um wenigstens Gesicht

und Hände zu reinigen, und der murrende Hinz brachte schließlich einen stinkenden Lappen herbei.
So fühlte sich Christian kaum sauberer als vorher, als er in die schäbige, von zwei dürren Kleppern gezogene Kalesche stieg, die bald darauf die Große Straße und die Rossstraße entlangklapperte und den Weg über die Brücke, am Salzhaus vorbei zum Köpenicker Tor einschlug.
Hinz saß neben ihm, den kurzen Strick, mit dem Christians Hände auf dem Rücken gefesselt waren, mehrfach um sein fleischiges Handgelenk geschlungen.
»Ich werde nicht fliehen«, versicherte Christian, was Hinz nur veranlasste, den Strick kürzer zu fassen. »Das weiß man bei euch Brüdern nie!«, entgegnete er.
Christian ließ sich zu der Behauptung hinreißen: »Der Kurprinz wird meine Unschuld feststellen, und dann bin ich sowieso frei.«
Hinz lachte gackernd und sagte: »Der schiefe Fritz wird dich verstockten Lügner mit dem Stock prügeln und befehlen, dass ich endlich die Instrumente an dir erprobe!«
Zu diesen viel versprechenden Aussichten schwieg Christian besser. Schaukelnd und quietschend fuhren sie auf dem sandigen Weg am Spreeufer entlang. Schneegriesel wehte über die karge Landschaft und die nahe Heide. Mit Schrecken dachte er an den Winter. Schon jetzt fror er jämmerlich in der dünnen Kleidung. Würde man ihn wirklich noch länger festhalten? Wusste überhaupt jemand, wo er geblieben war?
Am meisten sorgte er sich um Henriette. In seiner Zelle hatte er ausreichend Zeit gefunden, über Wedells Tod und den Tod ihrer Mutter nachzudenken, und ein Zusammenhang war ihm immer wahrscheinlicher erschienen. Aber welcher? So sehr er auch nachdachte, er fand den Schlüssel dafür nicht.

Endlich, nach stundenlanger ermüdender Fahrt, rollte das schäbige Gefährt über die Holzbohlen einer Brücke, und bald darauf über eine zweite, viel kürzere und durch das Schlosstor.

Christian hatte gehofft, man würde ihn sofort zum Kurprinzen führen, doch man steckte ihn erst einmal in ein feuchtes Gelass mit vergitterter Fensteröffnung, in dem man ihn anscheinend vergaß. Die Fesseln nahm man ihm nicht ab.

Der Abend war längst herabgesunken, der Schnee über der Wasserfläche draußen in ein dichtes Flockengewirr übergegangen, als sich endlich Schritte näherten und die Tür aufgestoßen wurde. Ein Diener mit einer Laterne in der Hand winkte ihn wortlos heraus und ergriff seinen Arm. Er war in eine prächtige rote Livree gekleidet und tat, als wäre er der Prinz persönlich. Er führte Christian die Treppe hinauf und klopfte dort ehrerbietig an eine der geschnitzten Türen.

Von drinnen drang ein undeutlicher Laut an Christians Ohr, der Lakai öffnete die Tür und schob Christian hinein. »Der gewisse Barbiergeselle, Eure Kurprinzliche Durchlaucht«, meldete er mit schnarrender Stimme.

Den so Angesprochenen bemerkte Christian im ersten Augenblick gar nicht. Der glanzvoll ausgestatte Raum schimmerte im Licht der Kerzen, die ihn unwillkürlich blendeten, im Kamin flackerte ein anheimelndes Feuer. Erst als sich ein zartes, gar prächtig gekleidetes Kerlchen unter dem Lockengewirr einer gewaltigen Perücke aus dem Lehnsessel erhob, sich umwandte und ihn aus blauen Augen durchdringend musterte, wusste Christian, dass er vor dem künftigen Kurfürsten stand. Ein schmales Bärtchen unter der Nase schmückte dessen höchst gewöhnliches Gesicht.

Mit ungelenken Schritten hinkte der Kurprinz auf ihn zu und

beäugte ihn von unten her. »Er stammt angeblich aus Altlandsberg?«

»Sehr wohl, Eure Kurprinzliche Durchlaucht …«, stotterte Christian. Über die Anrede hatte er lange nachgedacht. Dennoch floss sie ihm nicht so leicht über die Lippen. »Mein Vater ist dort Barbier und Chirurg.«

»Fahrenholtz!«, sagte der Kurprinz bestätigend und humpelte zu seinem Lehnsessel zurück. Mit einem Wink befahl er dem neben der Tür wartenden Diener, den Sessel so zu drehen, dass er Christian weiter vor Augen hatte.

»Ein Fahrenholtz betrieb einst die Cöllnische Schlossapotheke.«

»Gewiss, Eure Kurprinzliche Durchlaucht.«

»Dann ist er also daher des Giftmischens kundig!«

»Aber nein!«, widersprach Christian und vergaß vor Entrüstung die vorgeschriebene Anrede. »Ich bin ein einfacher Barbier und hatte niemals etwas mit Giften zu schaffen!«

Der kleine Mann in seinem hohen Lehnsessel schwenkte abwehrend die zarten Kinderhände. »Dergleichen Künste beherrscht ihr alle, das weiß man. Was treibt Er sonst noch in meinem schönen Altlandsberg?«

Christian schüttelte den Kopf. »Nichts, Eure Kurprinzliche Durchlaucht. Ich war zum letzten Mal an einem Sonntag im Oktober dort, um die Eltern zu besuchen.«

Niklas fiel ihm ein. War es gut, den zu erwähnen? Während er noch schwankte, stellte der Kurprinz schon die nächste Frage: »Der Wedell hat Euch hingesandt, nicht wahr?«

»Nein, nein! Der Herr von Wedell war da schon tot. Ich kannte ihn ja gar nicht. Ich hatte ihn nie zuvor gesehen – bis zu jenem Unglücksmorgen …«

Friedrichs Gesicht verzog sich zu einer ungläubigen Grimasse. »Ein Barbier aus einer Familie von Apothekern und Giftmischern, der seinen Kunden nie gesehen hat – das glaubt Er selber nicht! Noch dazu aus Altlandsberg. Gebt zu, dass Wedell Euch beauftragt hat!«

Christian begann zu schwitzen. Was bedeuteten diese neuen Vorhaltungen, Wedell hätte ihn nach Altlandsberg geschickt?

»Herr von Wedell hat mir niemals einen Auftrag erteilt. Was sollte ich denn für ihn in Altlandsberg tun?«

»Das eben ist die Frage, Fahrenholtz! Versucht Euch zu erinnern!«

Christian zwang sich zur Ruhe. Die Fesseln schnitten in die Handgelenke, und das Stehen fiel ihm schwer. »Eure Kurprinzliche Durchlaucht, ich schwöre, ich habe den Herrn von Wedell lebend nie von Angesicht gesehen und nie ein Wort mit ihm gesprochen. Sein Diener Michel Köppke bat mich, seinen Herrn an jenem bewussten Morgen zu rasieren, da er selber …

Verdrossen winkte der Kurprinz ab. »Ich kenne die Geschichte, mit der Er versucht, den Hausvogt zu täuschen. Ist der Lonicer nicht auch mit einer Fahrenholtz verehelicht?«

»Eine entfernte Base, soviel ich weiß«, gab Christian eingeschüchtert zu. Seine Sache entwickelte sich gar nicht gut.

»Und eine andere ist die Frau vom Baumeister Memhard gewesen, nicht wahr?«, fuhr der Kurprinz fort. »Er sieht, ich kenne das eigensinnige Bürgervolk der Residenz. Ich kenne auch den Niklas Fahrenholtz in Altlandsberg …«

»Das ist mein älterer Bruder«, bestätigte Christian.

»Sieh da, sieh da. Er ist ein umtriebiger Mensch, will mir scheinen. Er kannte auch die Frau, die im Wedellschen Hause angeblich aus- und einging.«

»Ich sah sie dort einmal an jenem Morgen, als sie das Haus verließ. Nicht öfter.«

»Als sie starb, sagt der Bericht des Hausvogts, war Er auch zugegen.«
Schwäche drohte Christian zu übermannen. Er hatte seit dem Morgen nichts gegessen und nichts getrunken. In seinem Kopf begann sich alles zu drehen. »Das war ein – Zufall, Kurprinzliche Durchlaucht«, ächzte er. »Man kannte mich in jenem Haus … Ich wollte helfen …«
Er spürte selber, wie verworren und unglaubwürdig es klang. Der Kurprinz zeigte eine undurchdringliche Miene.
»Diese Frau war vorher bei der Kurfürstin zu Gast? Woher weiß Er das?«
»Die Tochter – sie erwähnte es …«
»Er hat sich an die Tochter gehalten und die Gelegenheit benutzt, der Mutter das Gift einzuträufeln. Starb sie schnell?«
Christian keuchte: »Ich weiß von keinem Gift …«
»So schnell wie bei dem Herrn von Wedell?«, fuhr der Kurprinz höhnisch fort. »Er sieht, ich komm ihm auf die Schliche! Nur war er nicht so abgefeimt wie dieser schändliche Michel, rechtzeitig Fersengeld zu geben. Wohin ist der Kerl verschwunden?«
»Ich weiß nicht …«, setzte Christian krächzend an.
Er fand sich auf dem Boden liegend wieder. Der livrierte Lakai goss ihm Wasser ins Gesicht.

Heiliger Abend

Die Weihnachtszeit war herangekommen. Schnee lag über der Stadt, und die Spree überzog sich mit einer dünnen Eisschicht. Auf dem Markt froren die Hökerinnen zwischen ihren ausgebreiteten Waren. Henriette hatte sich auf den Weg gemacht, um ein paar Geschenke für den heutigen Heiligen Abend zu kaufen, Kleinigkeiten nur für die Köchin und Marie, Tabak für den Stiefvater und für Matthes, der vorbeizukommen versprochen hatte. Es würde ein trauriges Fest werden, so kurz nach dem Tod der Mutter.

Seit Henriette wusste, dass man Christian gefangen hielt, hatte sie alles versucht, um an Nachrichten aus der Hausvogtei zu gelangen. Ohne Erfolg. Der einzige Mensch, den sie im Schloss kannte, war Matthes von Retzlow, und der zeigte nur mürrisches Unverständnis, wenn sie die Rede auf die Hausvogtei oder einmal sogar auf den Barbiergesellen brachte. Auch Caspar, der die Besuche des Vetters mit zunehmender Kälte aufnahm, verwies sie solcher Fragen: Man menge sich nicht ein in die Jurifikation des Hofes. Wenn man dort wen gefangen halte, sprächen gewiss gute Gründe dafür, und es würde ihn nicht wundern, sollte da eines Tages auf dem Neuen Markt ein Urteil vollstreckt werden, wenn nicht gar auf dem Rabenstein vor dem Georgentor.

Der Gedanke machte Henriette frösteln. Einige Male war sie schon an dem alten Glockenturm neben der Domkirche vor-

beigegangen. Ob Christian dort tatsächlich in einem Verließ lag?
Dem grauen Turm war nicht anzusehen, was hinter seinen dicken Mauern vorging. Stand dort wirklich die Eiserne Jungfrau und presste ihre messerscharfen Stacheln in zerschundene Leiber?
Es begann zu dunkeln, und die Marktweiber verstärkten ihre Rufe, um noch möglichst viel abzusetzen. »Pelze, Mützen, Hauben, Jacken!«, rief eine der Frauen Henriette beinahe ins Ohr. »Der Winter is lang und wird hart! Koofen Se, Madameken. Ein Wams für den Herrn Jemahl …«
Henriette blieb stehen und musterte das Angebot der Frau mit wenig Aufmerksamkeit.
»Sehn Se hier! Ein janzes Schaf hat müssen sein Lehm lassen for dieses warme Kamisol!« Sie streckte Henriette das schaflederne Kleidungsstück hin, und die sagte in einer plötzlichen Aufwallung: »Das nehme ich!«
Immerhin war heute der Heilige Abend. Da musste es möglich sein, einem frierenden Gefangenen eine milde Gabe zukommen zu lassen.
Ohne sich aufzuhalten, lief sie mit ihrem Einkauf über die lange Brücke am Schloss vorbei direkt auf den Glockenturm zu. Um die Blicke der eilig durch den Schnee dahinstrebenden Menschen kümmerte sie sich nicht.
Sie musste lange und beharrlich an die uralte eichene Pforte klopfen, bis sich endlich eine Stimme hören ließ: »Wer da?«
»Nun öffnet endlich! Ich habe etwas abzugeben!«
Die Tür wurde kaum mehr als eine Handbreit aufgeschoben, und ein feistes Gesicht zeigte sich in dem Spalt.
»Was soll der Lärm?«, knurrte der Mann. »Ihr seid hier falsch. Wir sind die kurfürstliche Hausvogtei.«

Einmal so weit gelangt, ließ sich Henriette nicht mehr einschüchtern. »Gebt dem Christian Fahrenholtz diese Jacke.«
Der Mann öffnete die Tür ein Stück weiter und betrachtete sie von oben bis unten. »Ist wohl Euer Liebster?«, fragte er und leckte sich die dicken Lippen.
»Gebt ihm die Jacke. Weiter nichts.«
Der dicke Kerl schüttelte den Kopf. »Das ist nicht erlaubt«, widersprach er.
Henriette verlor jede Scheu. »Lasst Gnade vor Recht ergehen am Heiligen Abend«, bat sie keineswegs ängstlich. Und in einer plötzlichen Eingebung fügte sie hinzu. »Sonst muss ich bei der Kurfürstin darum bitten.«
Zögernd nahm der Mann die Jacke und befühlte sie.
»Nehmt noch dies dazu.« Henriette reichte ihm den Tabak, den sie für Caspar und Matthes gekauft hatte. »Für Euch«, sagte sie.
Die Augen des Dicken funkelten. »Na, man ist ja kein Unmensch«, behauptete er schließlich und musterte sie noch einmal wohlwollend, bevor er die schwere Tür zuschlug.
Nur Minuten später ertönte wiederum ein Klopfen. Diesmal stand eine ältere, dicht vermummte Frau mit einem Korb davor, die sich so wenig abweisen ließ wie das Mädchen zuvor. Der dicke Hinz tat unfreundlich, wie es seine Art war, schielte jedoch auf den Flaschenhals, der unter dem Tuch hervorguckte, das den Korb verhüllte.
»Es ist Weihnachten«, sagte die Frau, die seinen Blick zu deuten wusste. »Tut mir die Liebe und gebt meinem Sohn Christian diesen Korb. Unser Heiland wird es Euch danken.« Mit diesen Worten reichte sie ihm den Korb, aus dem sie die Flasche gezogen hatte. »Das wird Euch ein wenig erwärmen«, fügte sie hinzu.

»Was für ein Christian?«, brummte Hinz zwar noch, hielt aber Korb und Flasche bereits in seinen Händen.
»Der Barbier Christian Fahrenholtz. Ich weiß vom Herrn Wendelin Lonicer selber, dass er hier einsitzt.«
»Zeiten sind das ...«, brabbelte Hinz vor sich hin. »Erst kommt die Braut und dann gar die Mutter. Man sollte es nicht glauben ...« Damit wollte er die Tür zuschlagen, doch die Frau hatte bereits ihren derben Bauernstiefel dazwischengesetzt.
»Ihr sprecht von einer Braut«, sagte sie. »Doch nicht von meinem Christian?«
»Was weiß denn ich?«, knurrte Hinz, dem der Korb allmählich zu schwer wurde. Außerdem sah die Flasche sehr verlockend aus. »Sie kam gerade vor Euch und gab eine Jacke ab für ihn.«
»Danke.«
Flinker, als er es ihr zugetraut hatte, wandte sich die Frau um und hastete über den Schlossplatz davon. Kopfschüttelnd sah ihr der dicke Hinz hinterher.
Catharina Fahrenholtz hatte das Mädchen wohl bemerkt, das ihr vom Turm her entgegenkam, ihm aber keine besondere Aufmerksamkeit geschenkt. Seit dem Vormittag war sie unterwegs, kurz nachdem der Antwortbrief auf ihr verzweifeltes Schreiben an den Hausvogt in Altlandsberg eingetroffen war. In ihrer Sorge um Christian war ihr Lonicer als Einziger eingefallen, nachdem Niklas immer wieder behauptet hatte, nichts über seinen Bruder in Erfahrung bringen zu können. In aller Eile hatte sie den Korb gepackt und sich trotz des Schnees auf den weiten Weg gemacht. Hier war sie nun. Der Heilige Abend brach an, und sie lief einem Mädchen hinterher, von dem der Wärter annahm, es handle sich um Christians Braut.

Sie hatte nur scheinbar Glück. Auf dem Neuen Markt waren die meisten Händler dabei, ihre Waren einzupacken. Nur noch wenige Kunden liefen zwischen den Scharren und Hökerkörben umher, und eine davon schien ihr das Mädchen zu sein, das sie auf dem Schlossplatz gesehen hatte. Sie war sich nicht sicher, verfolgte die junge Frau aber, die gerade etwas bezahlte und dann hinüber zur Spandauer Straße ging. Auf schmerzenden Füßen hastete Catharina hinterdrein, erreichte sie jedoch nicht. »Wartet einen Augenblick!«, rief sie. »Ich möchte Euch etwas fragen …«

Henriette drehte sich nicht um und verschwand im Torweg eines stattlichen Hauses.

Catharina, gänzlich außer Atem, ließ den Tränen ihren Lauf.

Henriette aber wurde drinnen schon von Caspar und von Retzlow in der festlich geschmückten Stube erwartet.

Marie trug die Suppe, dann den Fisch und danach eine herrlich duftende Gans als Weihnachtsbraten auf. Henriette hatte wenig Appetit. Ihr stand der graue Turm vor Augen, in dem Christian schmachtete. Die beiden Männer langten umso mehr zu und tranken ein Glas Wein nach dem anderen. Nach dem Obst gab es noch Nüsse und gewürzten heißen Wein, so dass Henriette sich schon ganz taumlig fühlte, als die Männer ihre Geschenke hervorholten. Caspar hatte ein wunderbares Seidentuch ausgewählt, und Matthes überraschte sie mit einer besonders hohen und spitzen Fontangehaube, wie sie die Damen bei Hofe trugen. Natürlich musste sie beides sofort vorführen und sich die Schmeichelreden der Herren anhören, die sich mit ihren Komplimenten gegenseitig überboten.

Der Wein hatte ihre Zungen gelockert, und bald gerieten sie in ein Wortgefecht, ohne auf Henriettes Gegenwart zu achten. Worum es ging, nahm sie nicht recht wahr – um Geld jedenfalls, wie meistens bei den Männern. Von guter und von schlechter Münze war die Rede. Zu holsteinischer Währung riet der eine, worauf der andere, »Schweig Er still davon!«, ausrief.

Caspar lachte boshaft. »Ihr seid im Dienste Dorothees«, sagte er. »Wenn Ihr wüsstet …«

»Ich weiß, Herr Oberschlau, viel mehr noch als Ihr ahnt!«

»Dann haltet besser Euer loses Mundwerk!«

Marie trat ein, um die Schüsseln abzutragen. Henriette stand vom Tisch auf und ging hinaus. Erst jetzt schienen die beiden zu merken, dass es besser war, über andere Dinge zu sprechen.

»Bleib doch bei uns, Henriette«, rief Caspar, doch sie kam nicht wieder. »Versteh einer die Weiber …«, brummte er.

Matthes von Retzlow versank in Gedanken. »Wie lange, glaubt Ihr, muss ein Mädchen nach dem Tode ihrer Mutter mit der Hochzeit warten?«, fragte er nach einem Weilchen.

Caspar horchte auf. »Da müsste erst ein Bräutigam um ihre Hand anhalten«, entgegnete er mit wachem Blick.

»Und wenn der sich findet … Sie ist eine hübsche Jungfer. Und nicht ganz mittellos, wenn ich den Ebelschen Besitz bedenke.«

»Das könnte Euch so passen!«, polterte Caspar. »Bei Hof ein armer Schlucker und dann ins wohl gemachte Nest gelegt! Nein, daraus wird nichts. Henriette schlagt Euch aus dem Sinn! Da wird sich allemal ein Besserer finden.«

Matthes verzog das Gesicht. »Ihr solltet nicht so sicher sein! Auch Euch kann Böses widerfahren. Denkt daran, wie schnell der Sensenmann die gute Muhme Elisabeth ereilte. Da wäre es doch besser, die Tochter ist versorgt …«

Caspar sprang auf. Ganz bleich war er geworden. »Wollt Ihr

mir drohen? Seid Ihr's gewesen, der ihr bei der Kurfürstin den Trank gereicht?«

Auch Retzlow war jetzt aufgestanden. Er trat auf Caspar zu und zischte: »Das sagt Ihr nicht noch einmal, Krämerseele!«

Und schlug ihm mit der flachen Hand aufs Maul.

Ehe Caspar sich aufraffen konnte, war Retzlow schon gegangen.

Frühlingsluft

Monate gingen ins Land, und noch immer saß Christian im Turm. Drei Tage hatte man ihn in Köpenick festgehalten, dann war Hinz mit ihm in der gleichen schäbigen Kalesche zurück nach Cölln gerollt, nicht ohne ihn mit den üblichen Torturdarstellungen zu peinigen.

In den ersten Wochen nach dem Heiligen Abend, an dem ihm der Büttel die Felljacke mit einer anzüglichen Bemerkung zugeworfen und den Korb der Mutter neben die Tür gestellt hatte, fühlte er sich nicht mehr ganz so verlassen wie zuvor. Je mehr Zeit jedoch verstrich, desto jämmerlicher ging es ihm. Meist hockte er allein in seinem Verließ und fühlte sich von Tag zu Tag elender und schwächer. Nur gelegentlich sperrte man andere Gefangene zu ihm. Einer war ein Taschenspieler, der ihn allerhand Kunststücke lehrte, ein anderer ein achtbarer Adelsmann, der sich im Duell geschlagen hatte und aufmerksam Christians Andeutungen über die Gründe von dessen Haft anhörte.

»Was immer dir geschehen ist«, belehrte er Christian. »Ein Ehrenmann lässt niemals etwas auf sich sitzen! Die Räte und die Büttel sind allemal Tölpel. Du musst selbst herausfinden, wer da wem Gift verabreicht hat und wer dahinter steckt. Das bist du dir schuldig!«

Innerlich war Christian längst entschlossen, nach diesem Rat zu handeln, sollte er jemals die Freiheit wieder sehen. Er ahnte nicht, dass Lonicer ihn keineswegs vergessen hatte – woran den Hausvogt schon Catharinas wöchentlich mahnende und bittende Post hinderte –, sondern durchaus das Seine tat, Christians Gefangenschaft zu beenden. Vom Hoffiskal war ihm längst geraten worden, im Fall des an Gift verstorbenen Kammerjunkers von Wedell keine unerwünschten Untersuchungen anzustellen, was zur sofortigen Entlassung des zufälligen Zeugen Fahrenholtz geführt hätte, wäre da nicht der kurprinzliche Einspruch gewesen.

Friedrich, nach der persönlichen Vernehmung des Delinquenten anscheinend mehr als zuvor von einer Verschwörung überzeugt, deren Hintergründe Lonicer sich nicht zusammenreimen konnte, bestand darauf, eine Gegenüberstellung Christians mit Wedells Diener Michel Köppke herbeizuführen. Der jedoch blieb flüchtig und verschwunden, so sehr man auch in allen brandenburgischen und preußischen Ländern nach ihm fahndete.

Schließlich hatte Wendelin Lonicer eine Zusammenkunft mit dem Kurfürsten, bei der es wieder einmal um die leidige Abgrenzung der Schlosshoheit gegen die ungerechtfertigten Ansprüche des Friedrichswerderschen Rates ging, dazu benutzt, ganz nebenbei den Gefangenen zu erwähnen. Dessen andauerndes Festhalten in der Hausvogtei sei geeignet, den in den Städten immer wieder umlaufenden Gerüchten über Giftmorde Nahrung zu geben.

Friedrich Wilhelm, von der Gicht und einer beginnenden Nierenkolik geplagt, lag im Bett. Lonicers Mutmaßung, er würde reizbar auf diese Anmerkung antworten, erwies sich als richtig. Der leidende Kurfürst verzog das Gesicht und ächzte: »Dann schafft uns diesen Kerl vom Leibe. Ab nach Spandow oder Peitz mit ihm!«

Das hatte Lonicer nun ganz und gar nicht erreichen wollen. Bedenklich schüttelte er den Kopf. »Ich fürchte, das würde die üblen Nachreden nur verschärfen. Von diesem Fahrenholtz selbst geht keinerlei Gefahr aus. Er schweigt wie ein Grab …«

»Fahrenholtz? Einer aus der Familie des alten Apothekers?«

»Ein ehrlicher Barbiergeselle aus Altlandsberg.«

»Weshalb lasst Ihr ihn nicht frei?«

Lonicer hob die Schultern. »Seine Kurprinzliche Durchlaucht wird nicht einverstanden sein …«

Das war der richtige Ton. Im Angesicht des nahen Todes hatte sich der Große Kurfürst mit seinem Sohn versöhnt. Jetzt richtete er sich auf und polterte: »Noch bin ich der Kurfürst!«

Am gleichen Vormittag holte der dicke Hinz Christian Fahrenholtz aus seinem Gefängnis und führte ihn die Treppe hinauf zum Hausvogt. Der empfing ihn ohne den Schreiber, was Christian als ein gutes Vorzeichen ansah.

»Ist der Michel endlich gefasst?«, fragte er hoffnungsvoll.

Lonicer musterte ihn missbilligend. »Vergiss den Namen«, sagte er griesgrämig. »Du machst mir nichts als Scherereien. Der Tod von Wedells ist endgültig aufgeklärt. Er hat sich seiner abartigen Veranlagung wegen umgebracht. Punkt. Du hast ihn nie gesehen, also brauchst du auch seinen Namen nicht zu kennen. Du warst nie in der Klosterstraße – oder etwa doch?«

»Wenn Ihr meint«, bestätigte Christian rasch, »so war ich niemals dort.«

Zu jedem dieser Worte nickte der Hausvogt zustimmend. »Vermutlich wäre es das Beste, du kehrst für einige Zeit zu deinen Eltern heim nach Altlandsberg …«, sagte er.

Ein heißer Strom durchfuhr Christian. Ich bin frei!, dachte er, und spürte doch im gleichen Augenblick schmerzhaft den Haken, den Lonicer ihm da ins Fleisch schlug.
»Weshalb darf ich nicht ...«, wandte er behutsam ein, doch Lonicer ließ ihn nicht ausreden.
»Weil du deine Nase in Angelegenheiten gesteckt hast, die uns beide nichts angehen!«, fauchte er.
»Ich habe nichts Unrechtes getan!«, beharrte Christian. »Der Tote ...«
»Vergiss ihn! Du warst niemals in der Klosterstraße!«, donnerte Lonicer und raufte sich die Haare. »Die Hoffiskale haben Recht: Der Hausvogt hat in der Hauptsache mit unbotmäßigen Gefangenen, mit Schweineschneidern und mit Scharfrichtern Umgang! Mit den Letzteren ist es am einfachsten.«
Christian schwieg, was Lonicer immerhin etwas zu beruhigen schien. »Nach Meinung der Fiskale darf ich ohne sie nicht einmal ein Verhör mit einem Untersuchungsgefangenen anstellen. Verstehst du das? Sie fühlen sich als meine Vorgesetzten!«
Christian verstand nur so viel, dass Lonicer sich seinetwegen Ärger eingehandelt hatte. Er sagte: »Ich danke Euch von ganzem Herzen für alles, was Ihr für mich getan habt.«
»Schon gut.« Der Hausvogt winkte müde ab. »Für die ganze Angelegenheit empfindet, wie es scheinen will, außer dem Kurprinzen keiner eine rechte Leidenschaft. Offenbar fehlen aus Wedells Besitz wichtige Papiere. Ich halte es für ratsam, nicht daran zu rühren.«
»Ich verstehe«, sagte Christian. »Gilt das auch für die Frau aus der Spandauer Straße ...«
Lonicer war nahe daran, wiederum aufzubrausen. »Das fällt

nicht in meinen Amtsbereich!«, schnauzte er. »Auch sie ist längst begraben und vergessen.«
Es klopfte. Hinz trat ein und meldete den Schlosshauptmann. Lonicer war plötzlich sehr beschäftigt. »Schafft mir den da aus den Augen!« Er wies auf Christian. »Auf kurfürstlichen Befehl ist er freizulassen.«
So kam es, dass der dicke Hinz Christian zum Ausgang zerrte und ohne viel Federlesens ins Freie stieß. »Beim nächsten Mal kommst du mir nicht ohne Tortur davon!«, rief er ihm höhnisch nach und schlug die Tür zu.
Wie betäubt stand Christian in der milden Märzsonne und wusste nicht, wohin er sich wenden sollte. Die geblendeten Augen tränten ihm, die Beine zitterten. Der März 1688 war fast vorbei. Beinahe fünf Monate hatte er im Turm verbracht und seit dem Heiligen Abend einen genauen Kalender geführt. Es erschien ihm wie sein halbes Leben.
Er atmete tief und blickte hinüber zum Schloss. Jede Kleinigkeit schien ihm bemerkenswert. Vor den Krambuden unter den vorgebauten Arkaden herrschte reges Leben. Wagen überquerten den gepflasterten Schlossplatz, Diener fegten den Schmutz zusammen, und am Rande warteten die Träger von drei Portchaisen darauf, dass sich jemand in einer solchen Sänfte durch die Stadt schleppen ließ. Er schaute die hohe Schlossfassade hinauf. Dreizehn Fenster zählte er, jeweils sechs neben dem prächtigen Altan.
Er wandte sich um und machte sich mit langsamen Schritten auf den Weg zum Werder. Sein Bett in der Dachkammer hatte inzwischen längst ein anderer übernommen, das war sicher. Aber sein Handwerkszeug lag hoffentlich noch dort, und er musste sehen, dass er wieder ein Quartier fand. Mit Schrecken fiel ihm ein, dass er keinen roten Pfennig mehr besaß.

Mit dem Zweidrittelstück des Majors und den Groschen der Mutter hatte er im Kerker anfangs seine Verpflegung etwas aufgebessert.
Die Hausfrau, seine Muhme Margarete, erschrak, als er ihr so plötzlich unter die Augen trat. »Wie seht Ihr denn aus?«, fragte sie verstört. »Bleich wie ein Geist und unrasiert …«
Christian blickte an sich hinunter und strich sich übers Gesicht. Teilnahmsvoll ließ sie ihn in die Küche treten und bot ihm Brot und Bier und Wasser zur Säuberung an. Sein Barbierbesteck hatte sie wohl verwahrt. Bei Sy in der Mansarde aber wohnte inzwischen ein anderer Refugié.
Vorsichtig erkundigte sich Christian: »Vielleicht ist es möglich, bei den beiden eine weitere Matratze unterzubringen?«
»Das wäre wohl denkbar.«
»Arbeitet Etienne noch in der Bibliothek?«
»Wo sonst? Und der andere ist ein Handschuhmacher.«
Christian säuberte sich und brachte seine Kleidung notdürftig in Ordnung, bevor er sich auf den Weg zur Bibliothek machte. Voller Mitleid hatte ihm die Muhme einen alten Rock ihres verstorbenen Mannes geliehen.
Auf dem Weg zur Schleusenbrücke fiel ihm auf, dass es eine Menge neuer Baustellen auf dem Werder gab. Überall wurde gearbeitet, Fuhrwerke, beladen mit Holz und Mauersteinen, kreuzten seinen Weg.
Er zog es vor, am Wasser entlangzugehen, um nicht gleich wieder den abscheulichen Turm vor Augen zu haben. Der Anblick der Domkirche mit den beiden Spitztürmen genügte ihm. Hinter der Schlossmühle bog er nach links ab. Das Ufer verdeckten die neuen Häuser der Schlossfreiheit. Gegenüber führte ein Torweg in den äußeren Schlosshof. Am Ende des langen Gebäudes ragte der hohe Turm der Wasserkunst auf.

Christian ging hinüber zum Lustgartentor. Über dem Durchgang zum inneren Schlosshof wurde ebenfalls gebaut. Einen Augenblick verharrte er unter dem Torbogen und nahm das Bild des Lustgartens mit den weißten Statuen in sich auf. Er blickte nach links zum Ballhaus und wandte sich dem Apothekenflügel zu. In dessen Verlängerung erhob sich der unfertige Bau der neuen Bibliothek.

Noch einmal prüfte er sein Äußeres, bevor er die Pforte zum Bibliotheksaufgang öffnete. Bei seinem ersten Besuch war er vom Hofbibliothekar Hendreich scheel gemustert und dann für lange Zeit gar nicht wahrgenommen worden. Erst Etiennes Fürsprache hatte immerhin die schweigende Duldung des Gastes zur Folge. Hendreich herrschte seit zwanzig Jahren über die Bücherschätze und vermutete in jedem Eindringling einen denkbaren Dieb oder Bücherverderber, den es am besten gleich bei seinem Eintritt abzuwehren galt.

Heute war von dem Bibliothekar hinter den gewaltigen Bücherstapeln auf seinem Pult, die an Höhe nie verloren, nichts zu sehen.

Etienne hingegen, kaum hatte er den Besucher erkannt, stürzte ihm mit ungewöhnlicher Lebhaftigkeit entgegen, umarmte ihn herzlich und rief: »Dich schickt der 'err im rechten Augenblick!«

Christian, berührt von dieser innigen Begrüßung, vernahm gleichzeitig ein Stöhnen und bemerkte erst jetzt, dass Hendreich doch auf dem gewohnten Platz saß. Zuerst tauchte nur die dunkle Perücke zwischen den Bücherstapeln auf und darunter schließlich ein leidverzerrtes Gesicht, von einem weißen Tuch umwunden. Als Etienne ihm zurief: »Ich 'abe Ihnen gesagt, mein Kamerad würde Ihrem Zahn 'elfen!«, erwachte Hoffnung in den müden Augen.

Christian sagte verwirrt: »Aber du wusstest doch gar nicht …«
Etienne lächelte schlau. »Du würdest, 'abe ich gesagt. Und nun bist du da und musst ihm 'elfen.«
»Einverstanden«, sagte Christian. »Dann wollen wir uns das gleich einmal ansehen.«
Umständlich richtete sich der Bibliothekar zu stattlicher Größe auf, ließ sich widerstandslos zum Fenster führen und riss ebenso willig den Mund auf, aus dem Christian ein übler Geruch in die Nase fuhr. »Weiter!«, forderte er ungerührt. »Noch weiter!«
Durch die Bleiverglasung drang wenig Licht, aber es genügte, um den Zustand der Zahnstummel in Hendreichs Maul zu begutachten. Da war wenig zu retten. Um den letzten unteren Backenzahn war das Zahnfleisch tiefrot geschwollen. Christian fuhr dem Bibliothekar mit dem Zeigefinger in den Mund und klopfte gegen den Zahn.
Hendreich stieß einen unartikulierten Laut aus.
»Der ist es«, stellte Christian fest. »Der muss raus. Am besten gleich. Ich werde meine Instrumente holen.«
Ergeben und anscheinend ein wenig erleichtert nickte sein Patient. »Vielleicht kann man – aus der Schlossapotheke …«, gurgelte er.
»Natürlich!« Etienne stand schon auf dem Sprung. »Sag mir, was du benötigst.«
»Ich komme am besten mit«, sagte Christian. In der Apotheke kannte man ihn hoffentlich noch.
Eine halbe Stunde später war die Operation mit Etiennes tätiger Hilfe vollzogen. Christian brauchte alle seine Kraft, um den Zahn herauszudrehen. Hendreich ächzte und stöhnte zum Gotterbarmen, reichte Christian aber dankbar zwei Gulden, als der ihm den Übeltäter vorwies.

»Könnt Ihr Etienne nicht für ein Stündchen entbehren?«, bat Christian, und Hendreich, der sichtlich noch immer litt, nickte huldvoll.

In einer Schenke in der Brüderstraße saßen sie beim Bier. Etienne fand kein Ende mit seinen Fragen, bis Christian schließlich sagte: »Du musst mir helfen, Etienne.«

»Aber natürlich! Du kommst zurück in unsere Stube. Mein Freund Joseph wird bei seinem Meister wohnen …«

»Danke. Aber das meine ich nicht. Ich muss herausfinden, wer den Herrn von Wedell umgebracht hat.«

Etienne sah ihn erschrocken an. »Aber weshalb? 'ast du noch nicht genug von diesem Turm?«

»Ich bin es Henriette schuldig. Der selbe Mann hat vermutlich ihre Mutter vergiftet.«

Der Franzose schwankte nur einen Augenblick zwischen Furcht und Neugier. Es war vorauszusehen, wie er sich entscheiden würde.

»Vergiftet, sagst du?«, fragte er begierig. »Wie die Marquise de Brinvillier? Sie brachte ihren Vater und ihre beiden Brüder um. Vor etwa zehn Jahren hat man ihr auf dem Grèveplatz in Paris den Kopf abgeschlagen und den Leichnam verbrannt.«

»Was für ein Gift hat sie benutzt?«

Etienne hob die Schultern. »Arsenik, soviel ich weiß.«

»Nein.« Christian schüttelte den Kopf. »Arsen wirkt nicht schnell genug. Von Wedell und Elisabeth Jenisch sind innerhalb kurzer Zeit verstorben.«

»Ich verstehe nicht genug davon. Aber ich kann in den medizinischen Schriften nachlesen. In Frankreich gab es mehrere Fälle, auch in der Umgebung des Königs. Man 'at dort eine Madame Voisin 'hingerichtet, und als die Geliebte des Königs starb, verdächtigte alle Welt ihre Vorgängerin.« Er senkte seine Stimme. »Genau wie 'ier diese schwarze Dorothea …«

Erschrocken legte Christian den Zeigefinger vor seine Lippen und sah sich in dem verräucherten Gewölbe um. Niemand achtete auf sie. »Ich habe lange genug Zeit gehabt zum Nachdenken«, sagte er leise. »Frau Jenisch war nicht alleine bei der Kurfürstin. Aber nur sie ist gestorben, keine andere. Erst Wedell und jetzt ich hat sie kurz vor ihrem Tod gesagt …«

Etienne pfiff durch die Zähne. »Die beiden kannten sich?«

»Sie hat Wedells Leiche noch vor mir gefunden. Und wahrscheinlich auch einen letzten Brief von ihm, den sie an sich nahm.«

Etiennes Augen funkelten. »Das ist ein spannender Roman«, sagte er. »Aber wie willst du 'erausbringen, wer den beiden das Gift verabreicht 'at?«

»Man muss zuerst diesen Diener Michel finden. Du kennst doch viele deiner Landsleute. Könnten die sich nicht ein bisschen nach ihm umsehen?«

»Gewiss. Doch der Kerl kann längst in 'amburg oder sonst wo sein …«

»Man muss es wenigstens versuchen.«

Er gab Etienne eine möglichst genaue Beschreibung, und zu seiner Überraschung begann der auf einem Stückchen Papier, das er aus der Tasche zog, Michels Gesicht zu zeichnen.

»Die Nase etwas schmaler«, berichtigte Christian. »Und die Unterlippe voller.«

Schließlich war er mit dem Ergebnis zufrieden.

»Wir werden sehen …«, sagte Etienne zweifelnd. »Jetzt muss ich zurück in die Bibliothek.«

»Nein«, widersprach ihm Christian. »Wir essen jetzt zusammen. Ich habe Hunger wie ein Wolf.«

Ein Heiratsantrag

Caspar Jenisch hatte sich schnell daran gewöhnt, statt seiner strengen Frau Elisabeth nur die gleich bleibend bedrückte und dennoch aufmerksame Henriette anzutreffen, wenn er von seinen Geschäften oder von der Börse heimkehrte. Manchmal gelang es ihm, sie ein wenig aufzuheitern. Oft scheiterte er, und die Späße, die er gern auch mit der Magd Marie trieb, blieben ihm im Hals stecken, wenn er in das bekümmerte Gesicht der Stieftochter blickte.

Immer häufiger zog es ihn des Abends in den »Grünen Baum«, und wenn er nach dem Schankschluss von dort zurückkehrte, wählte er öfter den Umweg über die verrufene Rosenstraße, wo man ihn in einem der Häuser kannte und mit entsprechender Freundlichkeit erwartete. Die blonde Else mit dem Gesicht eines züchtigen Engels hatte es ihm angetan, und gerne ließ er sich von ihr noch ein, zwei Stunden verwöhnen. Weit weniger gefiel ihm, dass ihm danach gelegentlich des Scharfrichters Büttel auf der schmalen Stiege begegnete und übertrieben ehrerbietig grüßte. Der Kerl wusste nur zu genau, dass Caspar jedes Mal ein Geldstück für ihn bereithielt. Vorzuwerfen war ihm der Aufenthalt in dem Haus nicht, unterstanden doch die hier lebenden Frauen der Gewalt des Scharfrichters.

Peinlicher noch als das Zusammentreffen mit dem Büttel geriet ihm eines Abends eine andere Begegnung. Ungeduldig wartete er bei einem Glas Wein darauf, dass Else endlich aus ihrer Kammer auftauchte, und war drauf und dran, voller Ärger eine andere zu wählen, als sie endlich auf der Stiege erschien und auf ihn zueilte. Den Mann, der breitbeinig hinter ihr die Stufen herunterkam und dabei seine Kleidung ordnete, nahm er zuerst gar nicht wahr, bis der ihn mit einem dröhnenden »Alsdann, gute Verrichtung, Schwager«, ansprach und dazu schallend lachte. »Ich sehe, du hast den gleichen Geschmack wie ich«, fügte er hinzu. »Unsere Else ist ja auch ein niedlich Ding, nicht wahr?«

Else lächelte zu alldem und sagte freundlich: »Ihr kennt Euch also?«

In Caspar kochte die Wut. »Ich kenne ihn!«, knurrte er unwillig und zog das Mädchen zur Stiege.

»Dann gib gefälligst Antwort, Hundsfott von einem Pfeffersack, vermaledeiter!«, lärmte Ludowig von Kalckhorst, denn kein anderer war der Kerl.

»Er ist betrunken«, wisperte Else ängstlich Caspar zu, während der Major ihn am Rockschoß festhielt und mit seiner Suada fortfuhr. Vergeblich suchte ihn die Wirtin zur Ruhe zu bringen.

»Du willst nicht mit mir reden, Krämerseele? Bei Tag den ehrenwerten Herrn spielen und des Nachts im Hurenhaus das Geld vertun! Was sagt die Jungfer Tochter wohl dazu, das tugendhafte Ding? Ich will's ihr stecken, wenn ich gleich nach Hause komme, wo der Vater sich vergnügt!«

Das war zu viel. Mit einem Sprung packte Caspar den Major bei der Kragenbinde und nahm ihm die Luft. »Halte Er Sein vorlautes Maul, oder es ist Sein letztes Wort!«, zischte er.

Kalckhorst, nicht faul, stieß ihm das Knie ins Gemächt und versuchte, sich dem Griff zu entwinden. »Du willst mir dro-

hen?«, keuchte er und stieß noch einmal zu, doch diesmal ins Leere. Caspar ließ nicht los. Kalckhorsts Gesicht lief puterrot an. Die jammernde Wirtin wuselte um die beiden Kampfhähne herum. Else und zwei andere Frauen bemühten sich, beruhigend auf die Männer einzureden.
Mit einer letzten Anstrengung warf sich der Major gegen den Angreifer und brachte ihn zu Fall, sprang erstaunlich behände auf und trat ihm mit aller Kraft in den Leib. Wimmernd lag Caspar zwischen Bier- und Weinlachen auf dem schmutzigen Boden.
»Das hast du längst verdient«, triumphierte Kalckhorst. »Glaubst, du wärst was Besseres als ich, weil du dunkle Geschäfte machst! Meinst wohl, ich sehe nicht, was da für Ware anrollt?«
Caspar kroch über den Boden und versuchte, sich aufzurichten. »Schweig endlich!«, ächzte er, doch Kalckhorst trat ihm mit dem Stiefel ins Gesicht und blökte: »Woran ist wohl deine Frau gestorben, alter Knauser? Was hast du dem trunkenen Arzt gezahlt, damit von Gift nicht mehr die Rede war? Und wohin ist die Magd so schnell verschwunden?«
»Meine Herren!« Endlich gelang es der Wirtin, sich Gehör zu verschaffen. »Schweigt doch bitte still! Wenn der Büttel kommt, so schließt er mir das Haus!«
»Wäre nicht schade drum«, brummte der Major. »Die Else nehm ich gerne zu mir. In das ehrsame Haus von diesem Malefizkerl hier!« Wieder stieß er mit dem Fuß zu. »Seine züchtige Tochter mag uns aufwarten!«
»Es ist genug!«, sagte die Wirtin plötzlich unnachgiebig. »Macht, dass Ihr rauskommt, alle beide. Ich will Euch hier nie wieder sehen.«
Der Major wollte aufbegehren, sah sich aber jäh dem Büttel

gegenüber, der mit einem schiefen Lächeln zwischen Caspar und ihn trat.
Kalckhorst, in mancherlei Schlachten geübt, verstand sehr schnell, was die Glocke geschlagen. »Mein Freund und Schwager hat ein wenig zu viel getrunken …«, sagte er entschuldigend und ging tatsächlich auf den am Boden Liegenden zu, um ihm aufzuhelfen.
Caspar, der an Stirn und Nase blutete, blieb nichts anderes übrig, als gute Miene zum bösen Spiel zu machen und sich an Kalckhorsts Hand aufzurichten.
»Kommt, Schwager«, redete der ihm begütigend zu, »wir wollen heim, bevor Ihr noch einmal stürzt …« Unter den Augen des höhnisch blickenden Büttels schleppte er Caspar zur Tür, die Else dienstbereit öffnete.
Auch draußen auf der Gasse unternahm der Major nichts, was an die vorangegangene Schlägerei erinnerte. Er lehnte Caspar gegen die Hauswand und fragte: »Könnt Ihr laufen?«
Der nickte unter Schmerzen.
Kalckhorst, der schon so manchen Widerspenstigen abgeführt hatte, schlug Caspars Unterarm über den seinen und drückte sachte auf dessen Handgelenk. »Dann lasst uns friedlich heimgehen«, sagte er. Als Caspar ihm nicht sofort folgen wollte, erhöhte er den Druck ein wenig, bis Caspar aufschrie. »Leise, leise«, mahnte Kalckhorst, »wir wollen keinen wecken«, und tappte weiter mit keineswegs sehr sicheren Schritten.
»Lasst mich endlich los!«, röchelte Caspar, doch der Major blieb unerbittlich.
»Wenn Euch der Nachtwächter im Rinnstein findet, schleppt er Euch in die Stadtvogtei. Seid also brav, mein Bester.«
Caspar, dem die Nieren schmerzten, als litte er an einer Kolik, und über dessen Gesicht noch immer Blut rann, stöhnte:

»Nicht so schnell ...« Und als Kalckhorst daraufhin für einen Augenblick stehen blieb, sagte er: »Ihr werdet meiner Tochter nichts erzählen. Versprecht mir das.«
Wortlos setzte der Major sich wieder in Bewegung. »Wie wäre es«, sagte er nach einer ganzen Weile, »wenn ich bei Euch um ihre Hand anhielte?«
Caspar war nicht geneigt, die Frage ernst zu nehmen.
Kalckhorst stieß nach: »Na, was meint Ihr? Ihr seid sie los, mit einer gebührenden Mitgift, versteht sich, und wir beide haben uns nichts mehr vorzuwerfen.«
»Ihr seid närrisch!«, fuhr ihn Caspar an. »Vom Wein umnebelt. Sonst kämt Ihr nicht auf ein so aberwitziges Ansinnen.«
Kalckhorst ergriff das Handgelenk fester und bog es stärker, sodass Caspar sich vor Schmerz auf den Zehenspitzen hoch aufrichtete.
»Wer hier der Narr ist, wird sich noch erweisen«, warnte Kalckhorst böse. »Morgen früh hört deine Tochter meinen nüchternen Bericht.«
»Sie wird Euch niemals glauben«, ächzte Caspar, »einem versoffenen alten Krippenbeißer!« Er schoss vorwärts und fühlte sich plötzlich wie ein aus dem Nest gefallener Vogel.
Mit einem derben Stoß hatte Kalckhorst ihn freigegeben und sah nun befriedigt, wie er torkelnd auf die Knie fiel und sein Gesicht in einem Haufen Kehricht begrub.
»Den Rest des Weges findest du wohl selber«, höhnte der Major und verschwand um die Ecke der Büttelgasse.
Henriette erwachte von dem Lärm, den Kalckhorst beim Nachhausekommen auf der Treppe verursachte. Caspar hatte sie nicht gehört. Der Major hingegen rumorte in seiner Stube herum und hielt unflätige Selbstgespräche. Sie lag noch lange wach und wartete auf den Stundenruf des Nachtwächters, als

sie plötzlich Geräusche im Hausdurchgang hörte. Jemand tappte schweren Schrittes in die Küche. Sie vernahm einen Schreckenslaut und dann die jammernde Stimme der Köchin. Eilig sprang sie aus dem Bett, zündete eine Kerze an und warf sich ein Gewand über. Furcht hatte sie nicht, aber ein seltsames Gefühl überkam sie doch, als sie leise die Stufen hinunterstieg. Aus der Küche drangen Geräusche und Stimmengewirr an ihr Ohr. Jemand goss Wasser in eine Schüssel und sagte etwas; eine tiefe Stimme antwortete. Das musste Caspar sein.

Beruhigt öffnete sie die Küchentür. Da hockte auf einem Stuhl wirklich der Stiefvater, dem die Köchin mit einem nassen Tuch im Gesicht herumfuhr. Im Schein der einzigen Öllampe konnte Henriette nicht gleich erkennen, weshalb sie das tat, doch als die Köchin das Tuch in das Wasser tauchte, färbte es sich schmutzigrot.

Henriette erschrak. »Um Gottes willen! Seid Ihr überfallen worden?«

Caspar schüttelte schwach den Kopf. »Es ist nichts. Geh in dein Bett zurück. Ich bin nur gestürzt ...«

»Von wegen: Es ist nichts!«, widersprach die Köchin. »Die Stirn tief aufgeschlagen, das Auge fängt schon an zu schwellen. Dazu der Schmutz – wenn nur kein Wundbrand einsetzt ...«

Unter ihren unbeirrten Reinigungsversuchen zuckte Caspar mit schmerzverzerrtem Gesicht. »Geh bitte in mein Kontor«, bat er Henriette mit gequälter Stimme. »Hol den Branntwein.«

Wieder spülte die Köchin den Lappen aus. »Branntwein hattet Ihr genug, dünkt mir«, sagte sie respektlos.

»Für die Wunde«, sagte Caspar hilflos.

Als Henriette ihm die Flüssigkeit über die Stirn goss, schrie er

auf. »Wir werden einen Verband anlegen«, meinte sie. »Und morgen früh einen Barbier bestellen, der Euch versorgt.«
»Da hast du gewiss einen ganz bestimmten im Auge«, vermutete Caspar mit müder Stimme.
Henriettes Miene verschloss sich. »Der sitzt in der Hausvogtei«, sagte sie knapp. »Und Ihr geht jetzt besser zu Bett. Ich bereite Euch noch einen kalten Umschlag gegen die Schwellung.«
»Und einen heißen Tee«, bat Caspar. »Meine Rippen ... Ich bin auch auf die Seite gefallen ...«
Das Gesicht der Köchin drückte Unglauben aus. Sie sagte: »So, wie Ihr ausschaut, seid Ihr mindestens dreimal gestürzt.«
Henriette winkte ihr zu schweigen. Als sie jedoch sah, mit welcher Mühe sich Caspar die Stiege emporquälte, gab sie der Köchin im Stillen Recht.
Als sie wenig später mit der Kerze und dem Tee in Caspars Schlafstube trat, lag der im Bett und sah zum Fürchten aus. »Was ist mit Euren Rippen?«, fragte sie. »Vielleicht muss man einen Wickel machen.« Ihre Mutter hatte in solchen Fällen stets erkannt, was zu tun war. Henriette glaubte es auch zu wissen.
»Das ist nicht schicklich ...«, stöhnte Caspar, doch sie hob beherzt das Federbett und schlug es bis zu seinen Hüften auf. Er trug noch immer das Hemd, mit dem er heimgekommen war und auf dem sich Blutspuren abzeichneten.
Henriette tadelte ihn: »Habt Ihr kein Nachtgewand?«
Er wehrte ab. »Die Schmerzen ...«
»Die lassen nach, wenn die Beschwerden aufhören«, entgegnete Henriette vorwitzig. »Setzt Euch auf, damit ich Euch behilflich sein kann.«
Gehorsam versuchte Caspar zu tun, was sie befahl. Mit ihrer

Hilfe gelang es. Henriette zog ihm das Hemd über den Kopf und schrie unwillkürlich auf vor Schreck, als sie den aufgeplatzten Bluterguss unter seinem rechten Rippenbogen gewahrte. »Ihr habt Euch schwer verletzt«, rief sie. »Ich hole einen Arzt!«

Das wollte Caspar nicht. Er hielt ihre Hand fest und sagte liebevoll: »Du bist ein gutes Kind. Leg nur ein sauberes Tuch darüber.«

»Trinkt Euren Tee.« Sie entzog ihm die Hand. »Ich hole Euch ein Tuch und ein frisches Nachtgewand.«

Sie half ihm in das weiche, weiße Hemd. Sein feister und behaarter Oberkörper flößte ihr ein wenig Abscheu ein, doch sie bezwang den Widerwillen. Es war ihre Pflicht, ihm beizustehen. »Und morgen«, sagte sie, »erzählt Ihr mir, wie es zu diesen schrecklichen Wunden kommen konnte.«

Caspar lehnte sich zurück und schloss für einen Augenblick die Augen. Henriette wollte sich gerade entfernen, da griff er wiederum nach ihrer Hand, hielt sie lange in der seinen und betastete jeden ihrer Finger einzeln. Dann hob er die Hand an seine Lippen und küsste sie zärtlich.

Henriette errötete und wollte sich aus seinem Griff befreien. Doch er hielt sie fest und sagte matt: »Es ist besser, wir sprechen gleich darüber.«

Wieder versuchte sie, ihm ihre Hand zu entziehen. »Ihr braucht jetzt Ruhe. Morgen ist noch Zeit genug.«

Er ließ nicht los. »Wir Menschen sind allzumal Sünder«, sagte er salbungsvoll und sah ihr in die Augen. »Und die Versuchungen sind groß in dieser Welt und in einer Stadt wie der unseren.«

Henriette verstand nicht, worauf er hinauswollte. »Wenn Ihr in eine Schlägerei geraten seid, ich mache Euch keinen Vorwurf«, sagte sie heiter und befreite ihre Hand endlich aus der Umklammerung.

»Wenn es das nur wäre!«, klagte Caspar. »Ein Mann ist vielerlei Anfechtungen ausgesetzt im Leben. Willig ist der Geist, das Fleisch stets schwach, so steht es in der Bibel. Aber dort steht auch, dass Mann und Weib vereint sein sollen …«

»Jetzt verstehe ich. Ihr wollt eine neue Ehe eingehen. Darüber lasst uns morgen sprechen.«

»Nein!« Mit unerwarteter Kraft ergriff er ihren Arm und zog sie auf die Bettkante. »Du musst mir jetzt zuhören, meine liebe Henriette. Morgen wird man dir eine abscheuliche Geschichte vorsetzen. Wenn ich dir nicht alles erkläre, wirst du dich gegen mich wenden …«

Allmählich hatte Henriette genug von seinen dunklen Andeutungen, und die Umklammerung gefiel ihr nicht, »Wer sollte so etwas tun?«, fragte sie abweisend. »Ich höre nicht auf das Gerede fremder Leute.«

»Der Major von Kalckhorst …«

Henriette lachte übertrieben. »Ihr glaubt doch nicht, dass ich mir auch nur ein Wort anhöre! Was für Verleumdungen sollte der denn über Euch ausstreuen?«

»Ich traf ihn heute«, antwortete Caspar mit Grabesstimme, »in einem übel beleumdeten Haus …«

»In einer heimlichen Schänke?«, vermutete Henriette.

Caspar nickte gemessen. »Wo auch loses Weibervolk verkehrt, wie ich erst später merkte.«

Henriette schwieg dazu, und so fuhr Caspar fort: »Der Kerl will mich bezichtigen, mit solchen – Dirnen Umgang zu pflegen …«

Henriette glaubte zu verstehen und errötete diesmal noch heftiger. Marie, die Magd, hatte ihr mancherlei über die Häuser in der nahen Rosenstraße zugeraunt, in denen angeblich gewisse Herren mit ausschweifenden Buhlerinnen Unkeuschheiten trieben. Dem Kalckhorst war das zuzutrauen. Aber Caspar?

Sie biss sich auf die Lippen. »Ich bin nicht Euer Richter. Und nicht Eure Ehefrau. Ihr braucht mir nichts zu beichten.«

Sie erhob sich, entzog ihm ihren Arm und beugte sich noch einmal über ihn. Des Verbandes wegen konnte sie ihn nicht auf die Stirn küssen. Also strich sie ihm beruhigend über die Wange. »Ihr bleibt mein guter Vater, so lange es Euch gefällt«, sagte sie beruhigend.

Doch er umfing sie plötzlich mit beiden Armen und zog sie an sich, wobei er vor Schmerz laut aufschrie, als sie auf ihn fiel.

»Ich liebe dich«, stöhnte er, wieder zu Atem gekommen. »Und das nicht nur wie eine Tochter.«

Henriette stieß ihn zurück und rappelte sich auf. »Nun ist es genug«, erklärte sie gebieterisch. »Euer Zustand ist bedenklich. Ihr redet wirr. Wir werden besser einen Doktor holen.«

»Nein, bitte nicht!«, beschwor Caspar sie. »Ich bin sehr klar im Kopf. Mit allem, was ich dir jetzt sage, ist es mir sehr ernst. Ich frage dich: Willst du meine Frau werden, wenn das Trauerjahr vorbei ist?«

Henriette war auf manches vorbereitet, aber nicht auf einen nächtlichen Heiratsantrag aus dem Munde ihres Stiefvaters. Er jedoch nahm ihre Betroffenheit als Zeichen jungfräulicher Scheu und Schüchternheit, griff wiederum nach ihrer Hand und versuchte, sie auf seine Brust zu legen.

»Du musst dich nicht sofort entscheiden. Gib mir wenigstens ein Zeichen deiner Zuneigung. Du wirst es nicht bereuen. Ich liebe dich von ganzem Herzen, wie nur ein Mann eine so holde Jungfer lieben kann. Ich werde für dich sorgen und dir ein treuer und gehorsamer Ehegemahl sein und allen Sünden und Versuchungen abschwören …«

Sie schüttelte den Kopf. »Ich kann Euch nicht heiraten!«, meinte sie fassungslos. »Meine arme Mutter würde sich im Grabe umdrehen! Ich liebe Euch – nur wie einen Vater …«

»Das wird sich ändern, wenn wir erst vermählt sind«, wandte er ein. »Es wird das Beste für uns alle sein. Auch das Geld bleibt in der Familie …«

Diese Wendung missfiel Henriette höchlichst. »Ihr wollt die Mitgift sparen, wenn ich einmal heirate?«, fragte sie spitz. »Ist es nicht das Geld, das mir von meiner Mutter Seite her zusteht? Und aus dem Erbe meines Vaters?«

»Gewiss, gewiss! Es geht hier nicht ums schnöde Geld, mein Herzenskind …«

Henriette aber war hellhörig geworden. »Wo ist es überhaupt? Wir haben nie darüber gesprochen. Immer seid Ihr mir ausgewichen.«

»Es ist – wohl angelegt«, stammelte Caspar betreten. »Und gut vermehrt inzwischen. Die Geschäfte waren günstig. Als dein Vormund habe ich mir nichts vorzuwerfen.«

»Natürlich nicht.« Henriette zwang sich zu einem freundlichen Lächeln. Dann sagte sie abschließend: »Und als mein Vormund könnt Ihr mich nicht ehelichen.«

Damit erhob sie sich, blies die Kerze aus und ließ ihn im Dunkeln zurück.

Zwei Mägde

Noch hatte Christian keine rechte Vorstellung davon, auf welche Weise er sich Henriette nähern könne, und so ging er von der Brüderstraße erst einmal ins Badehaus am Neuen Markt. Zwei Stunden später und um Monate verjüngt schlenderte er die Spandauer Straße entlang. Wie erlösend war es, wieder frische Luft zu atmen und all die freien Menschen um sich herum zu sehen. Er lief viel langsamer als gewöhnlich; das ungewohnt reiche Mittagessen und das Bier dazu machten ihm zu schaffen, und das Bad hatte ihn ermüdet.

Als er sich der Büttelgasse näherte, wechselte er hinüber auf die andere Straßenseite. Am Durchgang zum Wursthof, wo an jenem Abend das Gefährt gewartet hatte, blieb er neben der Kapelle stehen und schaute hinüber zu Jenischs Haus. Dort hatte sich nichts verändert.

Er stand eine ganze Weile dort, bis schließlich ein junges Mädchen aus dem Tor trat und aus einem Bottich Wasser in den Rinnstein goss. Christian ging die paar Schritte hin zu ihr und grüßte höflich. Es war ein rotbäckiges Ding mit weizenblondem Haar, dem sein Gruß nicht ungelegen zu kommen schien.

»Seid Ihr fremd hier?«, fragte sie. »Sucht Ihr etwas?«

»Gewissermaßen. Ist das nicht das Haus des Kaufmanns Jenisch?«

»Ihr steht davor.«

Sie schien keine Eile zu haben, ins Haus zurückzukehren.

Christian fragte: »Ist der Herr Jenisch wohl zu Hause?«
Sie lachte. »Das schon. Doch der ist heute nicht zu sprechen, fürchte ich.«
Das klang seltsam. »Ist er krank?«, erkundigte sich Christian.
Sie lächelte immer noch. Auf ihren Wangen zeigten sich zwei hübsche Grübchen. »Gewissermaßen, wie Ihr sagen würdet.«
Sie trat etwas näher zu Christian heran. »Er hat heute Nacht einen bösen Sturz getan«, sagte sie vertraulich. »Es geht ihm gar nicht gut.«
»Und seine Tochter? Ist die wohl im Hause?«
Ihre Miene verfinsterte sich schlagartig. »So fragt man Leute aus! Was geht das Euch an? Wer seid Ihr überhaupt?«
»Ich bin ein Barbier«, erklärte er beruhigend. »Die Jenischs kennen mich. Ich hatte früher hier im Haus zu tun …«
Ihr Misstrauen war einmal geweckt. Kurz angebunden meinte sie: »Das kann ein jeder sagen. Weshalb klopft Ihr nicht einfach ans Tor, wenn Ihr wen sprechen wollt?«
Jetzt lachte Christian. »Das werde ich tun. Ihr öffnet mir, und ich frage, ob die Tochter des Hauses zu sprechen sei.«
Sie sah ihn an. In ihren Augen blitzte es. »Ihr seid *der* Barbier?«, fragte sie neugierig. »Der aus Altlandsberg?«
Christian war überrascht. »Woher wisst Ihr das?«
Sie lächelte schon wieder. »Sie hat von Euch gesprochen. Dass Ihr im Turm sitzt …«
Sie musterte ihn vom frisch frisierten Schopf bis zu den ausgetretenen Schuhen. »Hat man Euch gerade erst rausgelassen?«
Christian nickte. »Sagt ihr, dass ich da bin. Wenn sie mich sehen möchte – ich warte hier.«
Er brauchte keine Minute zu warten, da stand Henriette schon in der Tür. »Christian!«, rief sie und brach in Tränen aus.

Es wurde eine lange Unterhaltung. Immer wieder musste Christian von dem schrecklichen Turm erzählen. Er kam kaum dazu, ihr eine Frage zu stellen, und als er sie schließlich nach dem Gesundheitszustand des Stiefvaters fragte, verschloss sich ihre Miene.

»Ich fürchte fast, er ist im Kopf nicht richtig«, sagte sie. »Dazu der Kalckhorst noch mit seinen dummen Reden …«

»Er hat sich also nicht geändert.«

»Im Gegenteil. Er droht, uns eine ganze Soldatenfamilie mit fünf Kindern ins Haus zu setzen, wenn ich nicht …« Sie lief rot an und schwieg.

»Wenn du nicht was?«

Sie wandte ihr Gesicht ab. »Wenn ich ihn nicht heirate.«

Sprachlos schaute Christian sie an. »Das kann doch nicht sein Ernst sein!«, sagte er schließlich.

Henriette stand auf und trat zum Fenster. »Es ist alles ganz abscheulich«, klagte sie. »Seit Mutter tot ist, und du warst auch nicht da – alle reden auf mich ein und tun, als wäre ich eine Sache, die zum Verkauf steht. Ich will nicht heiraten!«

Christian war hinter sie getreten. Er umfasste ihre schmalen Schultern. Leise fragte er: »Mich auch nicht?«

Sie wandte sich um. »Du hast mich nie gefragt.«

»Dann frage ich dich jetzt.« Ihm wurde im gleichen Augenblick bewusst, wie vermessen ihr sein Antrag erscheinen musste. Er kam geradewegs aus dem Turm der Hausvogtei, in abgerissener Kleidung, einen guten Gulden in der Tasche und keine Arbeit.

»Man heiratet nicht im Trauerjahr«, antwortete Henriette ebenso sanft wie ausweichend. Trotzdem klangen ihre Worte hoffnungsvoll. Bis November war noch lange Zeit.

Es klopfte. Die blonde Magd kam herein. Vorwitzig sagte sie:

»Die Köchin möchte wissen, für wie viele Personen sie das Abendessen bereiten soll.«
Henriette, ganz die Hausherrin, entgegnete: »Für zwei hier in der Stube. Der Herr speist besser oben in seinem Bett. Du wirst ihm das Essen hinauftragen, Marie.«
Marie unterdrückte ein Grienen. »Er jammert und fragt nach Euch …«
»Ich werde nach ihm schauen«, sagte Henriette kühl.
»Ist er schwer verletzt?« fragte Christian. »Dann wäre es besser, wenn ich ihn mir mal angucke.«
Henriette zuckte die Achseln. »Ich weiß nicht, ob ihm das hilft. Der Arzt war bei ihm. Der meint, vor allem Ruhe wäre wichtig.«
»Doch nicht etwa jener – Doktor …«, fragte Christian zögernd.
»Der beim Tod meiner Mutter hier war«, bestätigte Henriette. »Der Vater bestand darauf.«
»Dann ist ihm wahrhaftig nicht zu helfen«, sagte Christian. »Wie ist es denn passiert?«
Marie, schon an der Tür, unterdrückte ihr Lachen.
Henriette fragte streng: »Was gibt es da zu kichern?«
»Gar nichts!«, versicherte die Magd. Ihre Miene strafte sie Lügen. »Verzeiht mir, aber die halbe Residenz spricht davon, dass sich heute Nacht in einem gewissen Haus zwei Herren um eine Dirne geprügelt haben wie die Kesselflicker. Anschließend wären sie Arm in Arm davongeschwankt.«
»Danke, Marie«, sagte Henriette hoheitsvoll. »Es ist wohl eher der Major Kalckhorst, der derlei ausstreut.«
»Es heißt, er war der andere«, meinte Marie und schlüpfte aus der Stube.
»Manchmal macht sie mich rasend«, sagte Henriette kopf-

schüttelnd. »Obwohl sie sonst ein anstelliges Mädchen ist. Überall hat sie ihr Ohr und ihren Mund.«
»Wo ist die andere Magd geblieben, die damals bei euch diente?«
»Das war seltsam. Sie verschwand noch in der gleichen Nacht, in der meine Mutter starb. Sie hätte Angst vor Gift, hinterließ sie der Köchin.«
»Ihr habt nichts unternommen, um sie zu finden? Nach der Gesindeordnung ...«
Henriette winkte ab. »Der Vater wollte nicht. Und ich war auch nicht sehr erpicht darauf, bei all dem Kummer dieses eigensinnige Ding im Haus zu haben.«
»Außer ihr hat nie wieder jemand von Gift gesprochen?«, fragte Christian zurückhaltend.
Henriette sah ihn an. »Weißt du, dass der Hausvogt hierher kam und Mutters Schuhe sehen wollte? Kannst du mir das erklären? Leider habe ich erst viel später erfahren, dass du in seiner Hand bist.«
Christian zögerte. »Er vermutet, dass deine Mutter im Haus des Herrn von Wedell war, bevor ich ihn fand.«
Henriette schien nicht überrascht. »Deshalb sprach sie vor ihrem Tod von ihm. Die beiden kannten sich seit vielen Jahren.«
»Sie sprach auch von Briefen. Erinnerst du dich?«
»Ja, ja. In ihrem Kasten fand ich ein paar von Wedell verfasste Blätter. Jahrzehnte alt. Und sehr poetisch. Er schrieb ihr von der Universität.«
»Hast du die Briefe noch?«
Sie schüttelte den Kopf. »Der Hausvogt fragte sehr eindringlich, ob es Papiere von Wedells Hand in unserem Haus gäbe. Als ich sie später fand, hielt ich es für besser, sie gleich zu ver-

brennen. Ich möchte nicht, dass jemand dem Leben meiner Mutter nachschnüffelt.«

»Das ist ganz sicher richtig«, stimmte ihr Christian zu. Er merkte Henriette an, dass ihr noch etwas auf der Seele lag.

»Ich weiß nicht, ob ich davon sprechen soll …«, begann sie denn auch zögernd.

»Ich will dich nicht drängen«, sagte Christian behutsam, obwohl er es gerne getan hätte. Er wollte möglichst alles erfahren, was mit der Mutter und Wedell zusammenhing.

»Versprich mir, dass du es für dich behältst und mich nicht für liederlich ansiehst.«

Das zu geloben fiel Christian nicht schwer. »Wie kommst du denn auf liederlich?«

Sie sah ihn ernst an und fragte ihrerseits: »Was ist ein Sodomit?«

Er schluckte. Das war in der Tat eine etwas ungewöhnliche Frage für ein junges Mädchen. Sie unverblümt zu beantworten fiel ihm denn doch schwer. So begann er etwas weitschweifig von der Bibel zu sprechen und von den sündigen Städten Sodom und Gomorrha, die der Herr in Schutt und Asche gelegt hatte. »In Sodom war anscheinend eine Sünde besonders verbreitet – eben diese Sodomie …«

Da Henriette augenscheinlich noch immer nicht verstand, musste er deutlicher werden. »Der Trieb zwischen Menschen gleichen Geschlechts. Oder gar zu Tieren …«

Endlich begriff sie und errötete nicht einmal. »Ach so«, sagte sie ganz ruhig. »Dann hat es ohnedies keine Bedeutung.«

Christian, der die ganze Zeit an Wedell und an Michel dachte, fragte: »Wo ist dir denn das Wort begegnet?«

Für Henriette war die Sache abgetan. »Es stand auf einem Papierfetzen. Ich fand es ungewöhnlich, deshalb frage ich danach.«

»Ein Papierfetzen aus dem Nachlass deiner Mutter?«
»Ja, ja …«, bestätigte Henriette ein wenig unwillig. Sie schien nicht geneigt, viel mehr darüber zu sagen. »Er war mit Tinte beschmutzt. Ich habe ihn ebenfalls verbrannt, falls es dich beruhigt.«
Christian schwieg und dachte nach.
»Woran denkst du?«, fragte Henriette.
»Mich beschäftigt immer noch das Gift«, sagte er ablenkend. »Es kann kein Zufall sein, dass erst von Wedell starb und sie zwei Tage nach ihm …«
Henriette verstand, worauf er hinaus wollte. »Du misstraust dem Vater? Das habe ich anfangs auch getan. Doch er kannte von Wedell gar nicht. Und er hatte keinen Grund zur Eifersucht. Der Herr von Wedell war ein Ehrenmann.«
»Natürlich«, sagte Christian. »Dennoch hätte ich gerne mit der Magd gesprochen.«
»Was versprichst du dir davon? Sie soll jetzt bei den Pegels in der Reezengasse dienen. Marie kennt das Gesinde in der ganzen Stadt.«
Darauf kam Christian zurück, als sie beim Abendessen saßen und Marie den kalten Braten auftrug. »Ich höre, Ihr kennt viele Leute in der Stadt«, sprach er sie an. Erstaunt blickte Henriette auf. Christian jedoch holte die Zeichnung hervor, die Etienne beim Mittagessen angefertigt hatte. »Ist der Euch schon einmal begegnet?«
Marie besah das Blatt. »Der sieht richtig niedlich aus«, sagte sie. »Als ich in der Klosterstraße diente, gab es einen, der ihm ähnlich sah. Er war Lakai bei einem Kammerjunker.«
»Den meine ich. Habt Ihr ihn je wieder gesehen?«
Sie schenkte ihm einen sonderbaren Blick und schüttelte den Kopf. »Weshalb sucht Ihr gerade den?«

»Er schuldet mir noch Geld«, sagte Christian aufs Geratewohl, da ihm nichts Besseres einfiel und es im gleichen Augenblick draußen am Tor klopfte.
Henriette ging dem Ankömmling entgegen. Es war von Retzlow, dessen Stimme Christian vernahm. »Ich hörte, der Herr Stiefvater tat einen bösen Fall ... Da wollte ich endlich nach dir schauen, mein Engel!«
»Ich bin nicht allein«, sagte Henriette und öffnete die Tür. Retzlow verhielt seinen Schritt. »Ich verstehe«, sagte er gezwungen. »Du lässt dir gerade das Haar richten.«
»Aber nein«, entgegnete Henriette unbefangen. »Das ist Christian Fahrenholtz, ein guter Freund ...«
»Ich erinnere mich. Man sah ihn schon beim Tode deiner Mutter. Und danach, soviel ich hörte, befand er sich im Gewahrsam des Hausvogts.« Er sah nur Henriette an, als wäre Christian nicht vorhanden. »Seltsame Freunde, meine liebe kleine Base. Was meint der Herr Vater zu solchen Gästen?«
Henriette war der Auftritt unangenehm. »Der hat genügend mit sich selbst zu tun«, meinte sie kühl. »Und ich möchte nicht, dass meine Gäste sich in dieser Weise gegeneinander aufführen, mein lieber Matthes.«
»Natürlich nicht. Verzeih mir.« In komischer Ehrfurcht beugte Retzlow sein Haupt vor Christian. »Er ist es ja gewöhnt, dass man den Kopf vor ihm senken muss.«
In Christian loderte der Zorn, doch er ließ sich nichts anmerken. »Hohle Köpfe tragen sich leicht hoch«, sagte er im gleichen lockeren Ton und grinste Retzlow an. »Bei manchen glaubt man, dass sie nur dazu nutze sind, uns Barbiere zu erhalten.«
»Genug der Spötteleien!«, forderte Henriette ungehalten, doch Retzlow war schon auf dem Rückzug.

»Ich komme gern ein anderes Mal, wenn ich weniger störe. Dem Herrn Vater die besten Genesungswünsche … und Ihm«, er nickte gekünstelt in Christians Richtung, »weiterhin viel Spaß mit seinen warmen Freunden …«

Als er weg war, wollte Henriette wissen, wer damit gemeint war. Verstimmt hob Christian die Achseln. »Ich verstehe mich nicht auf solche höfische Narretei.«

Retzlow hatte ihm den Abend gründlich verdorben, und so dauerte es nicht lange, bis er sich züchtig von Henriette verabschiedete und sich auf den Weg zum Werder machte. Etienne lag auf seinem Lager und las einen französischen Roman. Todmüde sank Christian auf die andere Lagerstatt, fand aber keine Ruhe vor Etiennes Fragen. Bis in die frühen Morgenstunden dauerte ihr Gespräch.

Als Christian erwachte, färbte die Sonne die Wand der Kammer gelb. Erschrocken erhob er sich und war schon wenig später unterwegs zur Reezengasse. Ein Bettler, der dort kauerte und sich ängstlich zusammenkrümmte, als er ihn ansprach, zeigte ihm das Haus des Knochenhauers Pegel.

Er machte sich auf eine lange Wartezeit gefasst und befand sich mitten in einer wortreichen Auseinandersetzung mit dem Schuster, vor dessen Werkstatt er herumlungerte, als die gesuchte Magd mit einem Einkaufskorb in der Haustür des Knochenhauers erschien. Christian ließ den Schuster stehen, der getreu dem Ruf seiner Zunft jederzeit zum Tumultieren geneigt schien und ihm ein paar üble Sätze nachsandte, und folgte der Magd. Sie überquerte den Molkenmarkt und ging hinüber zu den neuen Gewölben auf dem Mühlendamm, wo sie lange mit einem Fischer um einen Wels feilschte, den sie schließlich kaufte. Zufrieden trat sie den Heimweg an. Chris-

tian sprach sie an und erbot sich, ihr beim Tragen behilflich zu sein. Sie erkannte ihn sofort und wäre am liebsten davongelaufen, woran sie der schwere Korb hinderte.
»Weshalb seid Ihr so unwirsch?«, versuchte Christian, sie zu beruhigen. »Ich möchte Euch nur einiges fragen.«
»Und ich möchte nicht antworten!«, entgegnete sie borstig. »Habt Ihr die Henriette endlich rumgekriegt? Oder ist ihr ein Handwerksbursche doch nicht gut genug?«
Zum ersten Mal ahnte Christian, weshalb sie ihn so ablehnend behandelte. »Euch wäre wohl ein Handwerksbursche recht?«, fragte er lächelnd.
Sie wurde rot und erwiderte schnippisch: »Ich bin nicht so schön wie Eure Henriette. Geht's ihr gut?«
»Sie trauert um ihre Mutter. Und sie wundert sich, weshalb Ihr damals so hastig verschwunden seid.«
Wortlos wollte die Magd davoneilen, kam aber nur einige Schritte weit, dann musste sie den Korb mit dem prächtigen Fisch absetzen. Entschlossen griff Christian danach und sagte: »Seid nicht so närrisch. Oder habt Ihr etwas zu verbergen?«
»Ich? Wie kommt Ihr darauf? Mein Gewissen ist rein!«, rief sie empört aus, überließ ihm aber den Korb mit dem Fisch und lief friedlich neben ihm. »Was geht Euch die ganze Sache überhaupt an?«, wollte sie wissen.
»Die Sache mit dem Gift meint Ihr?«
Argwöhnisch sah sie ihn von der Seite an. »Es ist leicht, alles auf die schwarze Dorothea zu schieben. Das mag ein böses Frauenzimmer sein …« Sie blickte sich furchtsam um.
»Aber?«, bohrte Christian.
»Soll ich Euch was im Vertrauen sagen?« Sie sah Christian katzenfreundlich an. »Die Jenisch hat im Schloss gar keinen Tee getrunken!«

»Wart Ihr dabei?«, fragte Christian zweifelnd.

»Ich nicht. Wohl aber meine Herrin, die Frau Pegel. Die kannte Elisabeth Jenisch gut und hat sie beobachtet. Sie meint, die Jenisch war schon krank, bevor sie ins Schloss kam. Und ich erinnere mich, dass sie seit zwei Tagen sehr seltsam wirkte, wie im Fieber ...«

»Dann starb sie doch an einem Fieber?«

»Genug geschwätzt!«, entgegnete die Magd entschieden und wollte ihm den Korb entreißen. Christian hielt ihn fest. Der Fisch darin zuckte.

»Nur noch eine Frage: Einmal angenommen, die Frau Jenisch starb durch Gift. Wer im Hause könnte es ihr verabreicht haben?«

»Was weiß denn ich?«, sagte die Magd erregt. »Das Getränk hat ihr die Köchin zubereitet. Ich habe es hinaufgetragen, doch oben nahm es mir Henriette aus der Hand. Sie stellte das Glas auf der Kommode ab, weil der unselige Major dazukam und sie aufhielt. Sie ging mit mir nach unten, und der Herr muss es schließlich mit hineingenommen haben. Als ich feuchte Tücher brachte, stand es leer neben dem Bett.«

»Und weshalb seid Ihr ausgerissen?«

»Aus Angst. Weshalb wohl sonst? Möchtet Ihr in einem Hause wohnen, in dem vor Euren Augen jemand vergiftet wird?«

»Wer sprach denn zuerst von Gift?«

»Was sollte es denn sonst sein? Die Pest? Ihr habt die Flecken in ihrem Gesicht selber gesehen. Und Ihr habt von Gift gesprochen. Ich habe es genau gehört.«

»Der Arzt war anderer Meinung.«

»Der war betrunken, wie er's immer ist! Wenn es kein Gift war – weshalb fragt Ihr dann nach Monaten danach und stehlt mir meine Zeit?« Energisch griff sie nach dem Korb und sagte

bissig: »Meine Herrschaft sieht es nicht gerne, wenn ich mich auf der Straße mit fremdem Volk abgebe!«
Christian ließ ihr den Korb und sagte ruhig: »Merkwürdig ist Eure Flucht dennoch. Und gegen die Gesindeordnung. Außerdem habt Ihr auf Euren Lohn verzichtet und auf ein Zeugnis.«
Sie blaffte: »Wer sagt denn so etwas? Ich habe mein Geld bekommen. Und ein gutes Zeugnis hat der Jenisch mir auch ausgestellt. Er bat mich nur ...« Sie verstummte und wandte ihr Gesicht ab.
»... mit niemandem darüber zu reden«, ergänzte Christian freundlich.
»Ihr seid ein niederträchtiger Mensch, eine arme Dienstmagd auszuhorchen ...«, schimpfe sie. Vergeblich und den Tränen nahe versuchte sie, ihm mit ihrer Last zu entkommen.
»Seid nur ganz ruhig«, besänftigte Christian sie. »Ich verspreche Euch: Niemand erfährt von mir ein Wort.«

Letzte Leiden

Jedermann ahnte, dass Friedrich Wilhelm seinen letzten Leidenswochen entgegenging. Er hatte sich in sein Potsdamer Schloss zurückgezogen, und in der Residenz raunte man sich zu, der Kurfürst hätte es aus Furcht vor der weißen Frau getan, deren prompter Auftritt im Schloss zu Cölln seit Jahrhunderten den Tod eines Hohenzollernfürsten ankündigte. Seit zwei Hofprediger das Gespenst gesehen hatten, zweifelte niemand mehr an dessen Existenz, wobei die Meinungen, um wen es sich bei der Spukgestalt handelte, auseinander gingen. Hielten sie die einen für die vor Urzeiten als Mörderin der eigenen Kinder dahingegangene Gräfin von Orlamünde, so konnte es sich für die anderen – und die befanden sich in der Mehrzahl – nur um Anna Sydow handeln, das Kebsweib Joachim Hektors. Dessen rachsüchtiger Sohn Johann Georg habe die schöne Gießerin, wie man die Sydow nannte, heimlich einmauern lassen.

Friedrich Wilhelm neigte weder zu der einen wie der anderen Annahme; das Vorhandensein der Erscheinung stand jedoch auch für ihn außer Zweifel, nachdem das sonst eher gutartige Schemen einst seinen getreuen Saufkumpan Konrad von Burgsdorff eine Treppe hinuntergestürzt hatte. Und bei seiner unvergessenen Luise Henriette war das weiße Weib gar an den Schreibtisch getreten, um sie abzuberufen. Acht Tage später war Luise diesem Ruf gefolgt.

Friedrich Wilhelm saß in seinem Lehnstuhl und sann in tiefer Niedergeschlagenheit darüber nach, ob wohl auch ihm noch ein solches Zeichen bevorstand. Wenn es die Schmerzen zuließen, dachte er in Schwermut über sein Leben nach. Voller Zweifel war er stets gewesen und hatte doch oft das einzig Richtige getan wie seinerzeit in Ferbellin. Der zwanzig Jahre zuvor von Luise Henriette erzwungene Bruch seiner Freundschaft mit Konrad von Burgsdorff allerdings hatte ihn tiefer getroffen, als seine Umgebung damals ahnte. Bald darauf war der alte Haudegen auf seinem Gut zu Blumberg gestorben, ohne dass noch einmal ein gutes Wort zwischen dem Kurfürsten und seinem treuen Heerführer gewechselt wurde.
Wie lange lag das nun zurück, und wie lange erst ein anderes Ereignis, an das er sich jetzt erinnerte, um sich von den schmerzlichen Grübeleien über Burgsdorff zu befreien. Wolgast 1633: der Leichenzug des Onkels Gustav Adolf, Löwe aus Mitternacht. Zu jener Zeit war wohl die Idee entstanden, ihn mit der Tochter des Schwedenkönigs zu verheiraten. War es vor oder nach der Reise zum letzten Pommernherzog Boguslaw in Stettin gewesen, als dessen sicherer Erbe er galt? Nach dessen Tod wollten sich weder Preußen noch die Schweden seiner Beerdigung annehmen, und so ruhte er in seinem Sarg siebzehn Jahre im kleinen Speisesaal im Schlosse zu Stettin.
Auch die Ehe mit der Königin Christine kam nicht zustande, und Pommern war noch immer in schwedischer Hand. Das war eine Niederlage, die er nie verwunden hatte: Stettin im Kampf erobert und dann vom wortbrüchigen Franzosenkönig zum Verzicht auf den so lange und per Erbvertrag verheißenen Hafen und das Land gezwungen. Da stand noch eine Rechnung offen für Brandenburg. Ob der schwache Fritz sie je einfordern würde?

Das Heer dafür, es stand bereit. Dafür hatte er, der Große Kurfürst, in vier Jahrzehnten gesorgt, mochten die Bürger noch so ächzen. Mit ihnen und ihrer nachlässigen Kampfmoral war kein moderner Krieg zu gewinnen, wohl aber mit den Regimentern Brandenburgs und Preußens, bezahlt mit den Subsidien Frankreichs, zugegeben. Man musste sehen, wo man blieb, wenn man vom hinfälligen Vater nur eine verwüstete und menschenleere Streusandbüchse geerbt hatte und dazu das Herzogtum weit im Nordosten.
Mit Preußen und seinem toll gewordenen Adel war es noch ein anderes Ding. Sein treu ergebener Statthalter Fürst Radziwill tat, was er konnte. Doch Ruhe kehrte erst ein, als Friedrich Wilhelm selber mit zweitausend Mann in Königsberg einrückte und den obersten Rädelsführer gefangen setzte. Vor zehn Jahren schon war der Schöffenmeister Roth auf der Festung Peitz gestorben, nur die von Kalcksteins bereiteten noch stete Sorge, bis deren Jüngster aus der Warschauer Haft entführt, gefoltert und kurzerhand zum Tode verurteilt worden war. Alle Welt wandte sich gegen die verbotene Tortur und dieses Urteil an einem Adligen, er, der Kurfürst, aber kannte keine Gnade. In Memel ließ er ihn enthaupten, und siehe da: Der preußische Landadel verstand die Warnung, kroch zu Kreuze und stellte seine verräterischen Liebeleien mit dem Polenkönig ein. Dessen Amt übrigens hatte man auch ihm, Friedrich Wilhelm, einst angetragen, wäre er nur bereit gewesen, zum verhassten Katholizismus überzutreten.
Das war zu viel verlangt. Mochte er bei Verträgen und Koalitionen niemals wählerisch sein – an seinem eingefleischten Kalvinistentum hielt er so treu, wie das Volk sich zu den Lutheranern bekannte, zu denen wohl auch seine Dorothee sich noch immer zählte. Mochte sie. Es hatte ihn genügend

Kraft gekostet, das pfäffische Gezänk und alle Vorurteile zu dämpfen, die sich immer wieder lautstark regten. Die Reformierten aus Frankreich erwiesen sich als ein wahrer Segen für das Land, auch von den Juden kam viel Nutzen, seit er ihre Ansiedlung wieder zugelassen hatte. Und Fritz hatte gelobt, es ebenso zu halten, in allem dem Vater nachzueifern. Vielleicht hatte er den Jungen doch unterschätzt. Die letzten Unterredungen mit ihm waren in Übereinstimmung verlaufen. Gewiss, das Taktieren und all die Machenschaften, die er selber und die ihn selber sein Leben lang beherrscht hatten, gehörten nicht zum einstudierten Programm des stolzen, kleinen Prinzen, der nun bald Kurfürst sein würde. Es würde prächtiger zugehen als beim Vater, über dessen Schatulle er nun endlich verfügen konnte. Hatte er den Prinzen wohl all die Jahre allzu kurz gehalten? Die Franzosen und die Oranier nutzten die Gelegenheit, und Fritz selber suchte Auswege, wie man dem Kurfürsten zugetragen hatte. Von Ränken, Gift und Toten war da wieder mal die Rede. Das war nun vorbei.

Friedrich Wilhelm fiel die anmaßende Prophezeiung ein, zu der ein überschwänglicher Hofpoet sich bei Fritzens Geburt im alten herzoglichen Schloss von Preußens Hauptstadt hatte hinreißen lassen: *Auf des Königs Berg ist Friedrich geboren; was folgt daraus? Die Musen verkünden es: König wird Friedrich sein!*

Das waren andere Sprüche, als er selbst sie liebte. *Niemand kennt meinen Sinn,* hatte er oft geäußert, *weiß, ob ich Fuchs oder Hase bin.* Dem Gegner keine Blöße bieten, darum ging es. Und dem Freunde ebenso wenig. Denn wer heute das eine war, konnte morgen gut das andere sein. Die Prinzessin Radziwill zum Beispiel, Ludwigs junge Witwe, widersetzte sich plötzlich den Heiratsplänen und bedachte nicht, wie notwendig es war, ihre reichen Ländereien durch die Hochzeit mit dem kurfürstlichen Neffen, dem Prinzen von Kurland, an Brandenburg-Preußen zu binden.

Doch derlei Doppelspiele hatten nun für ihn ein Ende. Nur Tage mochten noch vergehen, bis er vor seinen Schöpfer trat, und alle um ihn her stellten sich darauf ein, das spürte er. Allmählich versiegten die geheimen Quellen, tagelang sah er außer der getreuen Dorothee niemanden, während sich in der Residenz alles auf den neuen Herrn einstellte. Selbst Dorothea schien sich endlich mit Friedrich abgefunden zu haben und barmte nur, dass der das Testament auch achten würde, dass ihren Söhnen die eigenen Fürstentümer Halberstadt, Minden, Lauenburg-Bütow und Ravensberg als Sekundogenituren sicherte. Der Herr mochte wissen, ob es gut gehen würde mit den fünf Söhnen. Hatte nicht erst vor wenigen Monaten die Prinzessin Anna Amalie hoffnungsvoll den Herzog von Mecklenburg geehelicht und war schon wieder Witwe, wie die traurige Post aus dem Norden vermeldete …

Dorothee kam, um nach ihm zu sehen. Die liebe Seele. Und selber leidend. Seit man sie gezwungen hatte, ihre Nichte, die Herzogin von Holstein-Wiesenstein vom Hofe zu verstoßen, klagte sie häufig, keine wirkliche Vertrauensperson mehr zu besitzen außer diesem Retzlow, den sie als Kammerherrn bestätigt sehen wollte. Friedrich Wilhelm schob es auf die Räte, dass es mit der Ernennung nicht vorwärts ging. In Wahrheit aber führte Friedrich schon die Amtsgeschäfte und tat, was er für gut hielt. Arme Dorothea.

»Geht es Euch ein wenig besser?«, erkundigte sie sich sanft.

Ihr zum Gefallen nickte er.

Fürsorglich richtete sie seine Halsbinde und goss ihm Tee ein.

Dann sagte sie: »Der Pufendorf lässt fragen, ob es Euch genehm wäre, ihn zu empfangen …«
Samuel Pufendorf, der Historiograf, um den er sich seit Jahren mühte. Nun war er endlich in Berlin. Mochten die Schmerzen Friedrich Wilhelm auch quälen – was auf die Nachwelt kam, war von beträchtlicher Bedeutung. Und Pufendorf galt als ein Meister seines Fachs.
So nickte er ergeben und sagte: »Der soll kommen.«

Das Geheimnis der Mühle

In der leuchtenden Märzsonne wirkte die Stadt wie frisch gewaschen. Kaum jedoch passierte man eins der Tore, so fand man sich in einer morastigen Tümpellandschaft. Die wärmenden Strahlen hatten den gefrorenen Boden aufgetaut und alle Wege aus der Stadt in schlammige Pfade verwandelt, auf denen man nur langsam vorankam.

Christian hatte sich am frühen Morgen auf den Weg nach Altlandsberg gemacht und sah in der Mittagssonne erst den Hönower Kirchturm vor sich.

Der weite Weg fiel ihm schwer nach der langen Zeit der Bewegungslosigkeit im Turm, und seine Schuhe drohten sich gänzlich aufzulösen. Es war weniger die Auflage des Hausvogts, die ihn nach Hause trieb, als vielmehr die Sehnsucht und der Drang, die Mutter zu beruhigen.

Das gelang ihm schon beim Eintritt. »Mir fällt ein Stein vom Herzen!«, schrie sie auf und wollte ihn schier erdrücken vor Freude. Und selbst der Vater, der nicht zu ausschweifenden Freudenausbrüchen neigte, presste seine Hand viel länger als gewöhnlich und umarmte ihn sogar.

Und noch einer sprang vor Freude an ihm hoch: Jakob, seines Bruders Niklas' zarter Sohn, der sich wieder einmal zu den Großeltern geschlichen hatte und nun auf seinen Lieblingsoheim traf. Der saß am voll beladenen Tisch und ließ es sich wohl ergehen.

»Warst du wieder auf der Wanderschaft?«, bohrte der Junge. »Erzähle! Bei den Holländern, wo sie hölzerne Schuhe tragen und überall Windmühlen stehen?«
»Diesmal nicht ganz so weit«, beruhigte ihn Christian. »Aber meine Schuhe haben doch gelitten.«
Die Mutter guckte auf seine Füße und schlug die Hände über dem Kopf zusammen. »Wie du nur aussiehst!«, jammerte sie. »Ich werde dir von Vaters Sachen etwas geben.«
»Gib ihm auch meine Winterstiefel«, sagte der zu Christians Erstaunen. »Ich werde mir neue anmessen lassen.« Er goss Wein ein, und der war nicht an der Stadtmauer gewachsen. Christian merkte es wohl.
»Gehen die Geschäfte so gut?«, erkundigte er sich.
Mit ja wollte der alte Fahrenholtz darauf nicht antworten. Er hob sein Glas und sah hindurch, bevor er sich immerhin zu einem »Es wird allmählich ...« entschloss.
»Es sind Fremde in der Stadt, die mit den Talern nicht geizen«, ergänzte Catharina.
Laurenz brummte: »Holsteinische Zweidrittel. Aus der Heimat unserer gnädigen Kurfürstin! Und lübische, die man andernorts nicht gerne nimmt.«
»Ich weiß, wo sie die machen«, meldete sich Jakob vorwitzig.
Der alte Fahrenholtz tippte ihm mit dem Finger auf die Nasenspitze und sagte: »In der Münze. Das weiß jeder. Oder hat dir dein Vater etwas anderes erzählt?«
Jakob schüttelte den Kopf. »Das mit der Münze hat er auch gesagt. Aber ich weiß es besser!«
Die Erwachsenen lachten über den dünnen, kleinen Burschen, der so ernsthaft von seinem Wissen überzeugt war.
»Ihr braucht nicht zu lachen! Wenn ihr es meinem Vater nicht verratet, sage ich es euch.«

»Wir beide machen einen Spaziergang um die Mauer«, schlug Christian vor. »Und du erzählst mir alles, was du über das Geld gelernt hast. Einverstanden?«

Da sagte Jakob nicht nein. Christian dachte zu spät an seine wunden Füße. Die Mutter gab ihm ein Paar alte Schlurren, in denen es sich bequem lief.

Kaum waren sie aus dem Haus, vermochte Jakob seinen Mitteilungsdrang nicht mehr zu bremsen. »Das mit den Talern habe ich nicht gelernt. Ich habe es gesehen!«

»Tatsächlich? Da kennst du mehr als ich. Ich war noch nie in einer Münze.«

»Ich auch nicht«, gab Jakob zu.

»Na siehst du«, sagte Christian friedlich. Er wollte nicht auf der Sache herumhacken, aber Jakob druckste herum, als hätte er etwas auf dem Herzen.

»Das Störche haben schon auf dem Turm gebrütet, als ich so alt war wie du«, sagte Christian und wies auf das Nest hoch oben auf dem Strausberger Torturm.

»Die kommen aber erst im Mai«, entgegnete Jakob, der nicht recht bei der Sache schien. »Versprichst du, dass du es nicht meinem Vater sagst?«

»Dass die Störche im Mai kommen?«

Jakob wusste nicht, ob er lachen oder wütend sein sollte. »Dass mit den Talern!«, sagte er leise, aber sehr deutlich.

»Niklas erfährt kein Wort von mir!«, schwor Christian, gespannt, was für ein Geheimnis ihm der kleine Kerl anvertrauen würde. Der verlangte, dass er sich zu ihm hinunterbeugte und flüsterte ihm ins Ohr: »Sie machen sie in der alten Wassermühle am Fließ!«

»Die Taler?«, fragte Christian ungläubig. »Sie walken dort Tuch, so heißt es.«

Jakob schüttelte heftig den Kopf. »Nicht so laut. Keiner darf es wissen!«
Christian musste lächeln. »Und woher weißt du es?
Jakob blieb stehen und blickte zu ihm auf. »Du brauchst nicht zu lachen! Ich habe es wirklich gesehen! Mit meinen eigenen Augen!«
Schon öfter war Christian aufgefallen, wie gut Jakob es verstand, die Redewendungen der Erwachsenen einzusetzen.
Er sagte: »Das musst du mir genau erzählen.«
Jakob nickte und erinnerte ihn: »Aber du hast mir versprochen, dass keiner es erfährt.«
Christian nahm die kleine Hand und drückte sie. »Ehrenwort!«, gelobte er.
»Sie haben einen neuen Zaun um die Mühle gezogen, damit niemand nahe herankommt. Und sie haben einen Hund.«
»Gestohlen wird überall, Jakob. Das weißt du ...«
Jakob war nicht von seiner Erzählung abzubringen. »Der Hund heißt Fritz und ist mein Freund.«
»Du nennst ihn Fritz?«, fragte Christian befremdet.
Jakob stieß einen ärgerlichen Brummlaut aus. »Ich doch nicht! Die Männer von der Mühle. Sie prügeln ihn und halten ihn an einer Kette. Deswegen ist er so böse.« Er griente schlau. »Aber nicht zu mir.«
Christian beschloss, die aufregende Kindergeschichte nicht so oft zu unterbrechen. Sie waren durch das Tor gegangen und liefen jetzt an Häusern vorbei, die aussahen, wie an die Stadtmauer geklebt. Zwei abgerissen gekleidete Kinder beobachteten sie von dort. »Die wollten auch schon mal über den Zaun«, raunte ihm Jakob zu, als sie ein Stück entfernt waren. »Fritz hat es gemeldet. Aber wenn ich komme, winselt er und wedelt mit dem Schwanz.«

»Du gibst ihm Futter«, vermutete Christian.
Jakob nickte mit leuchtenden Augen. »Das Fleisch vom Mittag. Ich esse lieber Süßes.« Er erschrak. »Das darfst du aber auch nicht verraten …«
»Aber nein. Versprochen ist versprochen.«
»Einmal war ich bei Fritz, da kam eine Kutsche. Es saß nur einer auf dem Bock. Dann haben sie etwas sehr Schweres ausgeladen und in die Mühle geschleppt.«
Er verstummte. Linker Hand kamen der Weg nach Krummensee und das Schwerinsche Schloss in Sicht.
»Willst du zur Mühle?«, fragte Jakob kleinlaut.
»Hast du etwa Angst?«
Jakob verlangsamte seine Schritte und schwieg.
»Wir gehen am Schloss vorbei und durch den Park in die Stadt«, schlug Christian vor. »Oder möchtest du zurück?«
»Lieber zurück«, stimmte Jakob zu. »Wenn mich die Mutter sieht …«
Sie gingen zurück zum Tor und dann weiter an der Mauer entlang. Bis zum Berliner Tor war es nicht weit.
»Ich habe keine Angst«, betonte Jakob nun. »Aber die Männer sind hinter mir hergelaufen. Ich weiß nicht, ob sie mich gesehen haben.«
»Die Männer aus der Mühle? Hatten sie dich bei Fritz entdeckt?«
»Nein, nein. Ich war hinter der Mühle, wo sie nur aus Holz ist. Da habe ich durch die Ritzen geguckt.«
»Und das haben sie bemerkt.«
Jakob zog eine Fratze. »Ich habe das Brett nur ein bisschen zur Seite gerückt. Da ist es abgefallen …«
Sie sahen sich an und lachten beide. »Du bist ein Held!«, stellte Christian fest. Jakobs Abenteuer erinnerten ihn an die eigenen

Kindertage. Die alte Mühle mit der Bretterwand zum Fließ hin war schon damals ein beliebtes Ziel ihrer Possen gewesen.
»Sie haben mich aber nicht gekriegt, weil ich auf einem Baumstamm über das Fließ weg bin.«
»Da haben sie sich nicht drübergetraut?«
Jakob griente glücklich. »Der Stamm war viel zu dünn für einen Erwachsenen.«
»Und wenn du reingefallen wärst?«, fragte Christian besorgt.
»Bin ich aber nicht!«
Dem war nicht zu widersprechen. »Du wirst es aber nie wieder tun«, vergewisserte sich Christian.
»Brauche ich ja nicht!«, sagte Jakob. »Ich weiß ja jetzt, was sie da drinnen machen: Taler.«
Christian war noch immer ungläubig. »Bist du sicher?«, fragte er.
»Ganz sicher. Jedes Mal, wenn der große Hammer runterfiel, purzelte ein Taler in die Kiste. Ich habe es genau gesehen.«
Christian blieb stehen und hockte sich vor Jakob hin. »Jakob«, sagte er sehr ernst. »Wenn das wirklich stimmt, dann ist das sehr gefährlich, was du gesehen hast.«
Jakob blickte ihm genauso ernst in die Augen und wich seinem Blick nicht aus. »Meinst du, dass sie mir was tun?«, fragte er nicht ohne Furcht.
»Sie haben dich hoffentlich nicht erkannt. Aber du darfst niemandem davon erzählen. Keinem, hörst du? Auch nicht deinem besten Freund.«
»Dem sowieso nicht«, sagte Jakob rasch. »Sein Vater arbeitet selber in der Mühle. Deswegen wollte ich ja wissen, was sie dort treiben, weil der so ein Geheimnis daraus macht.«
Christian erhob sich aus der Hocke. »Deinem Vater werden wir es sagen müssen«, meinte er nachdenklich, doch Jakob

war sofort dagegen und jammerte: »Dann schickt er mich weg von hier. Er hat gesagt, wenn nur noch einmal etwas vorkommt, muss ich nach Berlin …«

»So schlimm ist Berlin nun auch nicht«, gab Christian zu bedenken und setze in Gedanken hinzu: Es sei denn, man sperrt dich unschuldig in den Turm.

»Ich will aber hier bei Großmutter bleiben!«, bat Jakob unglücklich. »Außerdem hat der Vater mir streng verboten, zur Mühle und zum Fließ zu gehen.«

Warum wohl, dachte Christian. Die Mühle lag nicht weit entfernt vom Schloss. Wenn es wirklich stimmte, was der Junge dort gesehen hatte, konnte es Niklas kaum entgangen sein.

Er entschied sich und blieb stehen. »Also gut. Ich habe es dir versprochen. Es bleibt unser Geheimnis. Niemand erfährt ein Sterbenswort von mir – doch nur, solange du den Mund hältst. Einverstanden?«

Der Junge nickte heftig. Als sie durch das Berliner Tor die Stadt betraten, hüpfte er fröhlich neben Christian her und lauschte dessen Fantasiegeschichten. Im Turm hatte er genug Zeit gehabt, sich mancherlei auszudenken.

An eine Ausgeburt seiner überreizten Sinne glaubte er auch am Abend, als er im »Goldenen Löwen« saß, um sich am dickflüssigen Bier zu laben, das der Sage nach zu bedenklichen Liebschaften verführte. Statt die ständigen Fragen der Mutter nach jener Berliner Braut im Ohr zu haben, wollte er einfach die Menschen ringsum reden hören, und nichts taten die Altlandsberger Bürger lieber als das. Der Kurfürst lag im Sterben. Das allein bot Stoff genug. Noch immer stand nicht fest, ob der schiefe Fritz oder die Söhne der schwarzen Dorothea ihn beerben würden.

Ein paar Fremde saßen auch dabei, die sich mit ihrer Meinung auffällig zurückhielten und sich eher durch Blicke als durch laute Reden verständigten. Umso mehr fiel Christian die volltönende Stimme des einen auf, der lachend frisches Bier für seinen Tisch bestellte. Christian, der mit seinem Jugendfreund Elias beim Bier saß, erhob sich unwillkürlich, und richtig, der fröhliche Geselle, aus dessen breitem Gesicht das Lachen nie verschwand, war kein anderer als Herzog Peter, wie ihn jeder nannte, ein Mann, dem er in Köln am Rhein einen bösen Beinbruch kuriert und eine Wunde nahe der Schläfe genäht hatte.
Weshalb zuckte Peter Herzog wohl zusammen, als Christian diesen Namen rief? Langsam wandte er sich um und erkannte seinen Wohltäter sofort. Das Lächeln zog vom Mund bis in die Augenwinkel, er sprang von der Bank auf Christian zu, und sie umarmten sich. Die anderen an seinem Tische guckten scheel, doch dafür hatte Herzog Peter keinen Blick. »Mein Christian!«, schrie er und schlug ihm auf den Rücken, dass Christian schier das Wort im Halse stecken blieb.
Es gab viel zu reden, und Peter Herzog sprach sehr viel und gern, wie Christian wusste, und war doch heute schon nach ein paar Sätzen stumm und wollte nur alles über Christian erfahren, der es nicht fassen konnte, dass es einen welterfahrenen Mann wie Peter ausgerechnet in das winzige Heimatstädtchen verschlagen hatte.
»Hast du nicht in der bischöflichen Münze gearbeitet?«, fragte er, worauf sich Herzogs Miene ganz ungewohnt bewölkte.
»Das ist lange her …«, entgegnete er unbestimmt und sah sich nach seinen Gesellen um, die taten, als würden sie ihn nicht beobachten.
Christian, dem sonst nichts daran lag, jemanden auszufragen,

zog Herzog an seinen Tisch und stellte ihn Elias als alten Kameraden vor. Dem schien der neue Tischgenosse so willkommen, dass er austrank und sich entschuldigte: Die Frau stehe kurz vor der Geburt des dritten Kindes …

Christian war es recht. So konnte er freimütig mit dem Herzog reden. »Du arbeitest draußen in der alten Mühle?«

Verkniffen fragte der zurück. »Du weißt davon?«

Christian lächelte verhalten. »Wer wüsste nicht davon …«, sagte er vage, als teile er Jakobs Geheimnis mit der ganzen Stadt.

Herzog, wie ihn Christian kannte, war ein selbstbewusster Mann. Jetzt wirkte er unsicher, sah sich scheu um und flüsterte: »Du meinst, man weiß hier in der Stadt …?«

»Dass ihr da draußen schlechte Zweidritteltaler prägt?«, ergänzte Christian ebenso gedämpft. Er hob die Schultern. »Ich bin erst heute aus der Residenz gekommen …«

Das gab Herzog zu denken. »Wenn du mich fragst«, sagte er dumpf. »Ich war dagegen. Doch es gibt höhere Mächte, die möchten gerne rotes Kupfer in Gold verwandeln, und sei es über schlechte Münze.«

»Werden Falschmünzer noch immer verbrannt oder in heißem Öl gesotten?«, fragte Christian hinterhältig. »Du warst doch eine ehrliche Haut!«

Herzog senkte den Kopf. »Das war ich, bis ich mich bei den Rostocker Timpffs in Polen verpflichtete. Dort prägten wir nur Pfennige in Massen. Das ganze Land ist überschwemmt mit diesen Timpen. Dann hat man mich hierher gelockt …«

»Wer lockte dich?«

In Peter Herzogs Gesicht kehrte das Lächeln zurück, aber es war nicht die alte unbekümmerte Fröhlichkeit. »Uns wird nichts widerfahren«, sagte er und wies mit einer Kopfbewe-

gung auf seine Kumpane in der anderen Ecke, die noch immer misstrauisch herüberschielten. »Die Person steht hoch genug, um uns vor Scheiterhaufen oder Ölfass zu bewahren.«
Christian zweifelte daran. »Das kann nur der Kurfürst. Und der hat derlei Winkelzüge kaum nötig, um an Geld zu kommen.«
Herzog lächelte noch immer. »Vielleicht steht ja noch jemand zwischen Friedrich Wilhelm und dem Heiland …«
Sie sahen sich an, und beiden war klar, wer da nur gemeint sein konnte. »Woher weißt du überhaupt von der ganzen Sache?«, fragte Herzog.
Jetzt griente auch Christian. »Die schlechten Münzen fallen allmählich auf«, behauptete er kühn. »Die Leute merken, dass sie ausgerechnet aus dem Holsteinischen und Lübischen stammen. Oder stammen sollen.«
Peter Herzog hob die Achseln. »Holstein ist weit. Ich habe nie jemanden von dort gesehen. Das Metall wird angeliefert, wir tun unsere Arbeit, und ein Fuhrmann aus der Residenz holt die Ware ab. Mehr weiß ich nicht. Und sollte jemand erfahren, dass du mich aushorchst, wird man mit uns beiden nicht warten, bis der Scharfrichter seines Amtes waltet.«
Christian überlief es kalt. »Ich habe für weniger im Turm gesessen«, sagte er. »Die Sache wird ohnehin bald ein Ende finden. Der Kurfürst meint es diesmal ernst mit dem Sterben. Und Friedrich ist ein kleiner, strammer Mann, der Ordnung schaffen wird.«
Dazu nickte Peter Herzog düster. »Als der nach Köpenick heimkehrte, mussten wir die Arbeit schon einmal unterbrechen. Wie es hieß, hätte irgendjemand von Bedeutung in der Residenz seinem Leben selbst ein Ende gesetzt. Seitdem ist hier die Geheimniskrämerei noch größer. Man verbreitet,

wir würden Tuche walken für die neuen Uniformen der Armee. Deshalb all die Heimlichkeit. Dabei betreiben wir ein viel mühsameres Geschäft. Kupfer ist billiger als Silber, aber schwer zu beschaffen, und unsere Arbeit kostet auch, und die der anderen.«
Gespannt hörte ihm Christian zu. Welcher Zusammenhang bestand wohl zwischen Friedrichs Ankunft, Wedells Tod und den hiesigen Münzprägungen?
»Welche anderen?«, fragte er harmlos.
Herzog sah ihn prüfend an. »Es ist nicht gut, zu viel zu wissen«, meinte er unwillig.
Christian lachte. »Man wird nicht allzu oft in Staatsgeschäfte eingeweiht. Wohin geht das Geld?«
Herzog verdrehte die Augen und nahm einen kräftigen Schluck Bier. »Zu denen, die das ihre in das Geschäft gesteckt haben!«, knurrte er. »Um schlechtes Geld zu prägen, braucht man erst mal feines Silber. Wir haben hier mit eingeschmolzenen Talern begonnen. Ich verstehe was davon. Erst später kam feinlötiges Metall herein.«
Christian machte sich noch immer kein rechtes Bild vom Ablauf des Unternehmens. »Und diese Leute geben gute und nehmen die schlechten Münzen zurück?«, fragte er ungläubig.
»Daran verdienen sie!«, sagte Herzog. »Geld kannst du nur durch Kaufleute in Umlauf bringen. Wie sonst?«
Vor Christians Augen tauchte ein Gefährt auf, das aus Altlandsberg kam und später in der Gasse zum Berliner Wursthof darauf wartete – entladen zu werden? Durch den Kaufmann Caspar Jenisch etwa?
»Wie lange bist du schon hier?«, erkundigte er sich bei Herzog.

»Viel zu lange!«, murrte der. »Ein halbes Jahr und länger. Und das in diesem öden Nest!«
Er sah Christian an und griente breit. »Entschuldige. Es ist dein Heimatstädtchen, ich weiß. Einem Fremden erscheint es mit der Zeit wie das letzte Loch vor der Hölle …«
Christian nahm es ihm nicht übel. »Dann warst du noch nicht in Berneuken«, sagte er, doch Herzog winkte lachend ab.
»Na gut. Vor Berneuken das vorletzte«, gab er zu.

Berneuken, nur eine gute Meile von Altlandsberg entfernt an der Straße zur Neustadt Eberswalde und zum kurfürstlichen Bad gelegen, war seit Christians letztem Besuch nicht reizvoller geworden. Er hatte sich vom Vater ein Pferd geliehen, um sich ein wenig in der Gegend umzusehen, wie er sagte, doch mit der Gegend hatte er von Anfang an das friedliche Berneuken im Sinn, einen verschlafenen Flecken, an dessen stillem, von Linden umsäumten Marktplatz der Oheim Jobst die Apotheke und Gewürzhandlung betrieb und mit mancherlei anderem handelte.
Jobst zeigte sich hocherfreut, als Christian so unerwartet in seine düstere Offizin eindrang, in deren hinteren Gemächern er in einer brodelnden Alchimistenküche seinen wahren Neigungen nachging.
»Will sich noch immer kein Gold zeigen?«, spottete Christian. Jobst nahm es ihm nicht übel.
»Mir würde das Rubinglas schon genügen, das der Kunckel macht!«, sagte er. »Der wird steinreich dabei auf seiner Insel.« Er hob die Hände. »Aber dem sitzt auch kein Weib im Nacken wie unsereinem. Heute ist sie mit dem Gehilfen nach Strausberg rüber, da habe ich ein wenig Ruhe für meine Experimente. Wenn nicht dauernd Kunden stören …«

»Oder der Neffe aus der Residenz. Es tut mir Leid …«
»Nicht doch, nicht doch«, wehrte der Oheim ab. »Du bist ein gern gesehener Gast! Jetzt trinken wir erstmal ein Gläschen vom Selbstgebrannten.«
Sie tranken eins und noch ein zweites. Christian überlegte, wie er Jobst auf das Gebiet locken könnte, das ihm am Herzen lag, da fing der Oheim nach dem dritten Glase ganz von alleine an, sein Lieblingspferd aufzuzäumen und sich mit seinen Kenntnissen der Gifte und der Gegengifte zu brüsten.
»Was ich nicht verstehe«, sagte Christian, »Gift schmeckt doch bitter. Wer es zu sich nimmt, müsste das spüren.«
Jobst war in seinem Element und wedelte mit seinen dicken Pfoten. »Das ist der Irrtum, dem die Menschen unterliegen!«, sagte er belehrend. »Wer sagt dir denn, wie Gift wirklich schmeckt?« Und er begann mit einer langen Litanei über den Geschmack von verschiedenerlei Substanzen, deren Namen Christian nie gehört hatte.
»Das alles sind Gifte?«, fragte er entsetzt.
»Diese und noch viel mehr. Allein die Pflanzengifte …«
Er merkte, dass Christians Aufmerksamkeit erlahmte. »Natürlich sind nicht alle tödlich giftig«, erklärte er. »Wie der große Paracelsus lehrt: Allein die Dosis macht es!«
»Darum gehört in die Arzenei ein guter Verstand und eine augenscheinliche Erfahrenheit«, ergänzte Christian. Auch er hatte des Hohenheimers »Baderbüchlein« wie die »Wund- und Leibarzenei, die ganze Chirurgie belangend« wohl studiert.
»Kommen denn manchmal Leute zu Euch, die solche Gifte verlangen?«
»Und sagen, sie würden des Ungeziefers im Hause nicht mehr Herr? Die gibt es immer wieder. Da heißt es für einen Apo-

theker, klug handeln und sich in nichts verwickeln lassen. Hier in der Gegend ist noch keiner an Gift gestorben, solange ich die Offizin betreibe.«

»Und in der Residenz?«, fragte Christian möglichst einfältig.

Jobst nahm den Pferdefuß dennoch wahr. Er sah seinen Neffen scharf an.

»Worauf willst du hinaus?«, erkundigte er sich unzufrieden.

»Auf nichts Bestimmtes«, sagte Christian beruhigend. »Als wir uns das letzte Mal sahen, spracht Ihr von einem Kunden, der sich auf Niklas berief und ganz bestimmte Substanzen bei Euch bestellte ...«

»Aber doch kein Gift! Das heißt ...« Jobst verstummte. »Wenn ich es recht bedenke«, fuhr er nach einer Weile fort, »war da einer, der angeblich sein verletztes Pferd schmerzlos und schnell töten wollte ...«

»Und der kam aus Berlin?«

»Jedenfalls aus keinem der Dörfer hier ringsum. Und er ritt in diese Richtung.« Jobst' Zeigefinger wies gen Westen.

»Wie sah der Mann aus?«

Jobst horchte auf. »He, he, was hast du vor?«, fragte er aufgebracht. »Willst du mich in Teufels Küche bringen? Oder in den Turm ...?« Erschrocken schwieg er. »Ich habe es nicht so gemeint«, sagte er entschuldigend.

»Aber ich«, entgegnete Christian. »Ich möchte nämlich herausfinden, weshalb ich in den Turm geraten bin. Dabei spielte auch Gift eine Rolle, das jemandem verabreicht wurde. Was und wie viel hast du dem Mann verkauft?«

Jobst sah ihn bittend an. »Schwöre mir, dass du niemals meinen Namen nennst!«

Feierlich hob Christian drei Finger.

»Da sind vielerlei pflanzliche Liquide denkbar. Hier herum wachsen der gefleckte Schierling und der Taumellolch, Hundspetersilie wie Alraune. Dazu die grünen Früchte der Kartoffel und jene farblose Flüssigkeit, die man aus dem Tabak gewinnen kann. All das lässt sich filtrieren ...«

Christian schüttelte sich. »Das klingt ja furchtbar! So etwas gebt Ihr in fremde Hände?«

Schuldbewusst senkte Jobst den Kopf. »Er hat sehr gut bezahlt, verstehst du? Ich muss mich nach der Decke strecken. Meine Versuche kosten Geld ...«

Und das gehörte der Frau, wie Christian wusste. Er fragte: »Befand es sich in einer grünen Phiole? So groß?« Er deutete eine Fingerlänge an.

Stumm schüttelte Jobst den Kopf.

»Etwa noch mehr?«

»Es sollte für ein Pferd sein«, sagte Jobst niedergeschlagen. »Es hätte auch für zwei gereicht ...«

Christian schloss die Augen und fragte: »Wie sah der Mann aus? Schildert ihn mir möglichst genau.«

Jobst jedoch hob nur die Schultern. »Es war gegen Abend. Er trug einen Hut. Ein stattlicher Mensch eben, größer als ich ...«

»Auch so beleibt?«, fragte Christian respektlos.

Jobst schüttelte wortlos den Kopf. Er goss sich noch ein großes Gläschen ein und trank es in einem Zug aus. »Mir ist nicht wohl dabei«, sagte er leidend. »Was hast du vor?«

Christian beruhigte ihn: »Nichts, was Euch berühren könnte. Zumal ich den Kerl nach Eurer Beschreibung niemals finde.«

»Wie kamst du überhaupt auf mich?«, wollte Jobst jetzt wissen. »Wer sagt denn, dass der Mann von hier nicht nach Stettin ritt oder Wriezen?«

»In die falsche Richtung? Sprach er die pommersche Mundart?«

»Nein, das nicht.«
»Und er kannte meinen Bruder Niklas.«
Auf Jobst' Stirn standen dicke Schweißtropfen. »Wenn ich da in was reingerate …«, sagte er dumpf.
»Nur keine Angst«, sagte Christian.
Den Rest des Satzes sprach er erst aus, als er schon scharf auf Wegendorf zuritt: »Du steckst schon mittendrin!« Und dabei fiel ihm ein, dass er Herzog Peter gegenüber Niklas nicht erwähnt hatte. Vielleicht war es besser so.

Caspar schlägt zu

Caspar Jenisch erholte sich schnell und sprach schon bald wieder von der Börse am Lustgarten und von den Geschäften. Nur die Narbe auf der Stirn und die Schmerzen unter den Rippen erinnerten ihn an sein nächtliches Abenteuer. Auf seinen Heiratsantrag war er nicht zurückgekommen, zumal ihm Henriette keine Gelegenheit bot, sich ihr ein zweites Mal zu offenbaren. Sie tat, als wäre nichts geschehen, und behandelte ihn gleichermaßen nachsichtig und freundlich, betrat aber niemals mehr alleine sein Schlafzimmer, solange er dort im Bett lag. Immer war die dreiste kleine Marie dabei, oder die Köchin trug das Essen auf. Mit beiden Frauen stand Henriette sichtlich auf vertrautem Fuß, wie Caspar bald feststellen konnte, als er aufstand und sich im Haus bewegte.

Kalckhorst lief ihm da über den Weg und musterte ihn höhnisch. »Nun, Gevatter, wieder auf den Beinen? Wird auch Zeit! Die Mäuse küssen schon die Katze!« So redete er dahin. Caspar gab nicht viel darauf, wurde nur hellhörig, als der Major vom feinen Schwiegersohn zu faseln anfing, den man sich da ein- und aufgeladen habe.

»Höre Er endlich auf mit seinem Unfug!«, fuhr er Kalckhorst an. »Ihr habt genügend Schaden angerichtet!«

Kalckhorst lachte hämisch. »Wohl, wohl, mein Lieber! Glaubt Er etwa, dass ich mit meinem gewesenen Barbier um seine Tochter streite?«

Caspar schoss das Blut zu Kopfe, dass ihm schwindelte. Wortlos ließ er Kalckhorst stehen und polterte hinunter in die Küche, wo er die drei Weiber in traulichem Gelächter vereint vorfand.
»Henriette!«, blaffte er. »Ich muss mit dir reden!«
»Aber ja.« Brav folgte sie ihm in sein Kontor, das durch die Hofzufahrt vom Rest des Hauses getrennt lag.
»Setz dich!«, sagte er. Sie nahm folgsam Platz und sah ihn so aufmerksam an, dass es ihn verwirrte. Er räusperte sich und machte eine finstere Miene.
»Was muss ich mir da für Barbiergeschichten anhören?«, fragte er verärgert. »Du bist doch wohl auf deinen guten Ruf bedacht!«
Henriette blieb ganz liebenswürdig und schlug die Augen nicht nieder. »Ebenso wie Ihr?«, fragte sie höflich.
Das war schon dreist. Für einen Augenblick verlor Caspar die Fassung. »Ich bin ein angesehener Kaufmann«, schnauzte er. »Niemand wird es wagen …«
Sie lachte!
Caspar war einem Ausbruch nahe. »Ich verlange von meiner Tochter, dass sie sich nicht wie eine Dirne wegwirft!«, donnerte er.
Henriette stand ganz ruhig auf. »Von Dirnen versteht Ihr sicherlich mehr als ich«, sagte sie noch immer im gleichen höflichen Ton. »Ich habe mir nichts vorzuwerfen.« Damit war sie an der Tür.
Schwer atmend hielt Caspar sie zurück. »Wir wollen keinen Streit beginnen«, zwang er sich zu sagen. »Ich bat dich in jener Nacht schon um Vergebung. Jedem von uns kann einmal ein Fehler unterlaufen …«
Sie stand abwartend neben der Tür, die Klinke in der Hand.

»Setz dich bitte wieder«, bat Caspar.
»Nicht, wenn Ihr mich beschimpfen wollt.«
»Verzeih den Ausbruch. Ich bin sehr besorgt um dich. Du musst verstehen, dass ein von irgendwo hergelaufener Barbier für dich nicht der rechte Mann ist.«
»Davon kann keine Rede sein. Wir sind im Trauerjahr. Und hergelaufen ist er aus Altlandsberg, falls Euch das genehm ist.«
Unwillkürlich zuckte Caspar zusammen. »Aus Altlandsberg?«, fragte er bestürzt. In seinem Kopf verknäulten sich die Gedanken. War es jetzt so weit, dass man sich der Tochter näherte, um ihm zu drohen?
Er sagte mühsam: »Der Kerl hat sich auf plumpe Weise an dich herangemacht, verstehst du? War er hier in meinem Haus?«
Sie stand noch immer an der Tür und wich seinem Blick nicht aus. Kühl entgegnete sie: »Ihr meint, in *unserem* Haus. Es ist wohl an der Zeit, dass wir das Erbe meiner Mutter regeln.«
Es schien, als drohte Caspar zu ersticken. »Aus dir spricht dieser – dieser Barbier!«, keuchte er. »Siehst du denn nicht, dass er es nur auf dein Geld abgesehen hat? Genau wie dein ehrenwerter Vetter, Herr von Retzlow!«
»Ich verstehe«, sagte Henriette, die noch immer keinen Zoll von ihrer widerspenstigen Haltung aufgegeben hatte. »Deshalb also habt Ihr ihn aus dem Haus getrieben.«
Caspar sank in seinem Lehnstuhl zurück. Mit manchem hatte er gerechnet. Aber nicht damit, dass Henriette sich in dieser Weise gegen ihn stellen würde.
»Du warst einmal ein sehr braves, gänzlich unverderbtes Mädchen«, sagte er leise.
»Allzu arglos, meint Ihr. Vielleicht hat sich das geändert, seit meine Mutter tot ist.«

»Und seit du den Barbier kennst«, sagte er schwach. Dann raffte er sich auf. »Henriette!«, sagte er nahezu flehentlich. »Mein Antrag in jener schrecklichen Nacht mag vermessen gewesen sein. Er kam für dich sehr unerwartet, doch er war dennoch ernst gemeint. Deshalb frage ich dich noch einmal: Willst du – sobald das Trauerjahr verstrichen ist – meine Frau werden?«
Sie schüttelte den Kopf und sagte bekümmert: »Ich habe Euch stets als einen guten Vater geachtet. Als meinen Ehemann kann ich Euch niemals anerkennen. Eher gebe ich meine Hand dem Barbier.«
»Henriette!«, flehte Caspar. »Überlege dir, was du tust! Wenn es wegen – jenes schändlichen Vorfalls ist: Ich verspreche dir bei meiner Seele, nie wieder setze ich meinen Fuß in ein solches Haus! Ich schwöre es!«
»Es bleibt dabei«, sagte sie fest und öffnete die Tür.
»Du willst nur diesen Hurenbuben von Barbier!«, zischte Caspar voller Wut.
Nicht einmal das brachte sie aus der Ruhe. »Was habt Ihr gegen Barbiere?«, fragte sie freundlich. »Es ist ein ehrenwertes Handwerk.«
»Gleich nach dem Henkersknecht!«, rief er. Doch die Tür war schon wieder geschlossen.
Nach diesem Auftritt sprach Henriette kein Wort mehr mit ihm, ging ihm höflich aus dem Weg und sah ihn nur mit großen Augen an. Er las darin die stete Mahnung, das mütterliche Erbe endlich zu regeln.
Nach ein paar Tagen hielt er es für geboten, sie darauf anzusprechen, doch sie sagte nur: »Ich fände es wünschenswert, wenn wir das schriftlich und vor einem Notar niederlegen würden.«
Caspar brauste auf: »Das hat dir dein Barbier geraten, wie?«

Dazu schwieg sie und wandte sich ab.
»Er kann es wohl gar nicht erwarten, das fette Gänschen zu rupfen!«, rief er ihr hinterdrein. Da blieb sie stehen und hob die Hand mit dem Becher, als wolle sie den nach ihm werfen.
Erschüttert verzog er sich in sein Kontor. Dort saß er lange und trank aus der Branntweinflasche. Als er in der Nacht hinauf in sein Zimmer stapfte, war die Flasche leer. Doch er hatte einen Plan.
Am nächsten Tag beim Mittagsmahl gab er sich kleinlaut. »Henriette«, sagte er bedrückt. »Ich habe lange nachgedacht. Vermutlich hast du Recht. Ich bin nicht gut genug für dich, wahrscheinlich auch zu alt. So will ich deinem Glück denn nicht im Wege stehen. Was das Erbe angeht, werde ich eine Aufstellung anfertigen, die alle deine Ansprüche berücksichtigt. Das wird ein wenig dauern …«
Henriette schwieg auch dazu und stand vom Tisch auf. »Danke«, sagte sie schließlich, als sie an ihm vorbeiging.
Er haschte nach ihrer Hand und hielt sie fest. »Wir wollen uns vertragen«, bat er. »Meinethalben darf auch dein Barbier dich sehen. Ihr werdet früh genug unglücklich miteinander sein …«
Heftig entzog sie ihm die Hand. »Wenn Ihr Euch vertragen wollt, so unterlasst die giftigen Reden!«
Sofort stimmte ihr Caspar zu. »Wie wahr gesprochen! Ich muss mich bessern. Willst du mir deinen Liebsten nicht einmal vorstellen? Vielleicht ist er ja klüger und ehrenhafter, als ich denke …«

So kam es, dass an einem lauen Frühlingsabend – bei den Katholiken hatte schon der Mai begonnen – Christian in allen Ehren zum Kaufmann Jenisch eingeladen wurde, der sich als ein liebenswürdiger Gastgeber erwies, mit Christian scherzte und ihn über seine Heimatstadt befragte, die er gut kannte, wie es schien.

»Führen Euch die Geschäfte oft dorthin?«, erkundigte sich der Barbier.

Vergebens lauschte Caspar auf einen verborgenen Unterton in dieser Frage. »Hin und wieder«, entgegnete er leichthin. »Man walkt dort Tuche, die auch anderswo begehrt sind.«

Dazu nickte Christian.

»Wollen wir uns nicht in den Garten setzen?«, schlug Henriette vor. »Es ist ein so milder Abend ...«

Die Männer stimmten zu. So zog man hinters Haus, wo sich Hof und Garten ziemlich weit erstreckten. Der Pulverturm warf seinen Schatten bis hierher.

Caspar stieg hinunter in den Keller und förderte eine staubige Flasche Wein zutage. »Ein edler Tropfen aus einem guten Sonnenjahr«, versprach er. Nur der Pfropfen saß sehr fest. Abseits an einem Tisch gelang es ihm endlich, die Flasche zu öffnen und einzugießen. Feierlich stellte er vor jedem ein Glas auf, kehrte zur Flasche zurück und steckte den Pfropf locker hinein. »Damit kein Ungeziefer eindringt«, sagte er.

Der Barbier beobachtete ihn, wie er umständlich sein Glas hob und sagte: »Wir wollen auf das junge Glück trinken.«

Die beiden hoben ebenfalls die Gläser. Caspar trank den ersten Schluck und ließ das Glas beinahe fallen, als Christian warnend ausrief: »Vorsicht! Ihr trinkt aus meinem Glas!«

Sprachlos starrte Caspar ihn an. Mit zitternder Hand setzte er den Wein auf die Tischplatte zurück. Er sah, dass die beiden nicht getrunken hatten, und er erbleichte. Die Kehle wurde ihm eng. In seinem Innern brannte die Flüssigkeit wie Feuer.

»Was habt Ihr mit mir vor?«, keuchte er angstvoll. Seine Lippen waren trocken, die Zunge schwoll im Mund.

»Was hattet Ihr mit uns vor?«, fragte der Barbier gelassen. »Das Gleiche wie mit Wedell und mit Eurer Frau?«
Caspar Jenisch traten die Augen aus dem Kopf, er blinzelte und sah alles wie durch einen Schleier. »Ich weiß nichts von Wedell!«, stieß er hervor.
»Aber meine Mutter habt Ihr auf dem Gewissen!«, klagte Henriette ihn mit schriller Stimme an.
»Gebt mir Wasser!«, röchelte Caspar. »Schnell!« Er fuhr sich mit zwei Fingern in den Hals und würgte. Vom Wein gefärbter Speichel lief ihm aus dem Mund. Und ehe jemand ihn daran hindern konnte, griff er nach Christians Glas, setzte es an und trank daraus. Einen Augenblick zu spät schlug der Barbier es ihm aus der Hand. Das Glas zerschellte, der restliche Wein floss über den Tisch. Erschrocken kam Marie gelaufen.
»Spuck aus, du Narr!«, schrie Christian. »Glaubtest du wirklich, ich ließe dich dein eigenes Gift trinken?«
Caspar sank in sich zusammen. »Ich muss sterben«, flüsterte er. »Gebt mir doch Wasser!«
Marie stand wie angewurzelt und starrte auf das Schauspiel. Statt ihrer lief Henriette ins Haus.
»Hast du Wedell umgebracht?«, fragte der Barbier eindringlich.
Kraftlos schüttelte Caspar den Kopf. »Ich kannte ihn kaum. Er war mit in dem Geschäft ...«
»Mit den falschen Zweidrittelstücken?«
Ein schwaches Nicken.
»Und Eure Frau? Weshalb musste sie das Gift schlucken?«
»Ich bin ein Sünder allzumal«, flüsterte Caspar heiser. »Lasst mich in Frieden vor meinen Richter treten ...«
»Stammt das Gift aus Berneuken?«, fragte Christian.

Caspar nickte schwach. Henriette reichte ihm einen Becher mit Wasser. Gierig trank er und sah dankbar zu ihr auf. »Verzeih mir!«, bat er weinerlich. »Man verlangte es von mir. Sie gab keine Ruhe, des Geldes wegen …«
Christian packte ihn an der Schulter. »Wer verlangte es von Euch?«
Caspars verschwimmender Blick ruhte auf Henriette. »Ich habe unser Letztes eingesetzt. Du wirst alles wiederbekommen …«
»Nur meine Mutter nicht«, sagte Henriette hart. Und an Christian gewandt: »Wird er sterben?«
Die Antwort vernahm Caspar wie aus weiter Ferne. Dann war Stille um ihn.
Dass Kalckhorst oben aus dem Fenster am Treppenaufgang lehnte und beinahe frohlockend rief: »Er hat sich selbst gerichtet! Das ist nur die gerechte Strafe! Mir ist nichts entgangen, kein Wort und keine Handbewegung!«, erfuhr er nicht mehr.

Ein unbescholtenes Frauenzimmer

Als Christian endlich nach Hause kam, erwartete ihn Etienne mit Ungeduld. Dabei war es Christian nicht leicht gefallen, sich sittsam von der verängstigten Henriette zu trennen, die keine Minute mit dem Leichnam des Mörders ihrer Mutter unter einem Dach verbringen wollte. Denn gestorben war Caspar Jenisch, so sehr sich Christian auch bemühte, ihn noch zu retten. Vergeblich hatte er versucht, ihm Brechweinstein und immer wieder Wasser einzuflößen. Schließlich hatte er ihn zum Erbrechen gebracht, während Marie einen Arzt herbeiholte, in dessen Gegenwart Caspar seinen letzten, keuchenden Atemzug tat.

Dank Maries und Kalckhorsts Zeugnis war der Wachtmeister aus der Stadtvogtei bereit, Henriette und Christian zu glauben, wie es zu dem schreckliche Geschehen gekommen war.

Es werde eine Untersuchung geben, kündigte er an, wollte aber die Phiole mit dem Gift nicht anrühren, die sich in Caspars Gürtel fand.

»Ich mag den Barbier nicht leiden«, räsonierte der Major, »aber dass er diesen Giftmischer Jenisch endlich entlarvt hat, ist ihm hoch anzurechnen!« Er wandte sich Christian zu. »Nur dass Er mir das beste Weibsbild der Stadt wegschnappt, werde ich ihm nie verzeihen!«

Auf dem Heimweg durch die nächtliche Stadt sann Christian nach, wie es nun weitergehen sollte. Wer hatte Caspar ge-

zwungen, die eigene Frau umzubringen? Und wenn Caspar nicht Wedells Mörder war – wer dann?
Zu weiteren Überlegungen kam er nicht, denn Etienne überfiel ihn sofort aufgeregt mit der Bekundung: »Wir 'aben Glück, mein Lieber! Mehr, als du ahnst!«
»Ich hatte heute schon einmal ungeahntes Glück«, entgegnete Christian müde. Sein Argwohn hatte Henriette und ihn vor Caspars Giftattacke bewahrt.
»Zweimal ist besser. Wir 'aben ihn gefunden!«, triumphierte Etienne.
Christian verstand nicht gleich. »Wen habt ihr gefunden?«
Spitzbübisch sah ihn Etienne an. »Deinen Michel, nach dem du dich so sehnst!« Er sprach den Namen französisch aus.
Das war allerdings eine gute Nachricht. »Wo habt ihr ihn entdeckt?«, fragte Christian aufgeregt. »Wird er auch nicht fliehen?«
»Ich glaube nicht.« Etienne lachte. »Einer meiner Freunde 'at einen Blick für solche Leute. Er ist ein Barbier wie du, drüben in der Dorotheenstadt.«
»Du bist sicher, dass es Michel ist?«
Etienne hob schaukelnd seine Schultern. »Du musst selber urteilen«, sagte er fröhlich. »Und du wirst staunen!«

Am nächsten Mittag traf Christian hinter der Brücke des Neuen Tors mit Jean zusammen, dem Barbier, den Etienne ihm genannt hatte, ein lebhafter junger Mann, dessen glattes Gesicht ein wohl frisiertes Bärtchen unter einer nicht zu übersehenden Nase schmückte.
Es war wiederum ein sonniger Frühlingstag, und auf der weitläufigen Lindenallee, von der die Dorotheenstadt durchzogen wurde, spazierten gut gekleidete Menschen umher. Dazwi-

schen liefen Handwerker geschäftig herum, die auf den Baustellen tätig waren, sodass Christian in seiner derben Kleidung nicht auffiel.

Jean war ein unterhaltsamer Mensch, der gerne von der gemeinsamen Profession sprach und geschickt den Fragen auswich, wie und wo er den Diener Michel erkannt habe.

»Du wirst ihn selber sehen«, versprach er Christian.

Christian entgegnete zweifelnd: »Wenn er es denn ist.«

Fast am Ende der vierreihigen Allee bog Jean mit ihm nach rechts in Richtung Spree ab. Laut klang das Hämmern und Lärmen der Schiffsbauer herüber. Hinter der neuen Kirche standen nur noch wenige Häuser. Auf eins davon wies Jean aus der Ferne und nannte den Kriegsrat von Hielscher als dessen Besitzer.

Im Schatten der Kirche fanden sie ein stilles Plätzchen, von wo aus sie das Haus im Auge behalten konnten. Jean riet zu Geduld und blickte dabei gleichzeitig unruhig auf die Zeiger der Uhr zu ihren Köpfen.

»Ich muss zur Arbeit zurück«, sagte er. »Aber ich möchte auch dein Gesicht sehen, wenn du deinen Michel wieder siehst.«

Sein Wunsch schien nicht in Erfüllung zu gehen, denn aus dem Haus traten, gerade als Jean sich davonmachen wollte, nur zwei Frauen. Die ältere, dunkel gekleidet, war sichtlich eine Bedienstete, die andere, in einem silberbestickten hellen Kleid mit modisch hoch geschnürtem Busen, der indes züchtig von einem Tuch verhüllt wurde, war deutlich jünger. Ein Schleier, der von der hohen Haube hinabfiel, verhüllte das Gesicht und ließ Schönheit nur ahnen.

Die beiden wandten sich nach links zum Fluss, wo in der Spitze einer angedeuteten Festungsbastion allerhand Krämerbuden aufgeschlagen waren, wie man auch von Ferne sah.

Überrascht nahm Christian Jeans auffordernde Geste wahr, den Frauen in angemessenem Abstand zu folgen.
»Trifft sie sich mit ihm?«, fragte er Jean.
Der lächelte nur undurchsichtig und mahnte zur Vorsicht. »Sie dürfen uns nicht bemerken.«
Gespannt, aber auch ein wenig amüsiert ging Christian an seiner Seite. Die Frauen waren jetzt am Ufer angekommen und sahen sich dort um. Händler mit Zuckerzeug und Bäcker boten ihre Ware an, Bierschänker zapften aus dem Fass auf einem Wagen. Kaffeeduft stieg in Christians Nase. Bauholz lag an der Uferböschung. Die jüngere der beiden Frauen ließ sich darauf nieder, nicht ohne es vorher mit einem Tuch abzuwischen, das sie mit zierlicher Bewegung auf ihrem Sitz ausbreitete.
Christian griff nach Jeans Arm. »Das ist nicht möglich!«, sagte er ungläubig. »Du meinst ...«
»Meinst du es nicht?«, fragte Jean lächelnd zurück. »Ich vertraue meiner Nase!« Er wies auf seinen Zinken, der wahrlich nicht zu übersehen war.
Die beiden Frauen saßen in der Sonne; die jüngere ließ graziös den Fächer wippen und musterte die bunte Umgebung. Jean und Christian mischten sich unauffällig unter die Kunden des Kaffeerösters, der das neumodische Getränk frisch gebrüht feilbot.
Die Frauen sprachen miteinander, dann kam die ältere zum Kaffeeausschank herüber, während die andere sich den Schiffen auf dem Fluss zuwandte.
Hastig drückte Christian Jeans Arm und sagte: »Ich danke dir! Du hast mir sehr geholfen.«
»Was willst du tun?«, rief der noch unterdrückt, doch Christian nutzte die Gelegenheit, sich in weitem Bogen unbemerkt

der Gestalt am Ufer zu nähern, die ihn tatsächlich nicht eher wahrnahm, als bis er hinter ihr stand und sagte: »Ist es nicht ein wenig gefährlich, holde Freundin, so ganz allein inmitten einer Menge fremder Leute?«

Ohne den Kopf zu wenden, entgegnete die solchermaßen angesprochene Schönheit mit angenehmer Stimme und recht würdevoll: »Ihr seid reichlich keck, mon amis ...«, und blickte doch zur Seite und stieß einen hellen Schrei aus.

Von den Krambuden her guckten die Leute herüber. »Ich rate dir gut«, sagte Christian eindringlich. »Lass dir nichts anmerken.«

»Unverschämter Kerl!« Die Person schlug mit dem Fächer nach Christian, hob aber kaum die Stimme. »Lasst mich in Frieden! Man sollte die Ratsdiener rufen ob solcher Aufdringlichkeit!«

Christian stimmte zu. »Das wäre zweifellos das Beste. Ein gewisser Name dürfte denen sehr geläufig sein.«

Von den Buden herüber nahte die ältere Frau in Eile.

»Halt sie uns vom Leibe!«, forderte Christian. »Wir haben allerhand zu reden.«

Die Person unternahm einen letzten Versuch. »Ich wüsste nicht, worüber!«, entgegnete sie spitz. »Ihr sprecht mit einem unbescholtenen Frauenzimmer!«

»Namens Michel Köppke!«, zischte Christian. Die Alte war heran und beäugte ihn misstrauisch.

Michel gab nicht auf. Zwar winkte er der Alten mit dem Fächer, sich fern zu halten, doch zu Christian sagte er hoheitsvoll: »Ich heiße Judith Fehr und kann gültige Papiere vorweisen!«

»Der Büttel wird dir zwischen die Beine und nicht auf die Papiere gucken, selbst wenn sie der Geheime Kriegsrat von

Hielscher unterzeichnet hat«, sagte Christian grob. Er setzte sich in aller Ruhe neben Michel. »So heißt doch dein gegenwärtiger Herr Gemahl?«

Selbst durch den Schleier sah er, wie sich die Farbe unter der Schicht von Puder und Salben veränderte, die Michels Gesicht bedeckte. Der machte eine Bewegung, als wolle er aufstehen.

»Ich stürze mich vor aller Augen in Spree!«, drohte er. »Daran tragt Ihr die Schuld, und hundert Leute gucken zu.«

Durch solches Gehabe ließ sich Christian nicht beeindrucken. Er fasste Michel schroff am Arm, zog ihn auf die Planke zurück und sagte: »Wenn man dir das Kleid auszieht, wird jeder sehen, wer du wirklich bist.«

»Weshalb bist du so grausam zu mir?«, jammerte Michel unerwartet, und echte Tränen flossen in die Puderschicht. »Ich konnte dich immer gut leiden …«

»Hast du mir deshalb das Amt zugeschoben, deinen vergifteten Herrn und Liebhaber aufzufinden?«

»Ich konnte doch nicht ahnen, was diese Leute wirklich vorhatten! Das sind Mörder! Verstehst du? Sie trachten auch nach meinem Leben!«

»Wer?«, fragte Christian. »Was für Leute meinst du?«

Michel schluchzte nun wirklich. »Ein halbes Jahr lang habe ich mich nicht aus dem Haus gewagt. Und nun wirst du mich ihnen ausliefern – wie schrecklich …«

»Hör zu, mein Lieber. Wenn du alle meine Fragen ehrlich und wahrheitsgemäß beantwortest – dann habe ich dich nie gesehen. Obwohl ich deinetwegen ein halbes Jahr im Turm gesessen habe.«

»Das ist ja furchtbar. Es tut mir so Leid …« Er versuchte, Christians Hand zu streicheln.

»Wer sind diese Leute?«, herrschte der ihn an.
»Ich kann es dir nicht sagen. Es wäre mein sicherer Tod!«
»Du glaubst, dass du mit dem Leben davonkommst, weil du dich in Weiberkleidern versteckst? Ich habe dich gefunden, wie du siehst. Da wird es denen doch erst recht gelingen!«
Michel zuckte zusammen, als ständen die Häscher bereits hinter ihm. »Wir gehen von hier weg«, wisperte er. »Sobald der neue Kurfürst residiert, nimmt mein Herr sein neues Amt in Ravensberg wahr. Vielleicht schickt er mich voraus …«
»Nicht, bevor du mir Rede und Antwort gestanden hast«, sagte Christian fest.
»Dazu kannst du mich nicht zwingen! Ich muss jetzt gehen. Mein Herr wird unruhig. Und die Beschließerin …«
Die hatte Christian nicht aus den Augen verloren. Zu seiner Überraschung hatte sich Jean an die Alte herangemacht und schien noch immer in ein Gespräch mit ihr verwickelt. Nur ab und zu sah sie herüber.
»Wir werden jetzt einen kleinen Spaziergang unternehmen«, schlug Christian vor. »Sie kann derweil nach Hause gehen und melden, du hättest einen alten Freund getroffen, der dich wohlbehalten wieder beim Herrn Kriegsrat abliefern wird.« Er beugte sich zu Michels Ohr. »Aber erst, wenn du alle seine Fragen beantwortet hast. Nicht früher.«
»Und wenn ich mich weigere?« Michels Stimme klang schrill.
Christian setzte eine undurchdringliche Miene auf. »Dann sieht dein Kriegsrat dich nie wieder«, sagte er mit Grabesstimme.
»Er ist so eifersüchtig«, klagte Michel. »Du musst mir versprechen, dass du ihm nicht unter die Augen trittst.«
Das versprach Christian gerne.

Ein wenig später lustwandelte er mit Michel am Ufer entlang zur Brücke an der Neuen Auslage. Neugierige Blicke trafen das ungleiche Paar. Wenn ihr wüsstet, dachte Christian, und Röte schoss ihm ins Gesicht.
Am gegenüberliegenden Ufer erstreckten sich die Bauten der kurfürstlichen Ziegelbrennerei. »Es ist herrlich in der milden Frühlingsluft«, schwärmte Michel, dem ständig etwas Neues einfiel, um von Christians Fragen abzulenken.
Der verlor allmählich die Geduld. »Wenn du mir nicht antwortest, wirst du sie nicht mehr lange genießen«, meinte er grantig. »Zum letzten Mal also: Wer sind die Leute, die den Herrn von Wedell aus dem Wege haben wollten?«
»Das ist eine viel zu lange Geschichte ...«
»Dann mach sie kurz und so verständlich, dass ich endlich weiß, woran ich bin. Womit fing es an?«
»Mit einer Idee, die Sigismund – ich meine, Herr von Wedell hatte ...«
»Weiter!«, schnauzte Christian. »Zier dich nicht wie ein altes Weib!«
Doch ein wenig eingeschüchtert, sagte Michel: »Das ist ein Staatsgeheimnis ...«
»Deshalb hat man es dir anvertraut? Fang endlich an!«
»Der Herr von Wedell – nun, du kennst ja seine Neigung. Er war ein herzensguter Mensch, den ich sehr ... gerne hatte. Wir lebten unbeschwert in seinem Haus. Doch jemand muss davon erfahren haben, der uns das Glück nicht gönnte. Natürlich hielt man sich an mich. Man zwang mich – frage nur nicht, wie! – alles anzuzeigen, was in unserem Hause vorging. Und auch am kurprinzlichen Hofe ...«
»Wusstest du so viel?«
Mit Trauer in der Stimme sagte Michel: »Sigismund kannte

keine Geheimnisse vor mir. Er vertraute mir, so, wie ihm der Kurprinz vertraute.«

»Das hast du ihm ja schön gedankt.«

»Was sollte ich denn tun? Man drohte, ihn beim Kurfürsten und beim Hausvogt anzuzeigen.«

»Also hast du treulich gemeldet, was an Friedrichs Hof geschah.«

Michel nickte unter seiner Haube. Für einen Augenblick erschien Christian das Ganze aberwitzig. Wenn jemand merkte, mit wem er da lustwandelte ...

Er besann sich. »Weiter, weiter«, drängte er. »Sonst bist du um Mitternacht noch nicht bei deinem Kriegsrat.«

»Es wurde noch verhängnisvoller. Eines Tages gestand mir Sigismund, dass man auch ihm auf gleiche Weise Nachrichten abnötigte.«

»Das vereinfachte doch die Sache. Ihr konntet miteinander absprechen, was jeder meldet.«

»Nein, nein, so war das nicht. Ich fand nicht den Mut, meinen Verrat einzugestehen. Sigismund war ein Ehrenmann und hätte mir nie verziehen.«

Die Geschichte klang verworren. Christian, der von Hofkabalen wenig wusste, fragte: »Ging es denn um so schwerwiegende Dinge? Und wer steckte dahinter?«

Michel hob anklagend die Hände. »Aber verstehst du nicht? Es ging um Friedrich! Was glaubst du, wer wohl an seinen Geheimnissen teilhaben wollte?«

»Vielleicht eine mächtige Frau mit dunklen Haaren ...?«, mutmaßte Christian.

Dazu schwieg Michel und sah über den Fluss. Drüben lag das Vorwerk der Kurfürstin.

Christian spann die Erzählung an seiner Stelle weiter. »Der

Kurprinz ging ohne Wedell nach Karlsbad und nach Kassel. Als er zurückkam, weigerte sich Wedell, ihn weiter zu verraten, und musste deshalb sterben.«

Michel widersprach. »So einfach ist das nicht. Friedrich schickte ihm aus Marburg eine verschlüsselte Nachricht, die uns beide sehr erschreckte. Es hieß darin, eine bestimmte Anweisung sei nicht mehr länger gültig. Um alle Regsamkeit abzubrechen, sei ein bestimmter Vertrauensmann Friedrichs in Kenntnis zu setzen ...« Er brach ab.

Christian sah durch den Schleier, wie er auf seinen Lippen herumkaute. »Was war daran so furchtbar?«, fragte er.

Michel blieb stehen und starrte vor sich hin. »Nein, ich kann es dir nicht sagen«, entschied er.

Christian blieb hart. »Dir bleibt keine Wahl! Siehst du dort rechts das Neue Tor? Ich brauche nur zu rufen, eine verruchte Dirne belästige mich mit sündhaften Angeboten ...«

»Das wagst du nicht!«

Christian packte ihn grob am Arm. »Michel!«, sagte er kalt und unwirsch. »Ich habe im Turm gesessen, weil man dich nicht fand, um dich des Mordes an Wedell anzuklagen! Ich hätte allen Grund, mich an dir zu rächen. Daran liegt mir nichts. Ich will nur wissen, worum es hier wirklich geht.«

Michel rieb sich den schmerzenden Arm. »Versteh doch! Das darf niemals jemand erfahren. Ich will dir sagen, was das Schreckliche für Sigismund und mich war. Der Mann, dem er Friedrichs Nachricht überbringen sollte, war der gleiche, dem wir beide auch sonst Bericht erstatteten!«

Christian brauchte eine Weile, das zu begreifen. »Du meinst, der Mann, der euch im Namen jener Frau ausholte« – er wies über das Wasser zum Vorwerk –, »galt gleichzeitig als Friedrichs Vertrauensmann am kurfürstlichen Hof?«

»Ich muss jetzt zurück!«, sagte Michel kläglich.
Christian ließ nicht locker: »Und der hat Wedell umgebracht, weil der sein Doppelspiel verraten konnte?«
Michel schritt neben ihm. Niemand wäre auf die Idee gekommen, ihn für einen Mann zu halten. Er sagte tonlos: »Das weiß ich nicht. Und will es auch nicht wissen. Ich wurde mit der Botschaft aus dem Haus gelockt, meine Mutter sei sterbenskrank. Etwas an dem Schreiben kam mir sehr fremd vor. Deshalb beschloss ich, mich an einen sicheren Ort zu begeben und abzuwarten. Der Herr von Hielscher hatte mich seit langem eingeladen ...« Er blieb stehen und packte Christians Hände. »Es war der einzige Weg für mich. Du wirst mich nicht verraten, Christian!«
»Halt, halt, mein Lieber. Noch sind wir nicht fertig miteinander! Wie stand es beispielsweise um die Frau Jenisch und um deinen Sigismund?«
Michel lachte unecht. »Die Arme! Sie war in ihn verliebt und hat nie verstanden, dass er nur Freundschaft für sie empfand. Mehr nicht.«
»Gab es einen Briefwechsel zwischen den beiden?«
»Ich kenne den nur von ihrer Seite. Weshalb fragst du?«
»Hast du diese Briefe?«
Michel zierte sich. »Mein Gott, ja«, gab er schließlich zu. »Ich wollte sie der guten Frau später mal ...«
»...verkaufen«, fiel ihm Christian ins Wort. »Das sieht dir ähnlich!«
Michel war beleidigt. »Na und? Was liegt dir denn an dieser Frau?«
»Sie kam in die Klosterstraße und fand noch vor mir den Toten. Wahrscheinlich nahm sie sein Geständnis an sich, um ihn zu schützen.«

Michel blieb erschrocken stehen. »Er hat ein Geständnis hinterlassen? Das klingt Furcht erregend!«
»Es ist verbrannt. Darin war von Sodomie die Rede.«
»Dann war es gefälscht!«, sagte Michel erregt. »Dieses Wort hätte Sigismund nie und nimmer gebraucht!«
»Es sei denn, der Mörder hätte ihn dazu gezwungen.«
Michel kochte vor Wut. »Das Scheusal!«, stieß er hervor. »Das ist kein Mensch, das ist ein …«
Christian unterbrach ihn. »Sag mir nur den Namen.«
Michel schüttelte den Kopf. »Niemals. Eher würde ich mein Todesurteil unterzeichnen.«
»Auch die Frau Jenisch musste sterben. Denk daran: Ich habe dich gefunden. Solange er frei herumläuft, bist du nicht sicher vor ihm.«
Christian spürte, dass Michel zitterte. »Hört das denn nie auf«, stöhnte der.
»Ich schlage dir einen Tausch vor«, bot Christian ihm an. »Ich nenne dir die geheimen Staatsgeschäfte, von denen ein jeder etwas in seiner Tasche spüren kann, und du nennst mir den Namen.«
Michel lehnte ab. »Ich weiß von keinen Staatsgeheimnissen!«
Christian bohrte weiter. »Wusstest du, dass ich aus Altlandsberg stamme? Sagt dir das etwas?«
Michel gönnte ihm nicht mehr als einen schnellen Seitenblick.
»Reiste Wedell manchmal dorthin?«
»Du bist der Teufel!«, fauchte Michel. »Was fragst du mich, wenn du schon alles weißt? Nein, er fuhr nicht dorthin. Das taten andere für ihn.«
»Der Kaufmann Jenisch etwa.«
Michel lachte bitter. »Sie haben Wedell ihr Geld regelrecht aufgedrängt, um es zu vermehren. Das war der Zwiespalt, der

den armen Sigismund zerriss. Er hatte die Idee. Und Friedrich war begeistert.«

Nun verstand Christian gar nichts mehr. »Wie denn? Die holsteinischen Zweidrittelstücke lässt Friedrich prägen? Nicht die schwarze Dorothea?«

Michel lachte höhnisch. »Das war doch die Idee! Friedrich brauchte Geld, und jeder sollte glauben, die raffgierige Stiefmutter stecke dahinter. Zugetraut haben es ihr alle. Bis Friedrich wieder nach Berlin kam und der Kurfürst ihn gnädig aufnahm. Es bedeutete das Ende für den falschen Silberregen. Das war der Inhalt jener Nachricht an Wedell, die der weitergeben sollte.«

Christian stand wie vom Donner gerührt. »An seinen eigenen Mörder weitergeben, meinst du? Die Botschaft ist nie angekommen. Der Prägehammer klopft noch immer.«

Wäre ihnen jetzt jemand begegnet, er hätte Michels Verkleidung schnell durchschaut. Der brach in ein homerisches Gelächter aus und schlug sich mit den behandschuhten Händen auf die Schenkel. »Betrogene Betrüger!«, blökte er. »Das stößt dem Fass den Boden aus!«

Schnell fasste er sich und wurde wieder ernst. »Nun weißt du also, worum es ging. Worum es immer geht: um Geld. Deshalb musste ein Mensch sterben …«

»Drei Menschen«, sagte Christian. »Die Jenischs sind auch tot.«

Das schien Michel nicht zu treffen. »Bring mich jetzt heim«, bat er. »Ich weiß ohnehin nicht, wie ich Hielscher meine Abwesenheit erklären soll.«

»Erst sagst du mir den Namen.«

»Du wirst sowieso nichts gegen ihn ausrichten.«

»Das lass nur meine Sorge sein.«

Michel zögerte. Dann entschied er sich. »Versprich mir, dass du wartest, bis der Kurfürst tot ist.«

»Ich verspreche, dass dein Name niemals fällt.«

Michel stand sehr dicht neben Christian. Er hob den Schleier ein wenig an und näherte sich Christian mit seinen Lippen. Der zuckte zurück, doch Michel küsste zärtlich sein Ohr und hauchte einen Namen.

Christian stand noch mit offenem Mund, als Michel schon zehn Schritte entfernt war.

Besuch bei Lonicer

Der kurfürstliche Hausvogt Lonicer sah sich in Bedrängnis. Erfolgreich hatte er das Verfahren um Christian Fahrenholtz zu einem guten Ende für den jungen Vetter gebracht. Nicht einmal der Kurprinz war jemals wieder darauf zurückgekommen. Außer Hinz würde sich kaum jemand an den Barbier erinnern.

Und nun dies!

Christian Fahrenholtz war am Abend in der Burgstraße erschienen, wo Lonicer mit seiner Familie ein ansehnliches Haus bewohnte. Er wolle dem Oheim seine Aufwartung machen und ihm noch einmal danken, sagte er, und Lonicer, wenig angetan vom weiteren Umgang mit einem, dem er gerade aus dem Turm geholfen, stimmte brummend zu. Es war, als ahne er, dass die Begegnung zu nichts Gutem führen würde.

»Ich glaubte dich in Altlandsberg«, eröffnete er das Gespräch. Immerhin hatte er seinem Gast einen Becher Wein angeboten. Der rührte ihn nicht an.

»Habt Ihr Umgang mit der Stadtvogtei?«, fragte der junge Mann.

Mehr als genug, fand Lonicer, der nicht vorhatte, mit Christian Fahrenholtz über die ständigen Reibereien zwischen Hausvogtei und der angemaßten Ratsherrschaft zu reden. Was ging derlei den Vetter an?

»Nicht mehr als nötig«, sagte er und fügte vorsichtshalber

hinzu: »Ich bin nicht befugt, über mein Amt zu reden.«
Christian gab sich ehrerbietig. »Das verstehe ich. Dennoch benötige ich Euren Rat, Herr Oheim. Ich möchte Euch gerne eine Geschichte erzählen. Ihr braucht sie nur anzuhören. Mehr nicht. Ich bitte Euch.«
»Geschichten, Geschichten! Ich höre den lieben langen Tag nichts anderes. Verschone mich lieber. Trink den Becher Wein mit mir und freu dich deines jungen Lebens!«
»Das möchte ich wohl«, entgegnete Christian. »Obwohl man erst gestern versucht hat, mich umzubringen.«
»Du bist kein Eximierter. Selbst wenn ich wollte, ist die Hausvogtei nicht zuständig für solche Anzeige.«
Christian wehrte eilig ab. »Darum geht es gar nicht. Auch nicht in meiner Geschichte. Sie handelt von Altlandsberg. Jedenfalls zu einem guten Teil.«
»Hat es wieder mal gebrannt bei euch?« Der Spott war nicht zu überhören. Er klang gutmütig. Lonicer merkte, dass er den eifrigen Burschen durchaus wohlwollend betrachtete.
»Es gibt eine alte Mühle«, sagte Christian unbeirrt. »Man walkt dort Tuche, heißt es.«
»Ja, und?« Lonicer fühlte sich gelangweilt. »Soviel ich weiß, sind in eurem Städtchen seit alters her Tuchmacher ansässig.«
»Habt Ihr je gehört, dass sich mit einem Walkhammer auch anderes als Tuch klopfen lässt?«
Lonicer schwieg. Was sollte das?
Christian schien selbst zu spüren, dass des Oheims Aufmerksamkeit erlahmte. Er sagte rasch: »Man könnte dort beispielsweise auch Münzen prägen …«
Lonicer setzte den Becher hart auf den Tisch und fuhr Christian an: »Was soll das Gerede? Ich habe nicht den ganzen Abend Zeit! Was willst du wirklich?«

Die Antwort klang überraschend: »Ich weiß, wer den Herrn von Wedell umgebracht hat.«
»So!«, knurrte Lonicer griesgrämig. »Und nun erwartest du, dass ich aufjauchze und dich danach frage. Ich denke nicht daran! Dein Herr von Wedell starb durch eigne Hand. Sonst säßest du nicht hier.«
»Und die Stiefelspuren in seinem Haus?«
Lonicer richtete sich in seinem Lehnstuhl auf. »Du spielst ein gefährliches Spiel!«, sagte er mit warnend erhobener Stimme. »Riet ich dir nicht, alles zu vergessen und besser von hier zu verschwinden?«
»Aber es war Mord! Es ging um eben jene Mühle in Altlandsberg, wo man falsche Zweidrittelstücke prägt!«
Für einen Augenblick war Lonicer verunsichert. »Etwa holsteinische?«
Eilfertig nickte Christian. »Eben die!«
»Und du bist sicher?«
»Ganz sicher! Jemand bei Hofe steckt dahinter. Der Kurprinz selber …« Er sah in Lonicers steinernes Gesicht und wurde noch unsicherer. »Es sollte aussehen, als geschähe es im Namen der Kurfürstin …«
Ablehnend hob Lonicer die Hand. »Kein Wort weiter!« Er schüttelte den Kopf. »Ich hätte geglaubt, der Turm mache dich klüger!« Er stand auf und trat nahe an Christian heran. »Die Namen kurfürstlicher Durchleuchtigkeiten nennt man nur in Ehrfurcht«, sagte er mit gedämpfter Stimme, die dennoch keinen Widerspruch erlaubt. »Niemals anders. Der Kurprinz wird morgen oder in zwei Tagen unser Kurfürst sein!«
»Ihr missversteht mich! Es handelt sich um den Herrn von Retzlow …«
Wortlos wies ihm Lonicer die Tür.

Epilog: Das Ende eines Großen

Der letzte Freitag im April war angebrochen. Stärker als je zuvor spürte Friedrich Wilhelm das nahe Ende seiner Erdentage. Er lag in der Potsdamer Residenz auf seinem prächtigen Bett und konnte sich kaum rühren. Hofprediger und Ärzte umringten ihn. Nacheinander nahm er Abschied von allen, die ihm nahe standen, beschenkte Diener und Lakaien. Mit dem aus Köpenick herbeigeeilten Kurprinzen hatte er schon vor zwei Tagen ein langes und inniges Gespräch geführt und den Sohn gesegnet. Anders als sein eigener Vater, der unversöhnt mit ihm gestorben war.

Nun nahm Friedrich an der letzten Ratssitzung teil, zu der die Pflicht ihn zwang. Rings um ihn her betretene Gesichter, ja Tränen, als der Sterbende sich prophetisch an die Räte und den Sohn wandte: »Ich zweifle indessen nicht, wenn ihr dem werdet folgen, was ich euch rate, dass die Glorie, so ich Euch hinterlasse, bei Euch nicht aufhören werde.«

Feierlich versprach Friedrich, stets nach diesen Worten zu handeln. Immer werde es sein höchstes Anliegen sein, des Hohenzollernhauses Ruhm zu wahren. Mit zitternden Händen segnete ihn der Vater abermals und überreichte ihm ein Medaillon von fünfhundert Dukaten Gold Gewicht, das ihn und Dorothea nach der Hochzeit zeigte. »Verwahre es als mein letztes väterliches Liebespfand in deinem Kabinett. Schau es öfter an und erinnere dich fleißig meiner Instruktionen.«

Friedrich gelobte es.
Dann kam der tränereiche Abschied von Dorothea. Wohl an die fünfzigtausend Gulden in barem Gold hatte man herbeigeschafft, die er ihr übergab. Und Friedrich gelobte auch ihr stete Treue und umfing die Hilfsbedürftige mit seinen kurzen Armen.
In den Vorzimmern drängte sich der Hof und überwachte eifersüchtig jedes Wort und jede Wendung. Hatte die Stiefmutter sich tatsächlich abgefunden und mit dem künftigen Kurfürsten ausgesöhnt?
Es sah danach aus. Die jungen Prinzen und Prinzessinnen kamen aus Berlin, um dem Sterbenden ein letztes Mal die Hände zu küssen und hinterher zwar in gedämpftem Ton, doch angeregt mit Friedrich zu reden.
Der Kurfürst hatte als letzte Parole London und Amsterdam ausgegeben und Friedrich inständig beschworen, in der Zukunft nicht auf Frankreich, sondern auf die Niederlande und England zu setzen. Er sah voraus: Wilhelm von Oranien wird dank seiner Frau Maria Stuart englischer König werden!
Friedrich, ganz Staatsmann schon, drückte ihm fest die Hand. Alle Widrigkeiten waren vergeben und vergessen. Niemand wagte es, den neuen Kurfürst mit Nichtigkeiten zu behelligen, als Friedrich Wilhelm endlich am Sonntagmorgen starb. Ich werde in meinem Fleisch Gott sehen, waren seine letzten Worte.
Friedrich, mit schmerzlich verzogenem Gesicht, stolzierte umher, als wäre er um eine Haupteslänge gewachsen. Jetzt würde alles anders werden.

Kurzes Nachspiel

Als die kurfürstlichen Schergen drei Tage nach dem Tode des Großen Kurfürsten die alte Walkmühle durchsuchten, fanden sie nur Reste von Kupfer und allerlei nutzloses Gerät. Der Hausvogt Lonicer verzog nur das Gesicht, als ihn die Nachricht erreichte.

Einige Tage später begegnete ihm im Schlosshof Matthes von Retzlow, den er höflich grüßte. Der sah über ihn hinweg, doch Lonicer sprach ihn an: »Herr von Retzlow, wenn es Euch genehm ist, müsste ich einmal mit Euch reden.«

»Mit mir? Worüber hätten wir zu reden?«

»Ihr habt eine deutliche Handschrift«, sagte Lonicer hintersinnig. »Bei mir liegt immer noch ein Schreiben, das mich zum Herrn von Wedell in die Klosterstraße einlädt. Stammt es nicht von Eurer Hand?«

Retzlow erblasste kaum merklich. »Ich glaube kaum, dass ich in den nächsten Wochen Zeit für Euch finden werde«, sagte er kurz angebunden. »Es gibt viel zu tun bei Hofe. Meine Ernennung zum Kammerherrn steht bevor.«

Die Nachricht überraschte den Hausvogt. »Bei der kurfürstlichen Witwe?«, fragte er erstaunt.

Retzlow lachte gezwungen. »Bei Seiner Kurfürstlichen Durchlaucht selbst, mein Bester! Friedrich der Dritte hat einen guten Blick für Leute mit meiner Begnadung.«

Lonicer nickte gedankenvoll. »Das fürchte ich auch …«

Nachbemerkung

»Die schwarze Dorothea« ist ein Roman mit – soweit nicht die Hohenzollern und ihre Familiengeschichte betroffen sind – erdachten Personen und einer frei erfundenen Handlung. Die umfangreiche historische Literatur liefert neben vielen bemerkenswerten Details über den Großen Kurfürsten auch mancherlei Hinweise auf Unregelmäßigkeit im brandenburgischen Münzwesen – jedoch keine auf vorsätzliche Münzverfälschungen, wie sie Friedrich II. zur Finanzierung seiner Kriege anordnete. Im Münzedikt des Kurfürsten Friedrich III. vom 11. Februar 1689 heißt es allerdings über verbotene und zu konfiszierende Münzen: »*... hergegen allerhand auswärtige / theils gantz unbekante / sehr geringhaltige Sorten ... unter denen in Sonderheit auch einige gantz Neue Mecklenburgische / Bischöffl-Lübeckische / Holsteinische und dergleichen unter verschiedenen Jahr-Zahlen und Gepräges / wieder herein geführet werden / so daß ausser solcher schlechten Müntze / fast nichts gutes mehr zu bekommen ...*

Was die der schwarzen Dorothea – vermutlich zu Unrecht – nachgesagten Gift-Attentate angeht, so ist nach mehr als drei Jahrhunderten kaum eine Beweisführung möglich. Ihre Sorge um das Erbe der vier leiblichen Söhne erwies sich jedoch als berechtigt: Friedrich III. ließ das Testament seines Vaters für ungültig erklären und fand seine Halbbrüder mit der Markgrafschaft Brandenburg-Schwedt ab.

JAN EIK

geboren 1940 in Berlin; Diplom-Ingenieur für Informationstechnik, seit 1961 publizistische Arbeiten, seit 1987 freier Autor. Er veröffentlichte zahlreiche Kriminalromane und -erzählungen, die unter anderem 1990 mit dem »Handschellenpreis« und 1999 mit dem »Krimifuchs« ausgezeichnet wurden. Im berlin.krimi.verlag erschienen bisher »Der Schein trügt« und »Auf Mord gebaut«.

Preußen-Krimis

ISBN 3-89809-009-4

ISBN 3-89809-018-3

ISBN 3-89809-013-2

ISBN 3-89809-019-1

ISBN 3-89809-026-4

ISBN 3-89809-028-0

Jeder Band 9,90 €

»Hier bahnt sich eine kleine Sensation an: die Profilierung eines Berliner ›Geheimkommissärs‹ von ganz eigenem Schlag.«
Berliner Morgenpost

berlin.krimi.verlag
www.bebraverlag.de

E.T.A. Hoffmann ermittelt

ISBN 3-89809-500-2

12,00 €

»Die Verdopplung der Motive macht den Charme der beiden Hoffmann-Krimis aus, die exakt der Chronologie von Hoffmanns Leben folgen.«

Buchkultur, Wien

berlin.krimi.verlag

www.bebraverlag.de

Mord an der Heimatfront

ISBN 3-89809-025-6

9,90 €

Der Erste Weltkrieg tobt auf den Schlachtfeldern, doch auch an der Heimatfront in Berlin gibt es Opfer – Kriminalrat Gennat muss einen brutalen Frauenmord im Dienstmädchenmilieu aufklären.

berlin krimi verlag

www.berlin-krimi-verlag.de